FOLIO SCIENCE-FICTION

Jean-Pierre Andrevon

Gandahar

(Les Hommes-machines
contre Gandahar)

suivi de

Le château du dragon
Un quartier de verdure
deux aventures de Sylvin Lanvère

Avant-propos de René Laloux

Denoël

Cet ouvrage a été précédemment publié dans la collection Présence du futur aux Éditions Denoël.

Né en 1937, Jean-Pierre Andrevon publie sa première nouvelle de science-fiction dans la revue *Fiction* datée de mai 1968, et son premier roman, *Les Hommes-machines contre Gandahar*, l'année suivante. Écologiste antimilitariste, auteur d'une œuvre littéraire, critique et anthologique délibérément engagée, il s'emploie sans relâche à décrypter la réalité contemporaine, à dresser par le détail le catalogue des errances d'une humanité à la dérive.

Abordant tour à tour la science-fiction, le fantastique, la littérature pour la jeunesse ou le thriller, Jean-Pierre Andrevon a écrit une soixantaine de romans et de nombreuses nouvelles. *Šukran*, thriller futuriste situé à Marseille, a remporté le Grand Prix de la Science-Fiction française en 1990.

LA VIE EST BELLE, NON ?
par René Laloux

Doués pour l'exploit, les hommes ont rapidement transformé leur très jolie planète bleue en trou du cul du diable (grâce notamment à l'invention de la guerre, de la religion et de l'argent).

Il va de soi qu'un sphincter n'est pas un endroit très agréable à habiter, surtout si l'on songe aux inévitables et répétées défécations du propriétaire.

Aussi, depuis longtemps, lorsqu'une sage-femme sort un bébé d'entre les cuisses de sa mère, le tient par les chevilles la tête en bas et lui tape sur les fesses avec enthousiasme, celui-ci pousse-t-il un vagissement de colère.

Ce premier cri (incompréhensible) du nouveau-né peut être interprété de différentes façons. La première qui vient à l'esprit est : Lâche-moi, salope ! Vient ensuite : Qu'est-ce que je fous là ? Je rentre — et vite fait — d'où je viens. On peut penser aussi à : J'aime bien la merde, faites place s'il vous plaît ! Ou encore, venu d'un fœtus en avance pour son âge et qui a déjà cogité dans le ventre de sa maman : Quel monde pourri ! Je reste pour voir mais je suis indigné !

Il n'y a aucun doute que le premier cri du bébé

Andrevon relève de cette dernière interprétation et que, plus tard, l'Andrevon adulte (et écrivain) ne l'a pas démentie. Au contraire, son indignation n'a fait que croître jusqu'à — parfois — frôler l'overdose.

Heureusement, le cerveau de notre ami a des propriétés étonnantes et, lorsqu'il est en « excès d'indignation », il sécrète une substance qui ressemble assez à du Lexomil. Cet « antidote » permet ainsi à Andrevon de se détendre et même, de temps à autre, de planer.

L'auteur d'une science-fiction militante oublie alors son besoin de changer le monde. Il se plaît à rêver et nous offre une fantaisie de son imaginaire prolifique et apaisé, comme *Les Hommes-machines contre Gandahar,* dont il m'a plu de faire un film d'animation avec Caza.

Livre dans lequel il nous décrit un monde heureux parce que gouverné par les femmes, une Reine aimant les oiseaux, qui le lui rendent bien, un scientifique qui recherche ses erreurs (et même celles des autres), un homme jeune et bien portant qui rencontre dans un œuf une jeune fille bien, pour toutes sortes de rapports, des « différents » sympathiques, un monstre qui joue avec le temps et en meurt superbement — et aussi (là, l'autre Andrevon pointe le bout du nez) une armée de robots bôs, mais cons comme des militaires ou des ordinateurs. Une belle aventure « pour tous publics » en quelque sorte.

On dit qu'il n'est possible de trouver dans les auberges espagnoles que ce qu'on y apporte. On peut aussi le penser de la littérature. Avec Andrevon, on voyage sans bagages et en toute liberté.

Peut-être après tout ne vivons-nous pas dans un trou du cul mais dans un grand creux. Et ce que l'on appelle l'espace n'est en réalité que l'intérieur d'un volume, lui-même à l'intérieur d'un autre volume, à son tour inclus... et ainsi de suite jusqu'à l'infini. Pour aboutir curieusement à une petite sphère à ailettes qui va d'une raquette à l'autre — dans une sorte de jeu de badminton — auquel s'exercent maladroitement deux nymphettes grecques à peine vêtues dont les mouvements rapides et brusquement stoppés révèlent les adorables cuisses — et même parfois — oh merveille ! les fesses.

Et peut-être — en plus — que ces deux aimables personnes se racontent en jouant qu'en ce moment Andrevon va très bien puisqu'il publie en même temps que cette réédition la suite de son roman : *Gandahar et l'oiseau-monde* [1].

La vie est belle, non ?

1. Hachette/Jeunesse.

PREMIÈRE JOURNÉE

Myrne Ambisextra, souveraine du royaume de Gandahar, envoya chercher Sylvin Lanvère au milieu de l'après-midi. La journée était douce, à vrai dire ni plus ni moins belle que les 743 autres journées qui partageaient l'année à Gandahar : le royaume, ancré sur la face boréale de Tridan, vaste planète à l'axe vertical et à la translation lente, ne connaissait pour toute saison que la tiédeur d'un éternel automne.

Automne plus que printemps, sans doute. Mais Gandahar était un vieux royaume où la vie semblait un peu endormie, l'activité réduite à son strict minimum. À côté des mondes scientifiques de Pons et d'Arcanciel, où grondaient jours et nuits les machines d'acier, à côté de Stribulle, univers guerrier, Gandahar aurait pu même paraître décadent. Mais qu'importait à ses habitants ? Leurs journées, sous le règne affable d'Ambisextra, semblaient n'être qu'une seule fête champêtre jamais achevée, où les plaisirs du sport, du jeu, de la table et de l'amour emplissaient à ras bord chaque minute, chaque seconde de la coupe de la vie. Tout simplement, à Gandahar, régnait le bonheur.

Les autres planètes pouvaient bien rouler dans des cieux qui étaient devenus étrangement lointains, les Gandahariens ne s'en souciaient guère. L'univers, pour eux, s'était réduit à leur royaume, déjà bien grand, dont ils occupaient surtout l'immense plaine de Valderboise, quadrillée de champs, de forêts et de lacs. Seule éminence importante dans la plaine, le pic des Louanges abritait dans ses flancs boisés Jasper, capitale du royaume. Au sommet du pic, le palais d'Ambisextra dressait ses tourelles de granit rose et bleuté, et seul un examen attentif aurait pu déceler dans la pierre quelques fissures, quelques fêlures, qui étaient les signes tangibles du long passé historique de Gandahar, et aussi que les travaux matériels n'étaient pas la préoccupation essentielle des domestiques et des gardiens du palais.

Vers l'ouest, la plaine de Valderboise était mangée par le croissant turquoise de la néo-mer de Transparence, elle-même retenue prisonnière, vers le nord et le sud, par deux péninsules semblables que, de par leur aspect, on appelait familièrement les Griffes de la Lucane. Au-delà s'étendaient la mer Aimable, la mer Lointaine, l'océan Trublion. Mais dans ces étendues, les fins voiliers de Gandahar ne s'aventuraient plus guère : le calme jamais troublé de la vaste crique suffisait aux ardeurs marines assoupies des sujets d'Ambisextra.

Quant à ce que cachaient, vers le nord-est, les chaînes imbriquées des montagnes des Trois-Lunes, quant à ce qu'il y avait au sud de la Valderboise, une fois traversé le désert Très-Brûlant, nul ne s'en inquiétait. Tridan, lointain surgeon d'une planète mère oubliée depuis longtemps, avait vu fleurir plusieurs États, plusieurs civilisations. Des royaumes avaient certes croulé au fil des siècles, mais il eût été peu sage de croire que certains n'aient pas survécu. C'était pourtant là une curiosité que n'éprouvait pas le natif de Gandahar. Pour lui, le monde s'arrêtait sur les flots bleus de la néo-mer de Transparence, devant les contreforts violets des montagnes des Trois-Lunes, aux marches des vagues orangées du désert Très-Brûlant, à la lisière de la forêt dense du Gondawara.

Il ne faudrait cependant pas croire, devant cette désaffection au sujet des affaires planétaires, que Gandahar se complaisait dans un isolement dangereux. Ce que pense le peuple et ce que pensent les gouvernants n'est pas toujours étroitement lié. La Reine Ambisextra avait des yeux éparpillés le long de ses imprécises frontières, et des messagers fidèles parcouraient le pays, afin de récolter à destination du pic des Louanges les bonnes nouvelles... et les mauvaises.

Le machaon glissa sans battre des ailes le long d'un courant d'air tiédi qui était peut-être naturel, peut-être non. Il effleura insolemment le sommet pourpre d'une haie de florindrons, hésita un peu au niveau du dernier bouquet, comme s'il se demandait, dans sa minuscule cervelle d'insecte, s'il allait ou non se mettre à butiner les éclatantes fleurs qui se balançaient sous la brise. Frir Mandore lui envoya un vigoureux coup d'éperons, et le lépidoptère bondit en avant, avec la légèreté d'un pétale que le vent taquine.

L'envoyé de la Reine se pencha sur le dos du machaon, scrutant entre les antennes barbelées de sa monture le sol doré qui défilait. Machinalement, Frir Mandore passa une main caressante sur le dos velouté de l'animal ; sa selle était encastrée sur la charnière fragile par laquelle l'abdomen de l'insecte s'articulait avec le corselet, où étaient greffées les quatre ailes jaunes qui se levaient et s'abaissaient maintenant dans une brasse puissante et gracieuse.

— Doucement, Frisé, doucement, murmura l'envoyé.

Personne n'aurait pu dire pourquoi sa monture favorite avait hérité de ce surnom, et lui-même pas plus que quiconque. Mais, bien que l'animal, livré à son seul instinct, fût d'une grande stupidité, Frir s'était attaché à lui, sans doute en raison de sa beauté. D'autres préféraient chevaucher les féroces libellules ou de rapides guêpes de combat. Mais lui n'aurait pour rien au monde échangé le machaon géant contre une autre bête ; il aimait le vol souple de l'insecte, il aimait entendre le vent tiède bruisser entre ses vastes ailes, il aimait quand l'animal se posait avec une douceur sans pareille sur sa piste herbeuse.

— Allons, Frisé, par là, par là...

Le machaon, parvenu au bas des dernières pentes qui dévalaient du pic des Louanges, avait repris une ligne de vol capricieuse, attiré sans doute par les innombrables fleurs qui parsemaient l'étendue jaune d'or de la Valderboise. Frir fut obligé, bien que cela l'attristât, de donner de l'éperon. Le machaon fila plus droit et, sur une nouvelle impulsion de son cavalier, se mit à raser le sol.

L'envoyé de la souveraine ne savait pas trop où trouver Sylvin Lanvère. Sa royale majesté n'avait pas su l'éclairer sur ce point. — Tu trouveras Sylvin, lui avait-elle dit de sa voix claire comme le chant d'une source. Ce gamin est sans doute dans les environs. Elle avait laissé passer quelques secondes, puis elle avait ajouté : en compagnie d'une fille... avec une intonation curieuse, que Frir Mandore, peu au fait des subtilités de langage, n'avait pas su interpréter clairement.

Mais son travail n'était pas de mettre au jour les sentiments secrets de la Reine. On était au beau milieu de l'après-midi, et les ordres étaient formels : il fallait que le chevalier Lanvère soit au palais avant la tombée de la nuit. Pourquoi ? cela non plus ne regardait pas le messager, bien qu'il eût juré avoir senti dans les allées et venues du palais une hâte peu habituelle.

Mais comme il était invraisemblable qu'un danger pût troubler la paix sereine et immémoriale de Gandahar, Frir Mandore ne soupçonnait qu'une vague intrigue courtisane. Il éperonna discrètement le machaon et, par de légères décharges appliquées tantôt à bâbord, tantôt à tribord, il maintint l'animal sur une ligne de vol brisé, qui permettait au messager d'embrasser de ses yeux aigus de larges espaces de terrain.

À son passage, on levait la tête, on lançait un bonjour, on lui faisait signe de la main. Les messagers de la Reine ne descendaient pas si fréquemment au niveau des mortels, et le papillon et son cavalier volant attiraient les regards. Frir ne portait rien d'autre que la tunique rose vif et le pantalon orange qui est la livrée habituelle des serviteurs de tous ordres d'Ambisextra, mais la double corne métallique surmontée du disque finement résillé qui lui permettait de diriger sensoriellement le machaon, surmontait sa tête et lui donnait une allure barbare.

Mais surtout, le papillon était remarquable : sur la face inférieure des ailes, on avait effacé, par un arrangement approprié des molécules, les stries noires qui sont l'apanage des lépidoptères de son espèce, même rendus gigantesques par d'anciennes mutations, pour les remplacer par l'emblème du royaume de Gandahar. C'était un grand G, englobant dans sa coquille une pomme coupée en deux, qui comportait une moitié rouge, une moitié verte. Par-dessus passait une longue épée noire. La pomme représentait l'abondance matérielle de Gandahar, et les deux moitiés différentes rendaient compte de l'unification ancienne de deux parties qui s'étaient jadis livré de farouches combats, avant de s'unifier pour le plus grand bonheur du royaume. Seule l'épée noire gardait une signification mystérieuse et vaguement menaçante, mais il ne fallait sans doute voir là qu'une mise en garde adressée à quiconque aurait voulu entretenir de belliqueux desseins à l'encontre du royaume : le pacifique Gandahar saurait au besoin se défendre !

Survolant les prés dorés, où parfois s'enfilait une petite rivière serpentine venue d'on ne savait où, Frir stoppait parfois l'élan du machaon, pour interroger un groupe où il reconnaissait souvent quelqu'un qui lui était familier.

— Sylvin Lanvère ? lui répondait-on. Oui, je l'ai vu pas plus tard que ce matin... Il doit être par là... ou par là.

Et le messager redonnait à sa cavale ailée une impulsion motrice qui la lançait sur une nouvelle direction, dans la plaine immense. Un homme occupé à manger de croustillants croissants qu'il tirait d'un panier apparemment inépuisable lui donna une indication précise : Sylvin l'avait croisé il n'y avait pas une heure, il se dirigeait vers le bois Guirelande.

Quelques coups d'ailes propulsèrent l'insecte à la corne du bois.

— Sylvin Lanvère ! claironna le messager.

À quelque distance, un buisson s'agita, et une voix hésitante murmura : — Quoi ?... Qu'y a-t-il ?

Frir ferma les yeux, lança le machaon qui vint s'arrêter à la verticale du buisson, le couvrant de son ombre énorme. Le messager, sans oser regarder encore car il venait de se souvenir de la réflexion de la Reine, « avec une fille... », dit d'une voix ferme et sonore :
— Prépare-toi, Sylvin Lanvère, je dois t'emmener au palais pointu auprès de Sa Majesté la Reine qui m'envoie te chercher.

Puis, avec courage, il baissa les yeux vers la terre.

Mais le chevalier, contrairement à toute attente, n'était point en galante compagnie. Allongé dans l'herbe tendre, torse nu, il menait une vigoureuse conversation avec un petit homme au teint bistre, aux lèvres épaisses et aux cheveux rares, qui tirait de temps à autre sur une longue pipe en verre reliée par un tuyau à un globe opalescent. Une bouffée de fumée rose à l'odeur indéfinissable, mais que le messager trouva écœurante, s'éleva, frôla la tête barbue du machaon, s'évapora dans l'air limpide.

— Pucrate, mon ami, dit le chevalier, un ton plus haut pour être clairement entendu par l'envoyé et lui signifier ainsi sa secrète désapprobation, j'ai bien peur que notre entretien ne s'arrête là aujourd'hui. Ambisextra n'aime pas attendre, ajouta-t-il en se levant.

Entendre le nom de sa Reine bien-aimée aussi cavalièrement prononcé mortifia profondément Frir Mandore, homme simple et peu subtil. — Dépêche-toi, chevalier, prononça-t-il simplement. Le machaon battait l'air de ses larges ailes.

Sylvin Lanvère se leva avec une lenteur calculée, étira son grand corps souple. Il était très grand, élancé jusqu'à une quasi-maigreur ; sa peau bronzée cachait pourtant des muscles durs et efficaces. Mais le chevalier manifestait en tout une nonchalance étudiée. Cependant, avec son air juvénile et ses cheveux blonds en désordre qui descendaient bas sur ses épaules, c'était un parfait spécimen de l'humanité saine et champêtre de Gandahar.

Il ramassa sur le sol sa tunique rose, sans manches, qui moula bientôt son torse mince. Rien ne révélait le chevalier comme un homme de haute caste, hormis le long pistolet bleuté dont l'immense et redoutable canon, traversant un court étui de cuir, se balançait sur sa cuisse.

— Donc je viens, dit-il avec un sourire éclatant, démenti un peu par la lueur moqueuse qui jouait dans ses yeux gris... Je viens, mais pas sans avoir goûté à cette fraise qui, vraiment, ne peut attendre.

Il cueillit au buisson un fruit conique et écarlate qui avait une taille sensiblement équivalente à sa propre tête, et y mordit voracement. La pulpe jaillit, auréolant de rouge sa bouche aux lèvres pleines et enfantines. Frir alors se rappela une autre expression de la Reine, qui avait dit, en parlant du chevalier, « ce gamin... » Mais comme c'était aussi un homme respectueux, il se retint de porter un jugement sur quiconque.

— Au fait, messager, prononça avec peine le chevalier en engloutissant une bouchée de fraise, t'ai-je présenté mon ami et maître ? Voici Pucrate, homme de science, homme de savoir, homme de sagesse...

Le petit Gandaharien étendu dans l'herbe tourna des yeux jaune vif vers Frir et leva vers lui la paume d'une main curieusement rosée.

— Je te salue à mon tour, messager, dit-il d'un ton chantant avant de remboucher sa pipe.

Frir Mandore qui, en bon soldat, n'avait guère d'estime pour les intellectuels, se contenta d'incliner la tête.

Enfin Sylvin Lanvère jeta les restes de la fraise et fit signe à l'envoyé d'approcher. Celui-ci mena à terre le machaon qui se posa délicatement sur le bout de ses six pattes velues.

— Monte, chevalier, dit Frir. Sylvin mit le pied dans l'étrier et se hissa en croupe. Mais la selle était étroite, et lorsque le lépidoptère décolla, le jeune homme dut s'appuyer du plat de la main sur l'abdomen horriblement mou de l'insecte ; il fit une grimace que Frir ne vit pas. Et déjà le coursier était haut dans le ciel.

— Que me veut la Reine ? interrogea Sylvin.

— Je ne sais, fut la seule réponse du messager.

Le chevalier se résolut à attendre, et ferma les yeux sous la caresse du vent. Le soir tombait sur la plaine de Valderboise, et sous le papillon glissaient les champs ocre. Au-dessus, le ciel était comme une coupe émeraude, et le soleil orange qui, mieux que tout, donnait à Gandahar son éternel air d'automne, tombait silencieusement vers l'horizon.

— On ne va pas plus haut ? interrogea Sylvin Lanvère. Son guide venait de poser le machaon sur une étroite corniche herbeuse qui surplombait un gouffre d'où montait un bruit de cascade. L'ascension avait été longue, mais le palais pointu semblait encore à une certaine distance, invisible dans la perspective verticale du pic des Louanges.

— Frisé ne peut monter plus, répondit le laconique messager ; il a déjà peiné beaucoup ces dernières minutes. Il ne peut guère aller au-dessus de mille mètres et le palais de Sa Majesté la Reine est bien au-delà. Je te conseille de prendre l'ascenseur... À moins que tu ne désires faire l'ascension à pied, ajouta-t-il abruptement.

Sylvin le considéra avec surprise. Ce brave soldat aurait-il des accès d'insolence ? Il se garda pourtant de lui faire une réflexion, car il n'était pas homme à user des prérogatives de son rang pour d'aussi bénignes remarques. Il sauta de sa selle, contourna une aile large comme une petite place.

— Adieu donc, messager, et merci encore pour la promenade, lança-t-il, peu rancunier.

Aiguillonné par son cavalier, le machaon donna un seul coup d'ailes qui le fit bondir à trois mètres de hauteur, aussi léger et gracieux qu'une feuille citronnée qu'un coup de vent soulève. L'insecte portant Frir

Mandore flotta un instant à contre-jour dans le ciel vert, puis amorça un piqué qui le fit disparaître à la vue du chevalier, lequel chassa l'un et l'autre aussitôt de ses pensées.

Pas loin de lui sur la corniche, Sylvin Lanvère avisa une conque orangée accrochée à un long fil d'argent qui escaladait le pic. Il ouvrit une porte ronde et, assis dans un profond siège écarlate, il appuya sur le seul des boutons qui portait le blason fruité de Gandahar. Mais rien ne se produisit, l'ascenseur restait immobile. Sylvin Lanvère pesta intérieurement, donna vainement quelques coups de poing sur le tableau de commande de l'engin, mais celui-ci ne voulait toujours rien savoir.

— Ce damné coursier papillonnant m'a porté la guigne, murmura le chevalier. Mais avec philosophie, il commença l'ascension du pic, porté par ses seules jambes, dont il connaissait toutefois l'endurance.

L'incident ne l'inquiétait guère, car ce n'était pas la première fois à Gandahar qu'un engin mécanique tombait en panne, sans que nul ne se souciât en apparence d'y porter remède. Aussi les Gandahariens se confiaient-ils de plus en plus aux forces et aux tractions animales pour leurs travaux et leurs déplacements : le secret des mutations contrôlées avait été percé depuis fort longtemps, et les ressources naturelles ainsi domestiquées étaient immenses.

La route était longue et ardue jusqu'au palais d'Ambisextra, et Sylvin, avant de l'atteindre s'arrêta deux fois : l'une pour mordre sans vergogne à une poire éléphantine qui pendait d'une branche ployée au-dessus du mur d'une propriété azurée appartenant à quelque fonctionnaire du palais, la seconde fois pour s'abreuver à une fontaine publique en forme de dauphin, qui crachait un liquide rosé à goût de framboise mais très alcoolisé.

Le chemin virevoltant qui menait au palais de la Reine était somme toute agréable pour une promenade, mais Sylvin, qui se sentait tenu de forcer l'allure, était harassé quand il atteignit le but. Il s'appuya un instant à l'une des lourdes colonnes roses qui supportaient le péristyle du palais ; un garde, vêtu comme lui de pourpre et d'orange, mais portant une longue hallebarde aiguisée, vint s'enquérir de ce qu'il désirait.

— La Reine m'a demandé. Je suis Sylvin Lanvère, annonça-t-il simplement. Avant de suivre le garde dans les profondeurs du château, le chevalier tourna ses regards vers le ciel, qui avait pris la nuance profonde des vieilles eaux qui dorment. Dans cet étang assoupi qui recouvrait le monde, de multiples étoiles clignaient amicalement.

— Tout est si calme, pensa le chevalier. Et, pour la première fois, il se sentit vraiment intrigué par cet appel incongru. À la suite du garde, il traversa de longs couloirs déserts, illuminés d'une lumière sourde et reposante qui suintait des pierres rendues phosphorescentes artificiellement. Enfin il s'arrêta devant une grande porte, qui s'ouvrit bientôt sans bruit après que le hallebardier eut murmuré quelque mot convenu dans un micro mural.

— Bienvenue à toi, Sylvin Lanvère. Ainsi fut-il accueilli par un homme d'âge mûr qui le reçut en lui ouvrant les bras.

— Je suis honoré de te revoir, conseiller Blanminor, répondit le jeune homme en donnant l'accolade à son aîné. Blanminor, outre ses fonctions officielles et officieuses auprès de la Reine, était aussi instructeur d'histoire politique au Collège de Chevalerie d'où, il n'y avait pas si longtemps, Sylvin était sorti avec un rang fort honorable. Et comme l'instructeur possédait à la fois une grande science et une grande affabilité, le chevalier, qui ne l'avait pas vu depuis lors, le retrouvait avec plaisir.

— Pourrais-tu me dire... commença-t-il.

— Chut ! le coupa Blanminor, avec un sourire assombri pourtant par un front soucieux, Myrne te parlera elle-même. Il prit le chevalier par le bras et le conduisit, à travers l'immense salle voûtée, vers sa sombre extrémité où se devinait, noyé d'ombre, le trône royal. Leurs pas sonnaient mat sur le dallage de pierres rares.

— J'espère que tu as gagné le palais sans encombre...

— Sans encombre d'importance, précisa Sylvin. Cependant l'émissaire qui est venu m'arracher d'une conversation passionnante avec mon ami Pucrate, montait un papillon à l'humeur vagabonde qui roulait et tanguait comme un navire sous la houle. De plus, ce damné animal ne pouvait, paraît-il, gagner le sommet du pic, et je fus abandonné aux environs du troisième niveau. Là, j'ai voulu prendre un de vos merveilleux ascenseurs en forme de tulipe, ou de coquille, je ne sais, mais il n'a pas bougé plus que la montagne elle-même. Je pense avoir marché deux grandes heures — mais, acheva-t-il, le paysage était beau.

— Il est vrai que beaucoup de nos appareils mécaniques se dégradent, dit pensivement le conseiller. Et bien peu de nos jeunes gens se sentent l'âme à étudier les sciences exactes. Ah, Sylvin, j'ai peur que le royaume de Gandahar n'apparaisse à beaucoup comme une proie offerte...

— Que veux-tu dire ? sursauta le chevalier. Mais une pression sur son bras le ramena à la réalité. Il s'aperçut qu'il était au pied du trône et que celui-ci rayonnait maintenant d'une douce lueur bleutée. Au cœur de cette lumière, se tenait assise Myrne Ambisextra, Reine de Gandahar.

Sylvin Lanvère mit un genou à terre et inclina la tête, comme le voulait l'étiquette.

— Relève-toi, Sylvin Lanvère, et viens à moi, prononça la Reine de sa voix chantante. Le chevalier se redressa, grimpa les marches du trône. Celui-ci était gigantesque, bien à l'échelle du palais dont il occupait approximativement le centre. Et comme le blason du royaume, il avait été taillé, d'une seule pièce, dans une pierre mate venue d'une planète lointaine, en forme de G, d'épée et de pomme ouverte. Le siège royal occupait la place des pépins, et dans cet hémisphère ainsi creusé, Myrne Ambisextra était mollement étendue.

Lorsque le chevalier fut debout devant elle, elle se redressa sur un coude et le fixa intensément de ses immenses yeux violets. Sous ce regard enveloppant, Sylvin Lanvère sentit une onde chaude l'envahir tout entier. La Reine était vêtue d'une toute simple tunique bleu pâle (ou peut-être n'était-ce que le reflet de la pierre de lune qui la teintait ainsi), et sous le tissu aérien se devinait son corps menu. Ses cheveux d'un blanc d'argent coulaient jusqu'à sa taille, et sur son visage triangulaire l'âge n'avait encore déposé aucune scorie.

Sylvin, qui n'avait approché la Reine qu'une seule fois dans sa vie, le jour de la remise de son diplôme de chevalier, la trouva belle une fois de plus. Pourtant, Myrne Ambisextra, autant que Sylvin pouvait se le rappeler par ses souvenirs des cours d'héraldique, devait approcher de ses 170 ans. Même à Gandahar, où l'on vivait longtemps et bien grâce à des pratiques naturistes complètes et à la pureté de l'air, c'était un âge honorable, surtout si l'on songeait à la longueur des années tridaniennes. Cependant, il fallait être depuis longtemps de l'entourage de la Reine pour se souvenir de ses derniers amants. Et la mesure qu'elle avait su donner à l'aspect le plus privé de sa vie était un gage supplémentaire de sa sagesse et de sa grandeur.

— Ainsi te voilà, Sylvin, dit-elle. J'ai plaisir à te voir car je sais que tu es homme d'honneur et de valeur. Je n'ignore rien de tes prouesses au sport, au combat dans les joutes, et... la Reine s'interrompit, rougit imperceptiblement, et baissa une seconde ses paupières qui étaient peintes de la même couleur que ses yeux. Je voudrais aussi que tu saches, continua-t-elle, que mon plaisir aurait été doublé si ta visite n'avait eu d'autre but que de me distraire, car je sais aussi que tu es poète et charmant compagnon.

Malheureusement, si je t'ai fait appeler, ce n'est pas pour me tenir compagnie. C'est que j'ai besoin de ton astuce et de ton courage pour une mission importante qui va t'être confiée...

Sylvin se raidit, en attente de ce qui allait suivre. Mais la Reine se leva, le prit par le bras, et descendit avec lui les marches du trône. Blanminor était en bas, qui les attendait. La Reine passa sa main libre sous le bras du conseiller, et entraîna les deux nobles vers le fond de la salle des audiences. Un peu de lumière s'accrochait encore à ses cheveux et à ses voiles, et naviguant ainsi dans l'obscurité, suspendue à deux hommes qui la dépassaient de plus d'une tête, on aurait dit une luciole dansant entre deux branches.

— Un danger menace Gandahar, reprit abruptement la Reine. J'en détiens des preuves certaines, mais seuls mon Conseil Suprême et moi-même sommes pour l'instant au courant.

— Un danger ? Mais quelle sorte de danger ? voulut savoir le chevalier. Gandahar est en paix avec ses voisins et...

— Ses voisins, coupa la Reine... Quels voisins ? Peux-tu me le dire, Sylvin ?

— Il est vrai, répondit le jeune homme après quelques secondes de réflexion, que nous ne faisons guère commerce avec les autres États tridaniens. Mais dois-je comprendre que tu redoutes une invasion armée d'un pays limitrophe ?

— Je ne sais, Sylvin, je ne sais. Mais une grande menace avance sur Gandahar, de cela, je suis certaine.

— L'espace, alors ? hasarda le chevalier.

— L'espace, ou notre propre monde, qui sait ? Et n'est-ce pas pareil, au fond ?... Notre peuple est comme une huître qui dort dans sa coquille ; hors Gandahar, tout nous est devenu lointain, étranger. Nous sommes aveugles et sourds à ce qui nous entoure, et c'est une faute grave, Sylvin. Voilà cent trente-sept ans que j'occupe le trône de Gandahar ; pas une seule fois, durant toutes ces longues années, je n'ai reçu la visite, ou même des nouvelles, d'un Empire ou d'un État voisin. Nos seules relations se font avec les groupes de transformés et avec quelques tribus barbares limitrophes — et encore font-ils constitutionnellement partie du royaume...

— Mais d'où vient ce danger, alors ?

— Du sud.

— Du sud ? Mais c'est impossible, voyons ! Nos marches de l'est sont bordées de bout en bout par le désert Très-Brûlant, où nul ne peut s'aventurer sans périr...

— Où sont les résidus des leçons que t'ont inculquées Blanminor et ses pairs ? ironisa la Reine. Au sud du désert Très-Brûlant, tu ne devrais pas l'ignorer, existe une large bande de territoire au climat tempéré, baigné sur ses rivages par l'océan Excentrique.

— Et c'est de là...

— C'est de là que vient la menace. Mais nous allons mieux t'expliquer, Sylvin. Entre donc.

Tout en devisant de la sorte, la Reine et ses deux compagnons avaient atteint le fond de la salle du trône. Une portion du mur coulissa sans bruit devant eux, ils pénétrèrent dans un petit cabinet de travail, contigu aux appartements royaux. Une lumière émeraude l'éclairait.

— Veux-tu bien lui expliquer, Blanminor, dit la Reine.

— Gandahar possède des yeux sur toutes ses frontières naturelles, commença le conseiller, s'adressant à Sylvin. Et ces yeux sont de deux sortes : les uns sont fixes, les autres mobiles. Mais tous sont des enregistreurs d'images doués de mémoire ; qu'une chose inhabituelle se produise devant leur lentille, et nous en sommes immédiatement prévenus.

Or, en l'espace de quinze jours, tous les yeux fixes situés sur l'extrême est de la bande de Gazan sont devenus aveugles. Non sans que l'un d'eux nous ait transmis cette image. Regarde...

Le conseiller pressa deux contacts. La pièce devint obscure, et un écran s'alluma, montrant une vue brouillée de la jungle gandaharienne. Sylvin Lanvère se pencha en avant, plissa les yeux d'attention. Entre les arbres, il pouvait y avoir... Ce n'était pas très net bien sûr, mais il pouvait se faire que ces silhouettes confuses fussent une troupe en marche.

— Rien d'autre que cette mauvaise image ? interrogea le jeune chevalier.

— Et encore l'avons-nous fait préciser par le sélecteur, répondit Blanminor. Mais tu as raison, il y a autre chose : nos yeux mobiles...

— Les oiseaux, les abeilles ?...

— Les oiseaux, oui, Sylvin. Tu sais que grâce à nos cortico-impulseurs, nous voyons aussi par leurs yeux. Ils se sont éteints pareillement.

— Tous ?

— Regarde, Sylvin... C'était la Reine qui venait de parler. Elle tendit le bras, montrant quelque chose.

Sylvin Lanvère s'approcha d'une simple table de bois. Six oiseaux morts y étaient étendus, le ventre en l'air, bec ouvert, désarmé, désarmant, horriblement tristes.

Le chevalier effleura d'un doigt le fin duvet gris d'une tourterelle raidie. — Ce sont des oiseaux espions ? dit-il.

— Ce sont des oiseaux, répondit Ambisextra d'une voix menue et étrangement voilée. Ce sont des oiseaux, et on me les a tués. Tu trouveras qui, Sylvin, ajouta-t-elle, frémissante.

— Moi ?

Mais sous le regard violet de la Reine, le chevalier capitula.

— Que devrai-je faire ? fait-il simplement.

— Tu partiras demain à l'aube... Blanminor t'expliquera. Rien ne te retient aux environs de Jasper, je pense ?

La Reine s'était détournée et avait lancé cette phrase d'une voix rapide et indifférente. Sylvin se demanda quel piège elle cachait. La vision d'une fugitive blondeur et l'écho d'un rire cristallin le traversèrent soudain, mais ce fut d'un ton ferme qu'il répondit : — Rien ne me retient à Jasper, Altesse. D'ailleurs je suis pour tout à tes ordres.

— Je n'en attendais pas moins de toi, Sylvin. Allons manger maintenant, tu dois être affamé. Et puis on te trouvera un lit au palais...

On les servit tous trois à la même table, avec une simplicité qui témoignait du peu de cas que faisait Ambisextra des usages séculaires. La pièce était ronde et orangée, et les nervures méridiennes qui parcouraient ses murs achevaient de donner l'illusion qu'on se trouvait dans une énorme citrouille évidée, coquetterie d'un décorateur inspiré peut-être par de vieilles légendes.

Ils mangèrent sans parler beaucoup, des fruits principalement, car à Gandahar on répugnait à tuer les animaux. Ils burent aussi dans des verres fuselés de nombreux breuvages piquants et multicolores qui rendaient la tête légère mais n'avaient pas d'effet durable. Sur les coussins moelleux qui remplissaient la salle, des cohortes de chats de la grosseur d'un pouce bondissaient comme de petites balles de fourrure en poussant de minuscules miaulements.

— Où a-t-on trouvé les oiseaux ? interrogea une fois Sylvin Lanvère.

— Des émissaires me les ont ramenés de la forêt. Six seulement, mais combien sont morts..., soupira la Reine.

— Mais de quoi sont-ils morts, justement ? voulut savoir le chevalier.

— L'étincelle de vie les a quittés, répondit Ambisextra. Sylvin ne put rien obtenir d'autre sur ce sujet, comprenant qu'en parler encore serait douloureux au cœur sensible de la Reine. Mais il sut plus tard de Blanminor qu'il fallait aussi entendre les paroles royales dans un sens très littéral.

Lorsque la Reine, lasse, signifia leur congé aux deux hommes, Sylvin Lanvère, avant de se lever, dut décrocher de sa jambe un des petits chats mutants qui s'était pris dans les lacets de sa botte montante. Puis il s'inclina devant Myrne Ambisextra, et la Reine le retint un moment dans la nasse d'un lourd regard voilé.

— Bonne nuit, et bonne chance, Sylvin, furent ses seules paroles.

Quand Blanminor, après plusieurs détours dans les sombres et vastes boyaux du palais, eut mené Sylvin à la porte de sa chambre, le jeune homme voulut savoir encore pourquoi c'était lui, et non un autre, qui avait été choisi pour cette importante mission.

— Parce que tu es le dernier..., commença le conseiller rêveusement, puis il se tut, eut un demi-sourire, et se composa une mine sévère. Le chevalier n'osa l'interroger davantage, à cause de sa bonne éducation et de l'amitié qu'il portait au conseiller.

— Tu partiras demain à 6 heures, reprit Blanminor. Un garde viendra te réveiller. Il ne faudra pas que tu t'attardes : la distance est grande jusqu'à Gazan, et il me hâte de savoir si les craintes de la Reine sont justifiées ou non... Car malgré les indices alarmants que nous t'avons soumis, je ne peux croire encore qu'un véritable danger nous menace. Gandahar a vécu en paix si longtemps... De toute façon, nous comptons sur toi, Sylvin : observe, recueille des renseignements positifs, mais ne t'expose pas trop. Si nos alarmes sont fondées, il est nécessaire que tu rejoignes Jasper au plus vite. Car alors il faudra nous préparer à combattre, et chaque minute sera précieuse. Je vais d'ailleurs dès demain reformer quelques centuries avec les gardes du palais et les chevaliers disponibles. Mais tu sais, notre peuple a oublié depuis longtemps l'art de la guerre — et j'aurais souhaité qu'il en soit ainsi pour toujours.

— Je ferai comme tu me dis, répondit le chevalier. Mais comment irai-je jusqu'à Gazan ?

— Une cordule annelée sera prête et t'attendra. C'est la plus rapide et la mieux armée de nos montures volantes. Bien que, je ne te le cache pas, leur contrôle pose parfois quelques problèmes...

— Une cordule ? fit Sylvin avec une grimace. Ne pourrais-je pas plutôt avoir un plateau-réacteur ?

— Ils sont tous en révision ; et puis un animal doit en principe être moins facilement repérable. Mais ne t'inquiète pas, la cordule sera impulsée directement depuis le palais ; tu n'auras pas à t'en occuper.

— Très bien, répondit Sylvin. Les deux hommes se saluèrent, et le chevalier referma derrière lui la porte de sa chambre. C'était une pièce allongée et la lumière en était agréablement rosée. Un grand lit vaguement rectangulaire, formé d'une seule pièce de fourrure blanche et soyeuse, en occupait toute une extrémité. Pensif, et plus troublé qu'il ne voulait bien l'admettre par les graves événements qui s'amoncelaient sur Gandahar, il se déshabilla rapidement et s'étendit dans la douce fourrure. Il s'endormit vite, pour rêver à un visage insistant qui n'était ni tout à fait Ambisextra ni tout à fait la blonde et tendre Clarène. Puis, en plein cœur de la nuit, il fut réveillé en sursaut par une légère sensation de roulis.

Il ouvrit les yeux et constata que le lit se déplaçait lentement vers l'autre bout de la pièce. Se penchant, il souleva quelques touffes de poils et vit une rangée de petites pattes torses qui se mouvaient lentement ; vers le devant, deux grands yeux sombres le considéraient attentivement. Une langue râpeuse sortie d'il ne savait où lui lécha la main.

Sylvin se leva tout à fait, sonna un garde.

— Faites quelque chose, dit-il, mon lit a soif.

DEUXIÈME JOURNÉE

La cordule annelée vrombissait dans l'air limpide du matin. Ses quatre ailes cristallines se mouvaient à une allure si incroyable qu'elles se confondaient dans un tourbillon étincelant qui procurait à Sylvin Lanvère une douleur rétinienne presque hypnotique.

Le chevalier s'agrippait à sa selle, placée à l'extrême arrière du prothorax. Il n'avait encore eu aucun ennui avec sa monture qui, depuis près de trois heures qu'il était en vol, avait suivi une route strictement rectiligne vers le sud-est. La libellule géante plafonnait à environ deux mille mètres, ce qui réduisait à presque rien les observations que Sylvin pouvait faire du sol survolé. Mais en fait, la cordule survolait encore la Valderboise, sans limite visible à sa droite comme à sa gauche. Et il s'écoulerait encore plusieurs heures avant que la riante campagne dorée ne se rétrécisse, mangée au nord par les sables brûlants, au sud par les flots bleus de l'océan. À ce moment-là, les ondes invisibles qui, parties du palais pointu, tenaient la cordule dans leur réseau serré, obligeraient l'animal à adopter un vol en rase-mottes.

Pour l'instant, perdu entre ciel et terre, Sylvin Lanvère allait contre le soleil, et le vent puissant de la vitesse lui balayait le visage et faisait voler ses cheveux. Sa méfiance primitive envers l'insecte qui le portait avait fini par s'estomper entièrement et, pour échapper au fascinant battement des ailes de cristal, il ne tarda pas à fermer les yeux. Sa nuit avait été courte, aussi dut-il s'assoupir un peu.

Une sensation de chute l'éveilla. Le vent chuintait contre la voilure immobile de son coursier. Les ailes étendues, la cordule avait amorcé en plané un long piqué en spirale.

Sylvin s'accrocha à sa selle. Sur le fond de brume bleutée qui, à l'horizon, noyait la chute émeraude du ciel et le roux des prés, deux points noirs se précisaient, grossissant imperceptiblement, montant à la rencontre de l'équipage aérien. Le chevalier eut à peine le temps de penser aux agresseurs inconnus qu'il reconnut deux busiers, grands rapaces qui chassent par couple.

La férocité de la cordule annelée ne le cédait en rien à celle des busiers, et le malheur était qu'en la circonstance le névroptère eût la taille d'un petit avion. Sylvin Lancère n'avait aucun impulseur personnel, étant livré au train d'ondes qui, de Jasper, dirigeait son coursier. Il appuya frénétiquement sur le bouton d'alarme fixé au moduleur de sa selle.

— Remonte ! Remonte ! sale bête... hurla-t-il à travers le fouet du vent. Mais l'impulsion donnée à la cordule était sans doute impuissante à combattre efficacement son instinct de chasseur. Blanminor n'avait-il pas dit que le contrôle des cordules posait parfois des problèmes ?

D'ailleurs le chevalier n'eut plus le loisir de maudire sa situation. Les deux busiers étaient parvenus à la hauteur de l'insecte géant, et se séparaient pour l'attaque. Dépassant l'insecte sur sa droite et sur sa gauche, les deux oiseaux de proie montèrent en une courte chandelle et Sylvin, contorsionné sur sa selle les vit redescendre droit sur lui. L'espace d'une seconde figé, il put voir avec précision le bec grand ouvert des deux volatiles et la crête rouge sombre, aplatie par la vitesse, qui couronnait leur tête racée et orgueilleuse. Puis il se sentit précipité en avant...

Avec cette prodigieuse faculté d'inversion de mouvement que possèdent toutes ses pareilles, la grande libellule venait de stopper net. Les deux busiers, emportés par leur élan, ne purent qu'imparfaitement infléchir leur ligne de vol. L'un pourtant, par un virage serré, put redresser de quelques degrés et vint frapper de plein fouet la délicate voilure membranée du névroptère. Sylvin entendit comme un bruit de soie qui se déchire, et déjà l'oiseau, freinant de ses deux ailes étendues, négociait un long virage loin devant son ennemi.

Mais son congénère avait eu moins de chance ; rasant le prothorax de l'insecte, il avait basculé juste devant sa tête, et la libellule n'avait eu qu'à faire un court bond en avant pour le saisir dans ses mandibules. Sylvin Lanvère ne fut pas directement témoin du rapide carnage, mais un bruit mou de chair broyée parvint distinctement à ses oreilles, tandis que quelques plumes grises voltigeaient autour de lui, se perdaient vers l'arrière.

Et déjà les deux adversaires survivants cherchaient chacun un nouvel angle d'attaque : le busier suivait une large courbe qui se réduisait peu à peu ; la cordule, moins subtile, se contentait de faire face au rapace par toute une série de petits déplacements latéraux. L'une de ses ailes, frappée par l'oiseau de proie, était lacérée sur une grande longueur et battait avec moins de régularité que les autres ; et des morceaux effrangés, leurs fines ramures brisées, lançaient des éclairs d'argent.

Mais ces dégâts ne semblaient pas menacer la stabilité de vol de l'insecte. Sylvin tira de son étui son pistolet à graines. Puis l'attaque se produisit. Avec une rapidité stupéfiante, le busier fondit sur le névroptère, et avant que celui-ci eût pu se dérober, l'oiseau planta ses serres dans l'œil globuleux de son ennemi, et accroché à l'organe sensible, commença à le déchiqueter à coups de bec secs et précis. La cordule se mit à tanguer et à virevolter. Sylvin n'hésita qu'un court instant. Ses sympathies personnelles le portaient naturellement vers l'oiseau de proie mais, bien que les péripéties du combat les eût rapprochés du sol, il se trouvait encore à un bon millier de mètres au-dessus de la forêt, et une chute eût été bien évidemment mortelle.

Il visa avec soin, pressa six fois sur la détente de son arme. Il y eut six petits éclatements assourdis, et le busier fit entendre un cri rauque, dressa ses ailes avec une inutile majesté, puis bascula en arrière. Sylvin suivit des yeux sa longue chute tourbillonnante.

Il pensa un instant que, débarrassée des créatures volantes qui avaient réveillé son instinct de chasseur, ou peut-être sa faim, la cordule retomberait dans les rets de l'impulseur. Mais sans doute son cervelet avait-il été irrémédiablement endommagé, car l'insecte ne suivit plus dès lors que des fragments de lignes brisées en un vol capricieux et saccadé. Et insensiblement, il perdait de l'altitude.

Bientôt, Sylvin et sa monture ne furent plus qu'à une dizaine de mètres du sol, effleurant parfois les tiges hautes et granulées de ces ombellicées violettes qui ne fleurissent que dans les régions tropicales de Gandahar, et qu'on appelle les clochigrules.

Puis la cordule se posa enfin dans l'herbe haute, et resta sur place, les ailes immobiles, enroulant et déroulant son long abdomen annelé. Sylvin Lanvère mit pied à terre, l'arme haute, et fit prudemment le tour de l'insecte. L'un des yeux à facettes n'était plus qu'une bouillie marécageuse qui coulait sur la tête triangulaire de l'animal ; les mandibules énormes s'ouvraient et se fermaient dans un mouvement spasmodique et les palpeurs étaient agités de tremblements.

La cordule était sérieusement touchée : il était bien douteux qu'elle pût reprendre l'air. Et, bien qu'un insecte de ce genre ne pousse pas de cris et n'exprime rien sur son masque barbare, Sylvin comprit que son coursier souffrait. Il s'approcha vers l'arrière de l'œil intact, et lorsqu'il tira une seule graine à l'intersection membraneuse de la tête et du prothorax, il se demanda sous quelle forme pouvaient bien l'enregistrer les multiples facettes imbriquées.

L'abdomen noir strié de jaune du névroptère se contracta une dernière fois, et la bête ne bougea plus. Le chevalier rengaina son arme et se détourna vite ; voir mourir un animal est toujours un spectacle affligeant. Et être obligé de donner soi-même la mort est un plus grand tourment encore.

Il était 10 heures du matin. Le chevalier ignorait tout de sa situation géographique. Il était loin déjà du centre tempéré de la Valderboise où sont situés la plupart des villes et des villages de Gandahar, mais il ne devait pas pour autant être proche de la bande de Gazan. En fait, en se basant sur ses heures de vol, Sylvin pensait être parvenu environ à mi-chemin de son but, ce qui dans tous les cas était la pire chose qui eût pu lui arriver.

Il maudit les techniciens de Jasper qui avaient si mal impulsé son coursier et ne lui avaient pas donné le moindre mode de communication personnel. Mais maudire ne servait à rien. Après avoir jeté un coup d'œil sur sa boussole, le chevalier se mit en route vers le sud. Par la chaleur qui le poissait déjà de sueur, par la végétation plus ocre que dorée, Sylvin supputait que sa route avait été dès le départ fortement orientée vers le sud ; avec un peu de chance, il se pouvait qu'il ne fût qu'à quelques kilomètres, ou quelques dizaines de kilomètres de l'océan. S'il y avait encore ici des Gandahariens civilisés, c'est près du rivage qu'il les trouverait.

Sylvin marcha longtemps. Il eut faim et soif, mais trouva heureusement sur la lande un bosquet riche en framboisiers. Ce n'était pas évidemment les fruits gonflés qu'on cultive dans les jardins de Jasper, et il lui en fallut beaucoup pour se rassasier ; mais le goût était le même, et le chevalier retrouva courage et énergie.

Ce ne fut pourtant qu'au soir tombant qu'il rencontra la colonne de transformés. Le soleil était énorme et rouge sur l'horizon plat, et par contraste le ciel n'en apparaissait que plus vert. Dans l'herbe haute que nul souffle de vent n'agitait, les ombres pourpres des arbres rares s'étiraient interminablement. Et au loin, derrière une haie de tromes, un étrange cortège se mouvait pesamment.

Sylvin n'hésita qu'un court instant ; malgré leur aspect, souvent repoussant, il n'avait jamais entendu dire que des transformés fussent agressifs à l'égard des Gandahariens. D'ailleurs, aurait pu dire Blanminor, ou la Reine elle-même, les transformés ÉTAIENT des Gandahariens.

De sa longue foulée souple, Sylvin Lanvère obliqua et rejoignit le groupe. Il se posta en face de la créature de tête et fit un geste de bienvenue avec sa main écartée au niveau de son épaule droite ; et sur sa tunique les armes de Gandahar attestaient de sa noblesse. Mais le transformé l'ignora superbement ; il se poussait en avant de sa démarche lourde et cahotante, et Sylvin dut s'écarter pour ne pas être heurté par le grand front corné. Il entendait l'herbe craquer sous les pas massifs, et une odeur douceâtre, nettement animale, effleura ses narines. Il frissonna.

Au temps où, quelques milliers d'années auparavant, la science gandaharienne s'était tournée tout entière vers les mutations contrôlées, au temps de cette folie où l'on avait, de manière irréversible, rendu gros ce qui était petit, et petit ce qui était gros, les animaux et les végétaux n'avaient pas été les seuls à faire les frais des expériences. Mais rien de ce qui avait été tenté sur les hommes en matière de spécialisation poussée (ce qui avait été le mot d'ordre de l'époque), n'avait eu d'heureuses suites. Trop de monstres étaient sortis des cuves radiantes. Des formes viables, et stables, qui avaient fait souche. Tels étaient les transformés, qui vivaient en tribus, un peu parias, un peu volontaires exilés, loin en bordure des terrains habités de Gandahar.

Les expériences sur les humains étaient depuis longtemps abandonnées, mais les transformés restaient, comme la honte secrète de l'heureux Royaume.

Ceux-ci étaient des hommes-tortues, et en une longue file ils se hâtaient avec lenteur, portant comme une plaie leur maison sur leur dos. Sylvin Lanvère longea la colonne, la remontant en sens inverse de sa marche.

— Parler ! disait le chevalier... Vous et moi, parler ! Qui savoir parler ?... Car beaucoup de transformés avaient perdu l'usage du langage humain en même temps que leur forme.

Enfin l'un d'eux (ou l'une d'elles ?) s'arrêta. Sylvin se sentit soupesé par un œil rond et vif enfoui sous une arcade rocheuse.

— Parler ? dit-il.

— *HOOO... HOMME,* articula la pitoyable créature. C'était un souffle issu d'une caverne profonde, une ombre de voix rocailleuse qui était comme l'écho d'un tonnerre lointain. Sylvin se pencha tout près du bec corné, et ses yeux rieurs se cernèrent d'un fin réseau de rides.

— Homme, répéta-t-il sur un ton triste et sourd.
— Homme ami de vous. Homme perdu, tombé du ciel. (Il tenta de mimer son aventure, mais abandonna vite.) — Autres hommes, comme moi, être où ?

— *HOMMES...* Le mot roula dans la gorge du transformé, comme s'il portait la signification d'un indicible cataclysme. L'haleine fade et forte de l'homme-tortue frappa Sylvin en plein visage mais il ne cilla pas.
— *HOMMES... PARTIS... MORTS...*

Le chevalier sursauta. — Morts ? lança-t-il.

— *HOMMES MORTS... ROSTULES MORTS...* gronda la lourde créature. *ROSTULES PARTIR...*

— Rostules partir ? murmura le chevalier, conscient à nouveau du piétinement sourd des créatures en marche. Interminablement, les hommes-tortues défilaient, et Sylvin réalisa pour la première fois qu'ils se dirigeaient droit vers l'ouest. C'était l'indéniable réalité : les hommes-tortues fuyaient, si lente que paraissait leur course pesante, et ils refluaient vers le centre de Gandahar.

— Mais pourquoi hommes et rostules partir ? interrogea le chevalier. Pourquoi morts ? Qui tuer ?

Il y eut un silence, puis le monstre articula péniblement : — *VENIR... VENIR...*

— Mais quoi ? Mais qui ?...

— *VENIR... HOMMES-MACHINES...*

— Hommes-machines, souffla le chevalier. Instinctivement, il porta son regard vers l'est. L'horizon était maintenant rouge écarlate, mais il ne s'agissait que de la chute du soleil. — Hommes-machines... Un frisson le parcourut, et il se sentit subitement nu et désarmé ; l'univers était devenu glacial, hostile, et même les profondeurs émeraude du ciel lui semblaient revêtir une menace cachée.

L'homme-tortue s'était ébranlé, avait repris sa place dans la colonne qui maintenant se clairsemait. Il ne passait plus maintenant que des vieillards, reconnaissables à leur peau ridée et aux végétaux moussus qui s'attachaient à leur carapace, et des enfants, petits et rosés, aux membres curieusement élancés. Sylvin ne jugea pas utile de poursuivre son interlocuteur; celui-ci avait fait des efforts méritoires pour s'adresser au chevalier, et il était probable que son pauvre vocabulaire fût incapable de préciser davantage la cause de cette fuite.

Bientôt il n'y eut plus rien qu'un nuage de poussière qui s'effilochait dans le ciel vert.

Deux troubles bien différents se partageaient l'esprit de Sylvin. Le contact avec les rostules avait bloqué son cœur dans un étau qui ne se desserrait que lentement. Et bien sûr il y avait les « hommes-machines ». Sylvin ignorait tout de ce que ce terme pouvait bien signifier, surtout dans l'esprit d'un transformé effrayé. Mais nul à Gandahar, où les machines devenaient de plus en plus rares, n'avait jamais entendu parler d'hommes-machines.

Pourtant, la fuite des transformés était une chose terriblement tangible, et le chevalier ne douta plus du bien-fondé des craintes d'Ambisextra. Et en même temps, la responsabilité qui pesait sur ses épaules lui parut bien lourde. Mais il n'était plus question de chercher un moyen pour rallier le palais; après un dernier regard au léger brouillard qui signalait encore la horde lointaine, il s'engagea sur les traces bien visibles qu'elle avait laissées, droit vers l'ouest.

Un moment, dans le ciel qui virait au pourpre sombre, il vit passer un grand oiseau flamboyant; c'était un cormoran que la lumière du soir teintait de vermillon. Sa présence confirma l'existence proche de l'océan, et Sylvin fut effleuré par l'idée que la créature volante pouvait être un œil-espion de la Reine. Mais il perdit rapidement l'oiseau de vue.

Le soleil s'était couché, et la savane n'était plus qu'une marée grise sous le voile violet du ciel quand le chevalier entendit le bruit. Il ne put d'abord l'identifier et, tous ses sens en éveil, il s'immobilisa dans l'angle aigu que faisaient les troncs de deux prêles jumeaux. Puis la rumeur se précisa, devint un grincement curieusement rythmé. Sylvin sentit les battements de son cœur s'accélérer. Il pensa avec un humour un peu crispé : — Cette fois, mon vieux Sylvin, tu vas les voir, ces ferrailles... et il tira son pistolet, s'accroupit dans l'herbe.

Peu à peu, et bien que le guetteur ne vît rien poindre, le bruit prit forme et consistance, emplit la voûte de silence de la jungle endormie. Et à mesure que ses oreilles saisissaient mieux le grincement, un étonnement sans borne envahissait Sylvin Lanvère. Car ce qu'il entendait n'était autre qu'un chant, et même un chant martial, s'il en jugeait d'après le rythme, mais un chant que pas un gosier humain n'aurait pu articuler; les voix qui hurlaient dans le crépuscule semblaient provenir de la bouche béante de quelques vieilles casseroles rouillées, accompagnées par des batteurs à œufs voilés et toute une batterie de cuisine cabossée. Pourtant, les mots, eux, étaient indubitablement gandahariens, et c'était bien là le point le plus stupéfiant de cette incroyable cacophonie. Car le refrain, qui revenait sans cesse, se résumait à ceci :

NOUS SOMMES LES DURS
LES DURS-DE-DURS
NOUS SOMMES LES DURS
QUI VENONS DU FUTUR
NOUS SOMMES LES DURS
ET NOTRE CHEF EST
SUPER-DUR-DE-DUR

Abasourdi, Sylvin se souleva, plaquant son corps mince contre le tronc lisse du prêle. Et enfin, il les vit.

Les hommes-machines venaient droit vers lui, avançant sur deux longues files dont seuls les premiers individus étaient perceptibles pour le chevalier, mais qui devaient s'étirer fort loin dans la plaine, compte tenu de la puissance du chant et du martèlement d'innombrables pieds ferrés sur le sol. Dans l'ombre indécise de l'entre chien et loup, Sylvin ne distingua que la forme générale des envahisseurs qui, bien que massive, était indubitablement humaine, ainsi que d'énormes casques sphériques sur lesquels jouait faiblement le reflet des étoiles.

Rompant la fascination qui le tenait attaché à cette bruyante troupe qui marchait sur lui, le chevalier se coula dans l'herbe et se glissa vers la droite. Mais un silence fracassant le figea soudain dans sa reptation ; le chant, les pas, tout s'était tu. Une gouttelette de sueur glacée s'écoula avec une lenteur désespérante de l'aisselle gauche de Sylvin et s'insinua entre ses côtes.

Le jeune homme se releva lentement, le pistolet crispé dans son poing. Les hommes-machines avaient stoppé leur progression, et sur leur face muette qui toutes s'étaient tournées vers Sylvin, des yeux rouges s'étaient allumés, qui le fixaient avec obstination. Dans la plaine obscurcie, cela faisait comme un long serpent de trous sanglants, et l'effet en était effrayant.

Puis une voix — toujours cette même voix grinçante, grasseyante, inhumaine, proféra : — *UN ÊTRE-TENDRE !...* Et cette exclamation se répercuta en écho sur toute la colonne des monolithiques soldats de fer : — *UN ÊTRE-TENDRE... UN ÊTRE-TENDRE... UN ÊTRE-TENDRE...* hachaient les bouches (ou les micros ?) métalliques.

C'était tellement irréel que Sylvin ne parvenait pas à faire fonctionner normalement son cerveau ; il croyait vivre un rêve, ou plutôt un cauchemar, mais il ne pouvait pas se sentir dans sa peau, là, devant ces improbables créatures. Et puis une autre phrase parasitée sortit des gosiers de fer :

ATTRAPONS-LE... ATTRAPONS-LE...

Cela le réveilla. Il fit volte-face et commença à courir droit devant lui. Il bondit au-dessus d'un buisson noir, une branche le gifla au passage... Il courait. Vingt... trente... cinquante mètres. Et comme il n'entendait plus rien, il s'arrêta et se retourna, l'arme haute.

Deux hommes-machines seulement le poursuivaient. Il voyait les deux paires de prunelles rouges et deux ombres massives qui se découpaient sur le ciel violet. Mais les créatures ne se mouvaient pas avec une grande rapidité, et tout le reste de la troupe était resté loin en arrière, confondu avec la nuit. Sylvin hésita encore ; il n'avait pas pu distinguer si les êtres de fer portaient ou non des armes, bien que cela fût très probable. Il y avait en tout cas un moyen de s'en assurer.

Il tendit son bras et, visant chaque fois entre les deux globes rouges, il pressa quatre fois sur la détente de son pistolet. Il y eut le petit sifflement habituel, et Sylvin entendit le claquement sec que faisaient les graines en s'écrasant sur un obstacle métallique. Mais le résultat s'arrêta là. Les hommes-machines continuaient d'avancer, et ils étaient si près maintenant que le chevalier percevait nettement le bruit de l'herbe froissée par leurs pieds pesants.

Avant de reprendre sa course, il lâcha trois nouvelles graines, vainement. Son arme était dangereuse, et son contenu presque inépuisable : les graines de gandoule qu'elle contenait s'écrasaient dans la cible, et les cosses brisées libéraient des spores à croissance sur-rapide qui broyaient les chairs. Contre un être de sang, c'était mortel inéluctablement ; et sur les corps abattus par les graines de gandoule, poussaient leurs fines ramures crénelées et blanchâtres qui surgissaient des chairs crevées comme d'un humus très nourricier. Du moins était-ce là ce qu'on apprenait à l'Université de Chevalerie ; mais jamais avant d'avoir dû abattre le busier et la cordule il n'avait expérimenté son arme sur quelque chose de vivant... ni sur un homme-machine, bien sûr. Et sur un homme-machine les fameuses graines étaient inefficaces.

Sylvin courait. Ce n'était plus qu'une fuite éperdue, qui n'avait pas d'autre but que de lui faire parcourir la plus grande distance possible entre les envahisseurs et un lieu calme où il pourrait se mettre à l'abri, et commencer à réfléchir.

Il ne vit la ligne sombre des hommes-machines qu'en leur arrivant droit dessus. Il freina des talons, mais c'était trop tard. Un rayon lumineux bleuté jaillit, l'enveloppa. Sylvin voulut crier, mais rien ne sortit de sa gorge ; un froid glacial l'avait enveloppé tout entier, ses muscles s'étaient tétanisés. Il tomba en arrière, raide comme un arbre mort, tandis qu'il lui semblait qu'un million de fourmis s'étaient infiltrées sous sa peau et commençaient à le dévorer de l'intérieur.

Sylvin Lanvère s'abattit dans l'herbe, et ne bougea plus.

Un tonnerre assourdi roulait dans un ciel de cristal. Le son enflait, décroissait, des échos multiples se renvoyaient des balles grondantes. Un éclair globuleux jaillissait aussi parfois, rouge, jaune, vert, et réveillait quelque part — mais où ? — une douleur confuse qui fulgurait alors dans un crâne qui avait la dimension d'un socle planétaire, dans des globes oculaires aveugles qui étaient profonds comme d'insondables puits.

Dans la rumeur universelle, une voix disait : « *NOUS AVONS COURT-CIRCUITÉ UN ÊTRE TENDRE, DUR-DE-DUR...* » Le tonnerre crachait une décharge lointaine, un membre courbé dans un espace distordu était secoué par une crispation géodésique. Et une voix encore disait : « *LES RAYONS VUZZ À FAIBLE AMPLITUDE NE COURT-CIRCUITENT PAS LES ÊTRES-TENDRES MAIS LES ENDORMENT SEULEMENT. ENFERMEZ CELUI-LÀ DANS L'ŒUF RÉGÉNÉRATEUR ET CONTINUONS VERS SARTOUM OÙ NOUS ATTEND NOTRE CHEF, SUPER-DUR-DE-DUR...* »

Des pinces fouaillaient une terre molle et des ondes de gel pénétraient loin sous un épiderme roidi. L'univers était de glace et il ne roulait que de nocturnes flots. L'univers n'était que douleur et désagrégation.

Il y eut des sensations de mouvement, de balancement, comme si la gravitation tentait faiblement de reprendre ses droits, mais tous les astres reliés par de minces nerfs de douleur se mirent à danser follement, puis se séparèrent l'un après l'autre en atomes anarchiques.

Rien n'exista plus, que le néant.

TROISIÈME JOURNÉE

Des formes mouvantes, bandes de couleurs, bulles et ballons diversement colorés, écharpes brumeuses, fumées troubles, dansaient devant ses yeux, cherchant une impossible cohésion. Il se mouvait dans un paysage étrange, sans consistance aucune, où régnait le pâteux, le mou, le visqueux.

Mais en même temps, sur d'immatériels membres, il se sentait avancer à une vitesse prodigieuse, traversant en apesanteur ces étendues lumineuses. Cependant cette sensation de mouvement était irritante autant que grisante car il n'avait pas la moindre conscience de l'endroit où il naviguait, et plus encore il comprenait que sa volonté n'avait aucune part dans ce déplacement.

Avec de douloureux tâtonnements, son cerveau chercha des ordres à donner à des muscles évanouis ; de vagues impulsions partaient, sans provoquer de réactions. Puis enfin il y eut un déclic sensible : Sylvin Lanvère ouvrit ses paupières. Aussitôt les taches lumineuses se voilèrent, devinrent plus floues encore, cotonneuses, sourdes ; et en même temps l'univers perdit toute son immensité, se resserra, se contracta à l'extrême. Au milieu de cette aube mentale où il flottait encore, dérivant sur des flocons de brume ; Sylvin eut soudain conscience que des murs l'enserraient.

Il éprouva un brusque sentiment de claustrophobie en se rendant compte qu'au-delà de ce pseudo-infini coloré, mais très proches, et jusqu'à l'étouffer, se dressaient de hauts murs insondables. Enfin il put remuer les doigts, les épaules. Sa chair n'était qu'un ensemble de nœuds qu'il fallait faire glisser avec de grands efforts. Mais le chevalier était encore sans mémoire.

— Clarène ? murmura-t-il comme une forme plus nette venait occulter son champ de vision labouré de phantasmes. Il s'efforça d'ordonner à ses yeux de clarifier sa vision. Et un visage se composa devant lui.

— Cla... Mais ce n'était pas Clarène. Et soudain il se souvint de tout : les hommes-machines, son évanouissement, qu'il avait bien cru être la mort. Et devant lui, penché sur lui, se trouvait la plus adorable créature qu'il eût jamais rencontrée... peut-être. Car à Gandahar les filles étaient belles.

Pourtant celle qui se penchait vers lui n'était pas gandaharienne. C'était une humaine, mais dont la peau nacrée avait des reflets d'un doux bleu, d'un tendre violet, comme il n'en avait jamais vue.

— Tu te réveilles enfin, dit-elle. Sa voix était d'un grave surprenant pour sa beauté, sa finesse, sa fragilité apparentes. Sylvin se redressa, s'adossa à une paroi qui semblait se dérober sous lui, et il inspecta son entourage avec circonspection. Tout tremblait encore imperceptiblement, mais les brumes disparaissaient.

— Sommes-nous en prison ? dit-il.

— Oh non ! répondit la troublante inconnue ; nous sommes dans un œuf...

— Dans un œuf ? Sylvin essaya de se redresser tout à fait. Ses muscles semblaient maintenant lui obéir, et soudain il comprit pourquoi le monde paraissait chavirer encore et pourquoi son regard ne rencontrait que de fuyantes lignes : il se trouvait vraiment dans un œuf, ou en tout cas à l'intérieur d'un objet très nettement ovoïde. Lui-même et la créature bleue en occupaient le gros bout, et à l'autre extrémité Sylvin aperçut deux hublots ronds qui laissaient passer la lumière verte du jour. L'engin ne devait pas avoir plus de deux mètres de circonférence et quatre ou cinq de long. Et sur la paroi métallique, nue par ailleurs, une dizaine d'appendices émergeaient, qui rayonnaient d'une douce lueur bleutée.

Sylvin avança la main vers le plus proche, et toucha avec précaution le petit globe de verre lumineux qui terminait la tige. Il était tiède. Alors le chevalier comprit que le rayonnement qui baignait le sphéroïde avait eu un effet bénéfique sur son organisme. N'avait-il pas entendu, avant de sombrer dans la nuit, quelqu'un dire : « Mettons-le dans l'œuf régénérateur. » Décidément, les hommes-machines semblaient tenir à conserver vivantes leurs captures.

Il se leva. Ses membres étaient encore raides, mais aucune douleur n'en irradiait plus. Il alla au hublot de droite et put s'y pencher, car ce n'était qu'un simple trou découpé dans la coque de l'œuf. Parallèlement à sa marche (car l'œuf marchait réellement, ne possédant pas de roues mais de nombreuses pattes articulées terminées par de grands pieds ovales comme des plats à poissons), la jungle gandaharienne défilait, avec ses prêles élancées, ses saules, ses silodendrons aux panaches épanouis.

En tordant sa tête vers l'avant, Sylvin pouvait apercevoir la longue file des hommes-machines qui piétinaient lourdement. Ainsi, au grand jour, il put mieux les observer.

Ils étaient faits (ou couverts) d'un métal gris plutôt mat qui ne s'ouvrait qu'aux articulations des bras et des jambes pour laisser place à des cylindres boudinés d'une matière souple et sombre qui était sans doute une sorte de caoutchouc. Leur tête semblait couverte de ce grand casque rond à bord plat et relevé que Sylvin avait remarqué la nuit précédente ; mais comme les hommes-machines lui tournaient le dos, il ne put contempler leur visage, ou ce qui en tenait lieu. Tous tenaient à deux mains un gros tube crénelé ; c'était là manifestement l'arme qui avait mis Sylvin si mal en point la veille au soir.

En encastrant sa tête au maximum dans l'ouverture de l'œuf, Sylvin apercevait encore une espèce de véhicule, qui semblait lui aussi posséder des pattes comme moyen de propulsion, assez loin sur le devant de la colonne. C'était une sorte de piédestal roulant, avec une chaire haut perchée sur laquelle se tenait un homme-machine rutilant dont la carapace, de loin, jetait des éclairs dorés ; à cause de la distance, Sylvin ne put en apprécier les détails, mais il lui sembla bien que la créature possédait un grand nombre de bras.

— Ainsi pensa-t-il, ils ont une hiérarchie, dont voici le chef, ou au moins, un chef. Cela cadrait mal avec l'idée qu'il commençait à se faire d'une armée mécanique d'invasion, mais quelle théorie pouvait-on bien se faire au sujet de ces incroyables adversaires ? Le chant, par exemple... Qui aurait imaginé qu'une machine pût éprouver le besoin de chanter — ou tout au moins, que ses créateurs l'eussent programmée pour le chant ?

Car, et c'était bien toujours le point le moins acceptable, les hommes-machines lançaient toujours de leur voix grinçante leur absurde et martiale rengaine :

NOUS SOMMES LES DURS
LES DURS-DE-DURS
NOUS SOMMES LES DURS
QUI VENONS DU FUTUR...

— Qui venons du futur... murmura Sylvin pour lui-même. Fallait-il prendre cela au sens littéral ? Mais non, c'était impossible. On ne pouvait pas venir du futur. Les voyages dans le temps n'existent pas. C'est une impossibilité mathématique. On vous l'enseigne à l'Université. Mais les hommes-machines venaient bien de quelque part. De Tridan ? C'était douteux : Gandahar était la civilisation la plus avancée, la plus florissante de Tridan, et même à Gandahar on ne possédait pas de robots — et on s'en passait fort bien. Non, le plus probable était que cette vague d'invasion fût venue de l'espace, de ces contrées mystérieuses fermées depuis longtemps aux Gandahariens, d'une de ces planètes guerrières dont on connaissait l'existence par de vieux écrits ou de vieilles bandes vidéo.

Sylvin Lanvère pensa avec amertume au danger mortel qui pesait sur sa patrie, et avec contrition à sa propre personne, qui avait été bien peu digne de l'estime et de la confiance de la Reine Ambisextra. Une main légère qui se posa sur son épaule vint le tirer fort à propos des sombres pensées où il s'abîmait.

Sa compagne de captivité était venue près de lui, posait sur son visage de grands yeux interrogatifs. Les pupilles étaient deux étincelles d'or, l'iris d'un incroyable violet. Près du hublot, à la lumière du jour, sa peau n'était plus bleutée mais d'un mauve presque rose par endroits.

— Mais tu n'es pas bleue ! ne sut que s'exclamer le chevalier.

— Je suis plus bleue que ma mère, répondit-elle, mais parmi les filles de mon village bien peu peuvent se vanter d'être aussi claires que moi.

— Qu'importe, tu es très belle ainsi. Le chevalier lui sourit, et la regarda vraiment pour la première fois. Son visage était un ovale parfait, ses lèvres étaient poupines, et elle portait très longs, plus bas que la taille, des cheveux lisses et fins d'un noir si sombre qu'ils ne semblaient qu'une seule coulée d'ébène. Elle avait pour tout vêtement des braies bleues, en toile rude, mais qui la moulaient trop serré, ce qui était sans doute mauvais pour la circulation mais agréable au regard.

Sur son torse nu, ses seins étaient menus, mais fermes, ronds et hauts. Sans doute sortait-elle tout juste de l'adolescence.

— ... Mais tu es bien jeune, sans doute ? dit tout haut le chevalier.

— Je suis jeune, mais si on doit être belle un jour, quand cela pourrait-il être, sinon à l'aube de sa vie ? J'ai eu dix-sept ans voici un mois à peine, mais tous les garçons du village me désirent et bien peu, parmi les filles de mon âge, et même parmi les plus vieilles, pourraient se vanter d'avoir eu plus d'amants que moi.

— Je n'en doute pas, jeune fille, répondit le chevalier, mais peut-être serait-il temps que tu me parles un peu plus de toi, et de ton village, et de ce qui t'est arrivé. Et d'abord, quel est ton nom ?

— Je me nomme Sulfide, mais on m'appelle plus volontiers Airelle, qui est le nom d'une fleur de chez nous.

— Alors je t'appellerai Airelle ; je ne connais pas cette fleur, mais je suis sûr qu'en effet tu lui ressembles... Quant à moi, je suis Sylvin Lanvère, chevalier de Sa Majesté la Reine Ambisextra, souveraine de Gandahar.

— Oh ! tu es vraiment chevalier de la Reine ! s'exclama Airelle en battant des mains. Toutes les filles de mon village ne rêvent que d'en rencontrer un ! Elles crèveraient de jalousie si seulement elles pouvaient me voir ici, et si près de toi...

— Il est vrai, ajouta-t-elle avec une expression grave soudain, que beaucoup d'entre elles sont mortes à l'heure qu'il est. Et où sont les autres ?...

Sylvin prit la jeune fille par les épaules et lui demanda doucement de lui raconter sa tragédie personnelle.

— C'est vrai, dit-elle, tu voudrais savoir pourquoi je suis ici. C'est tout simple en vérité. J'habite un village en bordure de l'océan, dans un endroit qui s'appelle Gazan mais que nous préférons désigner par le nom de Roule-Vague parce que deux fois par jour l'eau bleue vient lécher le bas de nos maisons. Nous ne sommes pas nombreux, trois cents, quatre cents peut-être, et nos hommes passent leurs journées en mer à pêcher le poisson qui nous fait vivre. Les filles et les femmes s'occupent de ce qui reste, des habits, des petites choses à réparer, à bricoler...

Nous sommes heureux — ou plutôt, nous étions heureux. Bien sûr nous rêvons parfois de Jasper, que tous, et les filles surtout, voudraient voir, mais nous sommes heureux. Et il y a deux jours, ou peut-être trois jours, je ne sais plus parce que j'ai dormi, ces guerriers vêtus en fer sont arrivés...

— Ce sont des robots, Airelle, fit distraitement le chevalier.

— Ce sont quoi ?

— Des robots... Tu vois, tels qu'ils sont là, avec leurs bras et leurs jambes, ce ne sont en réalité que des machines — mais des machines dressées à détruire et à tuer.

— Mais ils chantent ! protesta la jeune Gandaharienne.

— Eh oui, ils chantent. Mais il y a plus de mystères au ciel et sur la terre que dans ta petite tête et dans la mienne, Airelle. Quoiqu'en réalité, je ne sache pas plus que toi ce que sont ces êtres. Tu pourrais aussi bien avoir raison : ce sont peut-être des guerriers en chair et en os avec une armure de fer ; et en ce cas je les plains, ils doivent avoir bien chaud. Mais continue, je t'en prie...

— Ho ! il n'y a pas grand-chose à ajouter. Les hommes en fer sont venus un soir et nos hommes ont voulu résister. Presque tous sont morts. Moi j'étais dans la forêt quand cela s'est produit. J'ai vu qu'on emmenait les survivants, parmi lesquels il y avait ma mère, alors j'ai voulu me sauver, je ne savais plus ce que je faisais. J'ai couru un moment mais les hommes en fer étaient partout. L'un m'a lancé dessus cette foudre qui endort et je suis tombée. Je me suis réveillée dans l'œuf. Car moi, j'ai vu tout de suite que j'étais dans un œuf, ajouta-t-elle avec malice.

Ils restèrent un instant silencieux. Puis Airelle promena un index léger comme une plume le long de la poitrine de Sylvin. — Mais dis-moi maintenant, puisque tu sais tant de choses, où nous emmène-t-on ?

— Je n'en sais pas plus que toi, douce Airelle, dit-il. Ces ferrailles à deux pattes nous font faire un petit voyage. Quant à savoir...

Un rugissement titanesque interrompit le chevalier, et un souffle balaya la jungle, faisant taire sur un couac le chant des robots.

Un vent fétide s'était levé, qui apportait à l'intérieur du véhicule une odeur de vase, de marais et d'eau croupissante. Un deuxième barrissement, long et modulé, s'élevait. Sylvin et Airelle se collèrent aux hublots.

Au-dessus de la colonne des hommes-machines, surgissant entre les arbres abattus et les buissons dévastés d'une petite crête qui leur faisait face, un animal gigantesque se dressait, montagne d'écailles contre le ciel, tour de chair surmontée d'une tête orgueilleuse dont le regard jaune soupesait dédaigneusement l'agitation anarchique des fourmis mécaniques qui s'égaillaient.

— Un sorn... souffla Sylvin Lanvère. Il n'en avait jamais vu ailleurs que dans des livres d'images. C'était un monstre presque mythique, dont la présence si près de Jasper était surprenante, lui dont la race presque éteinte était sensément circonscrite dans le plateau continental de Val-Tong, à l'autre bout du continent. Et pourtant il était là, monstrueux, terriblement réel, et l'air qu'il brassait dans les mouvements brusques de son cou sinueux, de ses pattes griffues, de sa queue épineuse, charriait une antique odeur de décomposition, de fondrière.

Sur son char, le chef des hommes-machines agitait désespérément ses bras articulés. Autour de lui, les guerriers métalliques se regroupaient, l'arme dressée.

— *RAYONS VUZZ ! PLEINE PUISSANCE... FEU SUR LA BÊTE ! BRÛLEZ LA BÊTE ! ABATTEZ LA BÊTE !...* entendirent distinctement les deux prisonniers.

Et les armes crépitèrent, auréolèrent la fière silhouette du sorn d'un halo bleuâtre et étincelant. Un autre rugissement sortit du gosier géant, et une langue trifide, très jaune, pointa un instant d'entre une double rangée de dents acérées. On eût dit que le monstre ricanait ; peut-être les rayons Vuzz le chatouillaient-ils. Puis il s'ébranla, marchant, comme son frère minuscule, le tyranosaure, sur ses membres inférieurs. Une première patte apparut, avec ses griffes comme le soc d'un trépan, puis une deuxième. En deux enjambées colossales, il franchit la crête et fut sur la première rangée d'hommes-machines.

Fallait-il taxer les robots de courage, ou n'y avait-il dans leur attitude qu'une stupide obstination mécanique ? Le premier rang ne bougea pas. Un seul coup de patte, presque négligent, et comme affecté, les balaya. Fétus, ferrailles, les hommes-machines disparurent dans un tourbillon de poussière soulevée, de roches déplacées, de branches broyées.

Le deuxième, le troisième rang, subirent le même sort. Des débris métalliques volaient, des membres, des têtes, des carcasses, giclaient dans l'air comme des balles. De cette scène infernale, une épaisse poussière montait, noyant tout dans ses volutes.

De temps à autre, le sorn poussait son profond rugissement, et un éclair parfois, bleu à travers la brume, indiquait qu'un homme-machine déchargeait encore son arme, inutilement.

Airelle se serra contre Sylvin. — Il se rapproche, il se rapproche ! gémissait-elle. Il va nous dévorer... Mais je mourrai avec toi, contente, murmura-t-elle d'une toute petite voix d'enfant, en blottissant son visage contre le cœur du chevalier. Celui-ci l'écarta avec douceur.

— Nous ne sommes pas encore morts... Et peut-être y aura-t-il moyen de sortir de cette caisse ! Il donna quelques coups de poing contre la paroi de fer, essayant de trouver un joint, une porte, qu'il ne parvenait pas à discerner dans le métal incurvé et uni.

Et soudain un fracas terrible retentit. L'œuf résonna aussi fort que l'intérieur d'une cloche, et Sylvin et Airelle se sentirent projetés en avant. Ils roulèrent, tournoyèrent sur eux-mêmes, assemblés, séparés, leurs bras et leurs jambes giflant avec force la coquille métallique.

Il n'y avait plus ni haut ni bas, seulement une giration éperdue. L'œuf roula sur lui-même, longtemps, puis s'immobilisa enfin.

Sur la jungle calmée, un grand silence était retombé.

Airelle remua la tête. Ses longs cheveux répandus lui voilaient entièrement le visage. Ainsi, elle était comme une fleur noire dodelinant sous la brise.

— Suis-je morte ? soupira-t-elle.

— Devine, répondit Sylvin.

Il lui écarta les cheveux, vit qu'elle saignait un peu au coin de la bouche. Il fut tout ému, et avec ses doigts, il essuya ces gouttelettes de sang rouge, puis au même endroit lui fit un rapide baiser.

— Oh Sylvin... soupira Airelle.

Il la sentit devenir molle entre ses bras, aussi la tira-t-il en avant, la releva.

— Rien de cassé ? fit-il avec douceur.

Elle le regarda longtemps, déçue peut-être.

— Non, dit-elle, rien de cassé. C'est fini ?

— On dirait, répliqua Sylvin.

L'œuf avait basculé sur le côté, un hublot était contre la terre, l'autre regardait le ciel. Le chevalier y passa la tête, se tassa imperceptiblement au spectacle grandiose et menaçant qu'il découvrait.

Le sorn était toujours là, tout près. Sa silhouette gigantesque cachait le soleil, et son ombre immense couvrait l'œuf, qui avait roulé loin du centre de la bataille. L'animal fabuleux tournait la tête de droite et de gauche, semblant humer l'air qu'il imprégnait de son odeur farouche ; son mufle longiforme palpitait, et ses deux yeux jaunes, larges comme des boucliers et fendus verticalement d'un mince iris noir, tournaient dans ses orbites.

Des hommes-machines, on ne voyait plus trace, sauf de-ci de-là, un membre séparé, un éclat de métal, un casque, de simples débris qui gisaient dans l'herbe.

— Déjà une bonne chose de faite ; merci, camarade, ne put s'empêcher de murmurer Sylvin. Car le sorn en avait bien tué cinq cents d'un coup : c'était un service inestimable rendu à Gandahar. Et puis le chevalier ne tarissait pas, bien malgré lui, d'une émotion tout esthétique qu'il éprouvait pour le monstre. Sa taille colossale, et sa couleur, un beau rouge carminé, violacé sur le ventre et la crête, en faisaient un spectacle unique, bien que dangereux à considérer de trop près.

— Que fait-il ? demanda Airelle qui s'était glissée derrière le chevalier.

— Il... Oh non ! souffla-t-il, atterré. Car le sorn venait brusquement de fixer un œil sulfureux juste dans leur direction. Ses membres massifs se mirent en mouvement, il lui suffit de trois pas pour se trouver à la verticale de l'œuf. Il se mit à le considérer avec attention, tordant le cou pour faciliter la vision de son œil à champ latéral. Puis il se pencha, se pencha... Sylvin et sa compagne se tassèrent au fond du véhicule. Le hublot était maintenant totalement occulté par un dansant tissu rouge damasquiné d'écailles ; la glauque luminosité d'un œil, le gouffre profond d'une narine passait parfois lentement devant les deux captifs serrés l'un contre l'autre.

La bête reniflait, et son souffle de forge faisait chaque fois trembler le véhicule, en même temps que l'odeur de pourriture liquide s'intensifiait, jusqu'à la limite du supportable.

Le sorn émit un bruit curieux, une sorte de gloussement prolongé, et soudain la nuit tomba sur le sphéroïde.

— Quoi encore ? s'interrogea Sylvin. Il sentit son sang se retirer de son visage en entendant le métal craquer de manière alarmante. Juste sur sa tête, l'œuf se déformait, plié par une force irrésistible. Une large déchirure apparut dans la paroi, et l'acier chuinta sinistrement. Puis la pression sembla cesser, et il n'y eut d'autre bruit que la longue respiration du reptile, comme un vent lointain qui se levait par à-coups.

Dans l'œuf, l'obscurité était totale. Sylvin gagna à tâtons le hublot, avança une main précautionneuse. Il toucha, retira sa main, et toucha encore, rassuré. Sous ses doigts, il sentait la résistance cornée d'une écaille.

— Tu es là Sylvin ? fit la voix effrayée d'Airelle.

Le chevalier n'eut pas le cœur à plaisanter.

— Airelle, dit-il, le sorn s'est couché sur l'œuf. Puis il se tut brusquement. Une idée germait dans sa tête.

— Mais bien sûr... commença-t-il.

— Dis-moi Airelle, avais-tu déjà vu un sorn auparavant ?

— Bien sûr, sauf que chez nous, on l'appelle flaminou. Il rôdait parfois pas loin de notre village. Parfois même ils étaient deux. Mais jamais un flaminou ne nous a attaqués ; il est arrivé parfois que l'un d'eux vienne manger une réserve de poisson, bien sûr. Mais il faut bien qu'un flaminou mange : ils sont si gros...

— Mais sais-tu pourquoi celui-ci a attaqué les hommes-machines ?

— Comment le saurais-je ?

— Mais c'est à cause de nous, bien sûr ! Ou plutôt à cause du véhicule où nous sommes enfermés... Et nous sommes dans un ?

— Un œuf ?

— Mais naturellement ! C'est bien simple, en vérité : ce sorn est un sorn femelle, « une » flaminou, si tu veux. Et lorsqu'elle a vu au milieu des hommes-machines cet œuf avancer, elle a probablement cru que ces espèces de fourmis lui avaient volé sa progéniture... Tu m'as dis à l'instant qu'un flaminou n'attaquait jamais des êtres humains ; pourquoi celui-ci l'aurait-il fait, si ce n'est parce qu'il se croyait volé ? Parce « qu'elle » se croyait volée, rectifia-t-il. Et son rire juvénile résonna dans l'obscurité.

— Tu vois, ajouta-t-il peu après, comme Airelle restait silencieuse, les sorns appartiennent à une espèce en voie de disparition ; quand nos lointains ancêtres, qui venaient du ciel, ou plus exactement d'un astre mythique qu'on appelle planète mère, arrivèrent sur

Tridan, ils apportaient avec eux des couples de nombreux animaux de chez eux... Les chats, par exemple. Tu sais ce qu'est un chat, n'est-ce pas ?

— C'est une noix de fourrure douce comme une plume et agile comme un kdox.

— Si tu veux. Eh bien, les chats sont venus sur Tridan avec les hommes, bien qu'autrefois ils eussent été beaucoup plus gros. Certains oiseaux, certains insectes ont été pareillement importés. Mais pas les sorns. Les sorns appartiennent en propre à Tridan, à son lointain passé géologique. Sans doute, avant l'arrivée des hommes, régnaient-ils en maîtres ici. Mais toutes les petites bêtes que les humains ont apportées lui ont été fatales, parce qu'elles se sont mises à manger ses œufs avant qu'ils soient éclos. Ainsi, faute de descendants, sa race peu à peu s'éteint.

— Tu sais vraiment beaucoup de choses, Sylvin, murmura dans l'ombre la voix câline et douce comme du velours d'Airelle. Mais pourquoi la flaminou s'est-elle couchée sur nous ?

— Elle couve, répondit Sylvin Lanvère.

Et le temps passa.

Dans l'œuf, la chaleur augmentait ; Sylvin avait dû se défaire de sa tunique et de son pantalon mais il n'en ruisselait pas moins de sueur.

— Au moins, je saurai ce que c'est que d'être poussin, dit-il une fois.

Puis il se cogna le coude contre un des appendices régénérateurs maintenant éteints depuis que l'œuf avait été projeté dans l'air par le sorn. Il poussa un petit cri d'énervement, et la jeune fille vint s'asseoir à tâtons tout contre lui, il sentit sa tête qui s'appuyait contre son épaule, et une cascade de cheveux aussi fins que les fils d'une araignée lui coula sur le buste. Il prit dans sa main aux doigts longs et minces la petite main un peu potelée d'Airelle, et chacun de leurs doigts chercha l'interstice entre les phalanges de l'autre, pour mieux se serrer, pour mieux faire de leurs deux mains un assemblage solide et durable.

De temps à autre, la femelle bougeait, et l'œuf craquait. À chaque fois, Airelle frémissait.

— Ne crains rien, lui dit Sylvin. Le sorn est lourd, mais ce métal est solide. Pas au point, cependant, de ne pas se déchirer lentement sous la pression. Il est déjà fendu en plusieurs endroits, j'ai tâté. D'ailleurs s'il ne l'était pas nous serions morts asphyxiés depuis longtemps. Crois-moi, il ne faudra plus tellement de temps avant que nous éclosions...

Et ce fut comme il avait dit : les prisonniers entendirent un chuintement de métal, et une grande déchirure apparut sur le côté de l'œuf, laissant passer pour la première fois la lumière du jour. Sylvin se revêtit en hâte, passa la tête puis, de profil, tout le reste de son corps.

— Attends, souffla-t-il. Au-dessus de sa tête, et retombant légèrement devant lui, la panse colossale du reptile formait une voûte qu'on aurait pu croire minérale, tant les écailles triangulaires semblaient de roche moussue dans les crevasses, tant l'immobilité de l'édifice était parfait. Bien au-delà de la panse, une patte s'étalait, haute comme une muraille écarlate. Sylvin écouta le bruit régulier de la monstrueuse respiration. C'était comme le ressac de la mer s'époumonant contre des falaises granitiques.

— Viens ! Je crois qu'elle dort... dit-il en se penchant à l'intérieur du sphéroïde éclaté. La jeune Gandaharienne se faufila par la fissure, et Sylvin put ainsi pour la première fois admirer au grand jour sa fraîche et touchante beauté.

La main dans la main, ils commencèrent à longer le

membre inférieur du monstre qui, sous sa peau cornée, avait aplati quelques arbres. La tête du sorn était loin devant eux, à plat sur le sol ; les yeux étaient clos, une des pattes de devant, griffes écartées, reposait délicatement sur le mufle triangulaire.

Les deux jeunes gens marchaient vite et silencieusement. Ils contournèrent la patte, dont les griffes, longues comme des barques, étaient hautes comme eux. De si près, la bête colossale perdait toute sa spécificité animale, n'était plus qu'une colline puante de galets rouges.

Alors que Sylvin et Airelle commençaient à suivre, vers la liberté, un chemin perpendiculaire au corps endormi, un souffle grondant les figea sur place.

— *AAAAARRRGGGHHH...*

— Plaît-il ? eut le courage de lancer Sylvin. Puis il se retourna, sentit les ongles longs et aigus d'Airelle lui percer la paume.

La montagne rouge bougeait, s'arquait. Une secousse géologique la transformait sous les yeux éperdus des deux fugitifs, et le sorn redevint sorn. La queue épineuse en vint presque à toucher l'extrémité du museau palpitant, et au centre de ce cercle de viande en mouvement, Sylvin et Airelle n'étaient que deux insectes frêles et chancelants, deux brindilles dans l'herbe.

Ils virent la tête s'approcher d'eux, descendant du ciel au bout d'un cou interminable, lentement, lentement. Puis elle s'inclina sur la gauche, sur la droite, tandis qu'alternativement les deux yeux aux reflets citrins soupesaient les étranges lézards issus de cette ponte douteuse.

Sylvin et Airelle se tassèrent sur eux-mêmes. La langue trifide avait jailli de la gueule entrouverte, et comme un serpent soupçonneux venait les tapoter par petits coups.

Ces premiers contacts durent rassurer la femelle sur l'intégrité de sa progéniture, car la langue devint d'un coup plus assurée, s'enroula autour des deux humains, les lapa, les humecta... Rien de plus naturel en somme, que cette toilette complète assurée au sortir de l'œuf à deux jumeaux transis. Mais la peau humaine adulte est sans doute infiniment plus fragile que l'épiderme sorne à la naissance : Airelle et Sylvin sentaient douloureusement sur leurs membres les papilles rêches de l'organe démesuré qui s'y promenait. Bientôt leurs vêtements furent en lambeaux, et leur corps recouvert d'une épaisse couche salivaire à l'odeur nauséabonde. Mais cela valait mieux qu'être réduit en charpie par les socs pyramidaux des dents qui parfois luisaient entre les mâchoires gigantesques.

Enfin la toilette s'interrompit. Les deux bébés n'avaient plus rien sur le dos, à part leurs cache-sexe, qui avaient résisté par une pudeur obstinée. Airelle écarta de ses yeux de pauvres mèches de cheveux gluants, fut surprise par le gloussement imprévu qui éclata près d'elle. Elle se tourna et contempla avec étonnement son beau chevalier qui, assis en tailleur dans l'herbe et trempé comme un vieux singe qui est tombé dans un tonneau de vin, riait à se décrocher la mâchoire.

— Sylvin ! fit-elle avec reproche. Puis elle se laissa aller elle aussi, et leurs deux rires sonnèrent ensemble à l'ouïe étonnée de leur mère provisoire ; c'était une musique de détente, qui faisait du bien, et Sylvin riait plus haut qu'Airelle.

C'est à peine s'ils frémirent quand le sorn les ramassa d'une patte légère, tendre, délicate, et les souleva haut dans le ciel, en même temps que tout l'animal se redressait. Ils eurent la sensation d'être dans un ascenseur rapide, s'accrochèrent chacun à une des griffes recourbées, et flottèrent bientôt à trente mètres du sol, plus haut que les plus hauts arbres de la forêt.

C'était merveilleux ; les deux Gandahariens se laissèrent emporter, nulle peur ne se frayait plus un sombre chemin en eux. Il fut cependant vite évident que la femelle cherchait quelque chose. Elle fit quelques pas d'avant en arrière — des pas d'ogre qui broyaient la faible chair des arbres — et commença à cueillir de-ci, de-là, avec sa patte libre, un bout de branche, un buisson d'un tendre vert, quelques palmes, des fougères.

— Nous allons avoir un nid, cria Sylvin, joyeux.

— Un nid d'amour, peut-être, fit Airelle, coquine.

Le chevalier s'abstint de répondre. Sa mission le préoccupait toujours, et il sentait que la jeune fille à peau bleue lui serait un obstacle plus terrible que mille sorns.

En tout cas, le nid se construisait rapidement ; il n'avait peut-être pas la ronde perfection d'un nid d'oiseau, mais c'était quand même une litière acceptable, de la taille d'une pièce moyenne du château royal. Quelques branches en étayaient la superstructure, et le dessus avait été garni d'herbes délicatement arrachées. C'était un matelas de verdure, couché à l'ombre d'un bosquet de chênes vénérables ; et pas loin, ô miracle, glougloutait une source invisible.

Les deux pseudo-sorns y furent déposés doucement. La patte étoilée de sabres resta un moment au-dessus d'eux, puis l'animal se redressa de toute sa hauteur, et contempla de profil son œuvre et ses rejetons.

— J'espère que nous n'allons tout de même pas devoir téter, soupira Sylvin.

— Le flaminou est un reptile, souffla, sérieuse, Airelle.

— C'est juste, approuva l'envoyé de la Reine, avec un index solennellement dressé.

Le sorn se dandina encore un peu au-dessus d'eux, puis leur tourna le dos et s'éloigna dans la jungle, abattant à chacun de ses pas tout un menu peuple d'arbres centenaires. Bientôt la colossale silhouette disparut à l'horizon, soulignée seulement par un lent tourbillon de poussière.

La jungle reprit son calme, reprit ses proportions de jungle débarrassée du titan. Sylvin Lanvère consulta, à sa ceinture, sa montre perpétuelle.

— 18 heures... murmura-t-il ; où penses-tu que le flaminou soit allé ?

— Je pense qu'il est allé nous chercher de la nourriture. Probablement du poisson ; ils en sont friands.

— Hum... du poisson ? Je ne sais à combien de kilomètres nous sommes de l'océan, mais cela doit faire une bonne trotte, même pour un flaminou. Nous sommes donc tranquilles pour un bon moment. Plusieurs heures. Peut-être une journée entière... Cela nous laisse donc du temps.

— Pour ?

— D'abord pour nous laver de ces maternelles mais collantes tendresses, répondit, de bonne humeur, Sylvin. Il y a une source pas loin. Ensuite nous chercherons quelques fruits pour nous restaurer, bien que je n'aie guère faim ; je suppose que les rayons dont nous avons été bombardés dans l'œuf nous ont nourris en même temps que revitalisés. Et ensuite...

— Ensuite, Sylvin ? insista Airelle en réussissant à rendre son regard violet plus éloquent que de grandes phrases ou des gestes précis.

— Airelle ! gronda le chevalier, faussement sévère. Il lui fit un baiser éclair sur la pointe de son nez, qu'elle avait légèrement pointu, mais pas trop, et continua :

— Ensuite j'irai examiner d'un peu plus près ces ferrailles, ou du moins ce qu'il en reste. Car je suis bien curieux de voir ce que cachent ces armures en fer-blanc. Des engrenages, de la cybernétique ?... ou de la chair commune... Nous verrons.

De plus, il me paraît logique qu'avant d'être anéantis, les hommes-machines aient pu lancer un appel au secours. Je parierais qu'une colonne de leurs semblables est présentement en route pour venir ramasser les débris. Si je veux découvrir le quartier général de ces engins, le mieux est de les attendre et de tâcher de les suivre. Peut-être pourrai-je même me vêtir d'une de ces cuirasses, et ainsi passer inaperçu parmi eux.

— Tes paroles, dit Airelle, sont bien celles que j'attendais de la part d'un chevalier de Jasper. Seulement il te faudra remplacer le « je » par un « nous ».

— Mais voyons, Airelle, cela est une affaire d'homme et de guerrier. Je ne peux t'entraîner dans une pareille aventure !

— Je suis femme, Sylvin, et je regrette que tu ne l'aies pas encore mieux apprécié. Mais je suis homme et guerrier aussi, et de cela tu pourras t'apercevoir. J'irai avec toi !

L'expression inflexible dans les yeux de la jeune fille ne trompa point le chevalier. Il tenta pourtant une dernière dissuasion : — Mais ne vaudrait-il pas mieux que tu rejoignes les tiens ?

— Les miens sont morts, en fuite, ou en captivité. Où irai-je sinon avec toi ? J'ai vécu trop d'événements étranges en quelques jours pour avoir pu penser à ma tristesse, ou à la vengeance. Ce sont deux mots que je n'aime pas. Mais toi, Sylvin, tu es chevalier de la Reine et cela fait partie de tes devoirs que de combattre les ennemis de Gandahar, qui sont aussi mes ennemis puisque, bien que vivant au sein d'une petite tribu peu instruite des choses du monde, j'appartiens aussi à Gandahar. J'irai donc avec toi, et t'aiderai dans ton combat ; cela retiendra ma tristesse, et suppléera à ma vengeance.

C'était un discours bien long et bien sérieux pour une jeune fille de 17 ans. Sylvin en éprouva un nouveau et profond respect.

— Tu feras comme tu l'entends, dit-il simplement.

Et la main dans la main, ils partirent vers la source.

— Je n'y comprends rien ! jeta Sylvin Lanvère d'une voix excédée. Il rejeta le buste métallique qui sonna contre une pierre.

Le soleil avait déjà disparu derrière l'horizon ; une ombre violette enveloppait la jungle, et le ciel, transparent et d'une incroyable profondeur, s'illuminait une dernière fois de son plus bel émeraude crépusculaire. Par contraste, le corps presque nu de Sylvin apparaissait aussi rouge que la peau d'un sorn. Celui d'Airelle était de carminé clair.

Ils étaient revenus, après s'être lavés dans le mince courant d'eau, et après avoir grignoté quelques baies brunes, dans le vallon de la bataille ; tout autour d'eux, gisaient les débris des hommes-machines ; et parfois quatre tranchées parallèles dans le sol signalaient un titanesque coup de griffes.

Sylvin avait pu découvrir une créature métallique presque intacte, en forçant avec ses mains, il avait fait craquer la cuirasse, avait détaché du tronc la tête et les membres supérieurs. Cela avait craqué comme la carapace d'un crabe que Sylvin avait voulu manger un jour, bien qu'il fût peu dans les coutumes gandahariennes de goûter à la chair animale... Cela avait craqué, avait sonné creux, et c'était bien cela l'incroyable : l'armure de l'homme-machine était absolument vide, elle ne contenait rien, rien, pas un fil, pas un ressort, pas un os.

— Je n'y comprends rien, répéta le chevalier.

Il se pencha à nouveau sur la carcasse désarticulée, essayant de profiter des dernières molécules de lumière. Il fouilla l'intérieur du casque, y dénicha un petit boîtier carré qu'il détacha et brisa facilement. À l'intérieur il y avait un peu de poudre blanchâtre et friable que Sylvin, perplexe, fit crisser entre ses doigts. Il la renifla, cela n'avait aucune odeur spéciale, ou peut-être... si... un vague relent phosphoré. Il n'osa y goûter, bien qu'il commençât à soupçonner la substance d'avoir une origine animale. Mais rien n'en était éclairci pour autant.

— Tu vois, dit-il à Airelle, ce sont des boîtes creuses. Il n'y a que du vent à l'intérieur... Pourtant, ajouta-t-il, elles marchaient, il n'y a pas longtemps, et même elles parlaient...

Il trouva non loin une autre tête décapitée, vide bien sûr, à part la boîte carrée, guère plus grosse qu'un dé à jouer, dont le chevalier vida le contenu à l'intérieur d'un petit sachet qu'il prit à sa ceinture.

— Je ferai analyser cette poudre à Jasper, murmura-t-il. Mais le mystère ne fait que s'épaissir... Il leva la tête, prit une profonde inspiration. Puis ses yeux se fixèrent sur une forme rapide qui tournoyait dans le ciel, un vif éclair orangé foncé contre le fond aqueux de la nuit. L'oiseau tournait à la verticale des deux Gandahariens ; quand les dernières flammèches solaires eurent été englouties, l'oiseau parut lui aussi s'éteindre, se fondit dans la grisaille violacée du crépuscule.

Était-ce le cormoran d'hier ? C'eût été une coïncidence bien extraordinaire, ou alors c'était bien un œil de la Reine. Sylvin en était là de ses réflexions, quand des piaillements stridents percèrent la nuit ; c'étaient des cris d'oiseau terrifié, luttant pour sa vie. Accompagnant ces signes, un crissement d'ailes, de feuilles brassées avec violence, soulignait l'âpreté de la bataille ainsi que sa proximité.

Sylvin porta machinalement la main à son étui — mais son pistolet avait disparu pendant son évanouissement. — Vite, Sylvin ! cria Airelle. Le chevalier se précipita vers un proche bosquet, d'où le tumulte de la lutte venait. Il y fut en quelques pas, écarta les branches. Le cormoran n'était plus qu'un crépitement effrayé de plumes tournoyantes ; il s'était pris dans une grande toile d'araignée, ses pattes et son corps enserrés dans un meurtrier réseau de fils gluants. Et le monstrueux tricoteur était là, tout près, une sombre masse poilue aux courtes pattes trapues, et dont les yeux luisaient, vert cru, dans l'obscurité.

Sylvin hésita un instant à s'élancer avec ses mains nues contre l'arachnide qui était aussi grosse que lui et certainement venimeuse. Puis, comme il allait prendre une décision héroïque, il sentit qu'on lui poussait quelque chose dans les mains. — Tiens ! disait Airelle. Elle lui tendait l'arme tubulaire qu'elle avait ramassée près d'un corps broyé.

Le chevalier souleva la lourde masse de l'engin, appuya la crosse, faite d'une simple barre de métal recourbée, contre son épaule. Sur le dessus du tube crénelé, il y avait un bouton rouge qui glissait dans un curseur. Visant à peine, Sylvin poussa le bouton à fond. Il était temps, car l'araignée géante était presque sur l'oiseau. Mais elle fut prise en plein dans le faisceau de lumière bleutée qui avait jailli du tube avec un léger bruit qui ressemblait à Vuuuzzzzz !...

Ses pattes se raidirent, et elle se décrocha de la toile qui se déchira avec un sifflement de soie.

— Morte la bête, murmura Sylvin. Il s'apprêtait à délivrer le cormoran, quand celui-ci se dégagea des restes de la toile, et prit son envol. Il fit un large cercle autour des deux humains, les scruta d'un œil rond et noir, puis il fila comme une flèche droit vers le ciel sombre.

— Cet oiseau n'a pas beaucoup de reconnaissance, dit Sylvin.

— C'est un oiseau, prononça gravement Airelle, et il est vivant.

Ils retournèrent ensuite vers le nid obligeamment construit par le sorn. — Nous allons dormir, mais pas ensemble, spécifia Sylvin. Tu prendras la première garde, qui est la plus facile. Voici ma montre, tu me réveilleras à une heure. Au premier mouvement suspect, qu'il s'agisse de la mère flaminou, des hommes-machines, ou de n'importe quoi d'autre, celui qui veillera réveillera l'autre. Je te souhaite bonne nuit, tendre Airelle.

— Si j'étais si tendre que cela, dit-elle, pleine de défi, c'est d'une autre manière que tu me souhaiterais une bonne nuit.

— En territoire ennemi, fit sentencieusement le chevalier, l'attention ne doit pas se relâcher un instant. Il posa quand même sur la joue veloutée de sa compagne un sonore et fraternel baiser. Puis il se roula en boule dans l'herbe déposée au fond du nid par la maman sorn.

La dernière chose qu'il vit avant de s'endormir fut la fière silhouette d'Airelle qui se détachait sur le ciel sombre. Ses jambes fines traçaient contre les nues un V renversé, et elle brandissait fermement le lance-rayon.

Bas sur l'horizon, une petite lune mauve scintillait.

QUATRIÈME JOURNÉE

Sylvin, qui s'assoupissait, fut tiré de sa torpeur par le lointain fracas métallique. Sa tête, qui dodelinait sur sa poitrine, tressaillit violemment, tirant le jeune homme d'un vertige visualisé par un bref cauchemar où il se voyait plonger à pic dans un puits béant. Il secoua précipitamment Airelle, qui se réveilla avec promptitude.

— Ce sont eux, je crois, souffla le chevalier. Écoute...

De la savane en contrebas montait un cliquetis rouillé, une rumeur tintinnabulante, grinçante, menaçante. Le jour avait depuis peu rendu ses couleurs aux herbes et aux arbres, le soleil était encore une boule au contour flou, orangée, basse à l'horizon. Une vague brume traînait encore au ras du sol, accrochant aux troncs et aux branches quelques bras laiteux tendant de fantomatiques griffes.

— Par là ! commanda Sylvin ; quittons ce nid qui est trop exposé.

Les deux Gandahariens se faufilèrent sous les fougères et les bambous, s'aplatirent enfin sur le sol, dans un poste un peu surélevé d'où ils pourraient voir tout ce qui viendrait dans le vallon. Cela ne tarda pas : vers le sud, la jungle s'ouvrit comme sous un coup d'épée. Et une longue théorie de véhicules vint s'étirer dans la savane, marchant sur les débris de la légion détruite. En avant venaient des sortes de tanks, lourdement cuirassés à la proue, hérissés de cornes et de piquants, et d'autres objets épointés qui devaient être des lance-rayons. Derrière eux, sur le chemin frayé, s'avançaient des barges longues et plates où s'entassaient les hommes-machines.

— Ces messieurs ont abandonné la marche à pied au profit de leurs véhicules, remarqua Sylvin.

— Ces chenilles d'acier sont effrayantes, répondit sa jeune compagne. Car, comme l'œuf tracté, comme le char du chef de détachement, tous les engins ennemis n'étaient pas propulsés sur roues, mais sur pattes. Et cette manière ajoutait à l'incongruité monumentale que produisaient dans la rousse savane les lourdes masses d'acier terne.

Couchés entre des herbes pointues mais flexibles, les deux guetteurs virent les machines se ranger contre la lisière de la forêt clairsemée, s'arrêter. Des barges, un flot d'hommes-machines déboula, arme au poing. Contrairement à ce que Sylvin et sa compagne avaient pu remarquer lors de leur précédent contact, les robots étaient silencieux. Ils s'éparpillèrent dans le vallon, puis commencèrent à se baisser lourdement vers le sol. On entendait des grincements, le choc clair de l'acier qui heurtait l'acier.

— Ils récupèrent, ricana Sylvin.

Ils récupéraient, en effet. Des têtes, des membres, des petits morceaux de cuirasse, tout ce qui avait été mis en pièces par l'obligeante rage du sorn, était soigneusement ramassé, dressé en petits tas à chaque bout du champ, comme des meules de métal succédant à de bizarres moissons.

Une voix s'éleva, rocailleuse, mais portant loin.

— *DE CES DURS RÉPANDUS NAÎTRONT D'AUTRES DURS PLUS DURS ENCORE. RAMASSEZ, FRÈRES DURS, RAMASSEZ!...*

Sylvin ne put distinguer, entre la monotone multitude, qui exhortait ainsi à la récupération. Peut-être simplement un haut-parleur fixé sur un des véhicules. Puis il se souvint brusquement que tous les êtres qui s'agitaient ainsi n'étaient rien d'autre que des enveloppes de métal articulées sur du vide. C'était une évidence difficilement acceptable, lorsqu'on les voyait ainsi se démener, avec des attitudes sans doute maladroites, mais très humaines malgré tout.

— Attention ! lui dit rapidement Airelle, il y en a deux qui viennent par ici...

Sylvin serra fort le poignet de la jeune fille. Ses yeux se plissèrent. Il réfléchissait vite, et sa décision fut tôt prise.

— Tu veux toujours me suivre ? murmura-t-il contre son oreille.

— Plus que jamais ! dit-elle un peu trop fort.

Le chevalier hocha la tête, rampa vers l'arrière. Les fougères s'agitèrent un peu, et Airelle ne le vit plus. Elle s'enfonça davantage dans l'herbe, et s'amusa à regarder une petite coccinelle bleue qui montait le long de son doigt.

Sylvin s'était embusqué à quelques mètres du bosquet où se tenait son amie. Le tronc rugueux d'un arbroisier le protégeait, au-dessus de sa tête pendaient ses fruits violets dont la chair est si juteuse et si orange ; mais le moment n'était pas à la satisfaction stomacale. Sur sa gauche, Sylvin vit apparaître les deux hommes-machines, qui contournèrent à une dizaine de mètres l'endroit où était cachée Airelle, et descendirent vers lui une petite pente qui devait les dissimuler aux regards du reste de la troupe. L'un d'eux tenait sous son bras une tête au casque arraché.

Sylvin se détacha de l'arbre, son lance-rayon levé à hauteur de visage. Il maintint le curseur bloqué jusqu'à ce que les deux créatures, culbutées par la nappe bleue du rayon, se fussent abattues dans l'herbe, disloquées, inertes.

Le chevalier lança un petit coup de sifflet, espérant que sa compagne comprendrait, et se mit à détacher les cerceaux caoutchoutés qui maintenaient les différentes parties du corps des hommes-machines. Tout se détachait avec un bruit de succion. Sylvin travaillait vite, et il voyait du coin de l'œil Airelle qui s'activait sur l'autre créature.

Quand ce fut fini, il brisa les boîtiers. À l'intérieur, la matière mystérieuse n'avait pas l'aspect de la poudre blanche habituelle, mais s'était réduite en deux petites boules cornées, rugueuses, de coloration brunâtre ; sans doute l'effet des rayons Vuzz sur le... cerveau des hommes-machines était-il différent d'une mort par choc contondant, ou bien la désagrégation venait-elle plus tard.

Mais le temps n'était pas à la réflexion.

— Enfile vite ça, ordonna le chevalier. Et il passa sur les jambes fines d'Airelle les tuyaux de métal boudinés. Tandis qu'il l'habillait ainsi, il lui dit :

— Nous allons nous mêler aux autres comme si de rien n'était. Il n'y a pas de raison que nous soyons découverts. Comme ils semblent communiquer par la parole uniquement, nous nous conformerons aux ordres reçus. Mais en toute circonstance, tiens-toi près de moi. Lorsque nous serons parvenus à leur camp, j'aviserai...

— Pas un baiser, Sylvin ? gémit Airelle comme le chevalier allait visser sur sa frêle tête le lourd casque aux bords aplatis.

— Pas question ! fut la brutale réponse.

— Comme je suis malheureuse... éclata-t-elle. Mais le masque métallique étouffa ses plaintes.

Puis Sylvin fut prêt à son tour. Il ramassa le lance-rayon, la portion de tête abandonnée, et tous deux se mirent en marche, grinçant et claudiquant. Les armures n'étaient pas si lourdes que leur aspect pouvait le laisser supposer... Un alliage traité spécialement, atomiquement peut-être, pensa Sylvin. Et il avait pris soin de ne pas ajuster complètement le raccord avec le buste, afin de pouvoir respirer.

Le plus gênant était finalement les lentilles rouges qui embrasaient le paysage, leur donnant l'impression de se mouvoir dans une jungle en feu : le ciel était d'un brun roussi, la végétation d'un vermillon vif et criard.

Quand les deux Gandahariens furent au niveau des premiers hommes-machines qui s'affairaient dans la plaine, Sylvin ne put s'empêcher de ralentir ; mais Airelle le dépassa ; il en fut honteux, la rattrapa aussitôt.

Ils se dirigèrent vers le plus proche tas de débris, y jetèrent leur butin avec ensemble, car Airelle avait ramassé un membre tordu. Quand ils se redressèrent, le chevalier essaya de saisir, à travers les prunelles rouges, le regard angélique d'Airelle ; mais il ne vit rien que des ombres écarlates jouer sur le verre. Il regretta un instant de s'être séparé d'elle si peu tendrement. La reverrai-je ? pensa-t-il. Et il imagina, sous les formes pesantes de l'armure, son corps svelte et gracieux.

Mais plusieurs hommes-machines — des chefs de groupes ? — s'étaient rassemblés près des tumulus de ferraille. L'un après l'autre, ils claironnèrent : — *MATÉRIEL AMASSÉ, TOUT EST RAMASSÉ*... Du véhicule de tête, une autre voix répondit : — *EMBARQUEZ !*... Et les hommes-machines commencèrent à emplir une barge des restes de leurs frères.

Sylvin et Airelle s'y mirent comme les autres, mais sans trop d'ardeur car, la matinée montant vers le midi, la chaleur s'épaississait et leur situation dans les cuirasses empirait. Cependant, Sylvin sentait la confiance se raffermir en lui, car leur présence ne semblait pas devoir être découverte. Enfin, la voix se fit entendre, autoritaire et grésillante :

— *DURS, REGAGNEZ VOS PLATEAUX-MARCHEURS, NOUS RENTRONS À SARTOUM...*

Avec ordre, les hommes-machines s'entassèrent sur les plateaux, en rangs, ceux du bord s'appuyant sur les rambardes, les autres s'alignant au milieu. Sylvin et Airelle, l'une suivant l'autre, furent les derniers à monter sur une barge. Était-ce bien celle qui avait amené les deux créatures dont ils avaient pris la place ? Personne, en tout cas, ne leur fit la moindre remarque.

Sylvin s'inquiéta du fait que les hommes-machines, n'en ayant sûrement pas besoin, ne s'asseyaient pas. Le chemin, long sans doute, devrait être supporté en station verticale, et il eut peur pour Airelle, dont la résistance devait avoir des limites bien inférieures aux siennes. Mais le convoi s'ébranlait. Les véhicules, traînant leurs grotesques pattes métalliques à pieds plats, firent un large cercle dans le petit vallon, et les chars de tête pointèrent le nez dans la direction d'où ils étaient venus, c'est-à-dire plein sud.

De longues rigoles de sueur cascadaient le long du front, des épaules, du dos de Sylvin Lanvère. Par-dessus l'odeur fade du métal, il sentait l'aigreur de son propre corps qui emplissait sa carapace. De dangereuses démangeaisons le parcouraient aussi. Mais un chevalier de la Reine sait être stoïque en toutes circonstances. Aussi restait-il immobile, surveillant à travers ses lentilles rouges Airelle, la jungle qui défilait, Airelle, les hommes-machines, et Airelle encore. — Comme elle doit souffrir, pensa-t-il. Et une grande tendresse l'envahit.

Il s'assoupissait presque, dans la chaleur moite de son cercueil d'acier et dans le balancement rythmé des pattes de la barge qui foulaient le sol en cadence, quand des exclamations retentirent autour de lui.

— *LE MONSTRE! LE MONSTRE!* criaient les robots de leur voix éraillée. Des bras se tendaient.

Sylvin tourna la tête. Au-dessus d'une forêt dense et lointaine, une tête aiguë se balançait au-dessus d'un cou démesuré; le sorn était revenu, cherchant peut-être sa progéniture d'un soir. Le chevalier sentit que l'allure de son véhicule s'accélérait. Comme ses voisins braquaient leurs armes dans la direction du reptile, Sylvin fit de même, mais il comprit vite que les hommes-machines n'avaient aucunement l'intention d'engager un combat qu'ils devaient redouter.

Et bientôt, la colonne pénétra sous le couvert d'un petit bois de palmes. Le sorn disparut à la vue de Sylvin, et les robots s'immobilisèrent à nouveau.

La chaleur était intenable. Intenable, mais il fallait tenir pourtant. À ses côtés, la créature métallique qui était en réalité une ravissante fille à peau bleue (non : violet pâle) ne vacillait pas. Sylvin se raidit, luttant contre la suffocation, les picotements, les crampes. Ses doigts de pied nageaient dans une épaisse mare de sueur qui s'était formée à l'intérieur de ses escarpins métalliques. Tout cela était éprouvant, et peu ragoûtant.

Mais la dernière épreuve restait à venir. Soudain, partant du début de la colonne, la lancinante et stupide chanson des hommes-machines venait de retentir, gagnant vers l'arrière, de véhicule en véhicule. La barge de Sylvin se transforma à son tour en chorale ambulante.

NOUS SOMMES LES DURS
LES DURS-DE-DURS...

Et la mélopée recommençait sans cesse, s'enroulant sur elle-même comme un serpent aux écailles crissantes.

Et au milieu de cette voiturée métallique lançant vers les frondaisons jaunes son faisceau de voix éraillées, un couple de sons plus purs se fraya bientôt un chemin très perceptible. Comme pris par l'hypnose collective que procurait le refrain guerrier, Sylvin et Airelle chantaient...

Au milieu de l'après-midi, la colonne sortit de la jungle, débouchant sur une plage immense que venait battre une mer indigo : l'océan Excentrique.

Un courant d'air frais ranima Sylvin. Il s'était endormi, debout, ou évanoui, ou peut-être se mourait-il lentement, il ne savait pas. Ce qu'il savait était cependant nécessaire et suffisant à la reconquête de ses sens émoussés : il y avait une grisante odeur d'iode qui combattait victorieusement la puanteur dans laquelle il nageait, et son armure ne lui paraissait plus comme un ensemble de plaques chauffées à blanc.

— Airelle ? murmura-t-il avec une folle imprudence. Mais la carcasse qui se tenait debout près de lui et qu'il savait habitée par 17 charmants printemps, ne répondit pas. Ses yeux n'étaient que des trous rouges à la profondeur absente.

Sylvin espéra que la jeune fille résisterait encore un peu. Pour l'instant, les véhicules avaient notablement ralenti, leurs pattes, peu habiles à manœuvrer dans le sable, s'embourbant souvent. On arrivait, cependant.

— Ainsi, voilà Sartoum... pensa l'envoyé de la Reine. Déjà les chars de tête pénétraient dans une enceinte de métal nu, haute et sinistre dans sa sombre matité. Alors que sa barge s'approchait davantage, Sylvin put noter que ces murs n'étaient que des plaques de métal rectangulaires soudées les unes aux autres, et enfoncées à même le sol sableux. Le camp lui-même formait un rectangle très allongé, disposé parallèlement aux flots. La plage étant vaste, la façade qui faisait front à la savane en était éloignée de plusieurs centaines de mètres ; l'autre semblait buter directement dans l'océan. — Un port, sans doute, pensa Sylvin. La laideur et le peu de logique de l'ensemble frappa pourtant le chevalier. Pourquoi ces murs inutiles, pourquoi cette débauche de métal, matériau rare et précieux sur Tridan ? Tout ce qui touchait aux hommes-machines paraissait pareillement grossièrement caricaturer les mœurs et les coutumes humaines... Mais comment juger les actions de boîtes métalliques dirigées peut-être par une boule de protoplasme farineux ?

Le plateau-marcheur franchit le porche, simple ouverture carrée dans la muraille. De l'intérieur, Sartoum était bien tel que Sylvin l'avait imaginé. Ce n'était rien qu'un ensemble de blocs métalliques carrés ou rectangulaires, nus, toujours faits de ce même métal terne et charbonneux. Il n'y avait pas de fenêtre à ces constructions, seulement une porte béante, s'ouvrant sur un mystère noir. À quoi pouvaient servir ces bâtiments ? Sans doute d'entrepôts, de hangars, de lieux d'habitation (ou fallait-il penser : garages ?) Tout cela à la fois, probablement.

La colonne progressait lentement au milieu d'une large rue, coupée perpendiculairement par d'autres rues semblables. Des hommes-machines y circulaient, sans but apparent, et toujours deux par deux. Les chars et les plateaux-marcheurs vinrent finalement se ranger au centre d'une vaste place qui tenait peut-être le milieu du camp et qui était déjà occupée par de nombreux véhicules semblables. Sylvin vit même quelques exemplaires d'un engin haut et biscornu absolument hérissé de pointes, de tubes et de canons ; son apparence était redoutable et le chevalier pensa avec un serrement de cœur aux prés riants et paisibles qui entouraient Jasper.

— *FRÈRES ! DURS !* lança soudainement une voix sans source visible — toujours celle qui avait dû donner les directives le matin même... *FRÈRES ! DURS ! VOUS VOUS ÊTES ACQUITTÉS DE VOTRE MISSION HONORABLEMENT. NOS FRÈRES TOMBÉS AU COMBAT SERVIRONT À FAIRE RENAÎTRE D'AUTRES FRÈRES. BIENTÔT, TOUS UNIS SOUS LE GLORIEUX COMMANDEMENT DE SUPER-DUR-DE-DUR, NOUS NOUS LANCERONS À L'ASSAUT DE CETTE PHASE TEMPORELLE DE GANDAHAR. LA SUPRÉMATIE DES ÊTRES-TENDRES N'EST PLUS Q'UNE QUESTION DE JOURS. TOUS UNIS, NOUS SOMMES INVINCIBLES !*

FRÈRES ! DURS ! DANS DEUX HEURES UN TRANCHE-MER CONDUIT PAR EXTRA-DUR-DE-DUR, ENVOYÉ DE SUPER-DUR-DE-DUR, PARTIRA SUR LES FLOTS À LA RECHERCHE DE LA SUPRÊME-ÉNERGIE-CRÉATRICE STABILISÉE DANS CETTE PHASE TEMPORELLE. AVEC L'AIDE DE LA SUPRÊME-ÉNERGIE-CRÉATRICE DE CETTE PHASE, NOUS SERONS ENCORE PLUS INVINCIBLES !

La voix se tut, l'assemblée était silencieuse, noyée de reflets rouges, sous le ciel rouge, dans cet univers rouge. Puis elle reprit :

— *FRÈRES ! DURS ! VOUS ÊTES MIS HORS DE CONTRÔLE JUSQU'À NOUVEL ORDRE. DÉCONNECTEZ-VOUS. RESTAUREZ-VOUS. MAIS SOYEZ PRÊTS.*

QUE CROISSENT ET PROSPÈRENT LES DURS !

QUE VAINQUENT LES DURS !

QUE DURENT LES DURS !

La voix s'éteignit définitivement. Un bruissement naquit sur les plateaux-marcheurs ; les hommes-machines sortaient de leur immobilité, s'ébrouaient, s'ébranlaient, quittaient les barges. Sylvin, qui se trouvait à l'arrière de son véhicule, se sentit poussé par ses « frères ». Il descendit en hâte les trois marches qui menaient au sol, et s'aperçut avec terreur qu'Airelle ne bougeait pas. Il la vit vaciller, se balancer, sous la poussée des robots qui évacuaient le plateau.

— Airelle ! cria-t-il.

Mais déjà le pseudo-homme-machine basculait, tombait, éraflant au passage la balustrade. Sylvin se précipita, reçut sa compagne dans ses bras métalliques. Le corps cuirassé s'affaissa contre lui, comme désarticulé, puis il se redressa presque aussitôt, tandis que Sylvin entendait la voix étouffée d'Airelle qui balbutiait : — Que m'arrive-t-il ?...

— Tiens-toi droite ! vite ! souffla Sylvin.

Dans la bousculade, la chute n'avait pas provoqué une grosse émotion, mais plusieurs hommes-machines étaient tout de même venus se grouper autour de Sylvin et d'Airelle. Une fois déconnectés, ceux-ci semblaient posséder beaucoup plus de curiosité et d'initiative personnelle que lorsqu'ils étaient sous contrôle (quoi que ceci puisse signifier), car les voisins de la jeune fille se mirent à la palper de leurs gantelets de fer, manifestant sans l'ombre d'un doute une grande sollicitude.

— *LE FRÈRE S'EST-IL BOSSELÉ ?* disait une voix métallique.

— *LE FRÈRE N'A-T-IL PAS SUBI UNE ALTÉRATION DE SA PARTICULE ?*

Comme Airelle ne répondait pas, un homme-machine fit la suggestion que Sylvin craignait par-dessus tout :

— *LE FRÈRE EST TRAUMATISÉ, NOUS ALLONS LE CONDUIRE À L'ATELIER DE RÉPARATION...*

Une griffe métallique saisit fermement le robot

Airelle par le bras. Jouant le tout pour le tout, Sylvin s'interposa alors.

— *INUTILE, FRÈRE,* lança-t-il en essayant de donner à sa voix une consonance métallique. *JE VAIS MENER LE FRÈRE MOI-MÊME. L'ATELIER EST JUSTE À CÔTÉ DE NOTRE BLOC... D'AILLEURS LE FRÈRE N'A SUBI AUCUN DOMMAGE.*

Le cœur battant, la sueur lui inondant les yeux sous son casque, le chevalier entraîna vivement Airelle par le bras. Il n'osait pas se retourner, il ignorait totalement la direction qu'il fallait prendre pour avoir l'air de se diriger vers un atelier, mais la chose qui seule lui importait était de quitter la place au plus vite. Apparemment cela réussissait : l'homme-machine trop empressé ne faisait pas mine de les suivre, aucune voix impérative ne venait les rappeler à l'ordre. Encore quelques pas, et ils furent hors de vue. Des hommes-machines passaient toujours, bien sûr, mais nul ne faisait attention à eux. Ils ralentirent le pas, et Sylvin sentit la masse disgracieuse qui enrobait la petite Gandaharienne s'appuyer contre lui.

— Sylvin ! Ho ! Sylvin, sanglota-t-elle, je suis désolée ; je ne sais pas ce qui m'est arrivée, j'ai failli tout gâcher...

— Ce n'est rien, tu t'es endormie debout dans cette boîte en fer-blanc, c'est tout. J'ai failli moi-même succomber... Nous étouffons et nous cuisons là-dedans, mais je crois que notre supplice ne tardera plus à prendre fin. Nous sommes dans la place !

— Mais qu'allons-nous faire ?

— Viens, petite fleur, je t'expliquerai...

Les deux Gandahariens s'enfilèrent dans une petite ruelle peu fréquentée. Il y faisait sombre, car, insensiblement, la nuit tombait sur le camp, une nuit brune et sourde qui estompait toutes les perpectives. Dans cette obscurité qui, à travers leurs lentilles teintées, leur paraissait de fournaise mourante, ils se sentaient en sécurité.

— Une chose nouvelle m'inquiète et m'étonne, dit Sylvin, après qu'il eut résumé à Airelle les propos de la voix ; c'est cette chose qu'ils appellent « La Suprême-Énergie-Créatrice ». D'après ce que j'ai compris, c'est quelque part sur l'océan Excentrique que cette entité doit être contactée. Et ces machines semblent penser que ce contact leur donnera une puissance nouvelle. De sombres nuages s'amoncellent sur Gandahar, j'en ai peur !...

— Que vas-tu faire alors ?

— Trouver cette Suprême-Énergie, savoir ce qu'il en est, et si possible, la détruire. Un bateau, ou quelque chose en tenant lieu, doit partir ce soir. Je compte bien y prendre place... pardon : nous comptons bien y prendre place.

— Je suis à toi et avec toi, toujours, souffla le groin casqué.

— Et pourtant, murmura le chevalier (mais plus pour lui-même, sans doute, que pour la jeune fille), il semble que l'attaque générale contre Gandahar soit imminente. Ne devrais-je pas tout tenter, ici, pour la retarder ? Mais que faire, avec mes faibles moyens ? Rallier Jasper au plus vite, alors, et prévenir la Reine ? Mais Blanminor doit faire tout ce qu'il doit être possible de faire, et que pourrait un combattant de plus ou de moins ?... Non, il faut savoir ce qu'il y a derrière tous ces mystères. Et derrière tous ces mystères, il y a une Suprême-Énergie-Créatrice — appartenant à cette phase temporelle !

— Tu vois, Airelle, dit-il un ton plus haut, je commence à croire que nos amis cuirassés viennent bien du futur. Du futur de Gandahar ! Et ils veulent conquérir leur propre passé. Je me demande...

Le chevalier s'interrompit.

— Quoi, Sylvin ?

— Ho ! rien... Mais ne serait-ce pas Gandahar elle-même qui, dans le futur, créera ces hommes-machines qui maintenant redescendent à l'assaut de leur origine ?

— Je ne comprends rien, Sylvin. Tu as sûrement raison, mais je n'y comprends rien.

Ils marchèrent encore un peu, Sylvin s'orientant sur la lueur du soleil couchant pour gagner la mer, et le port d'où partirait le tranche-mer.

— J'ai faim, dit Airelle. Puis, sans transition, elle poussa une exclamation, porta à l'endroit de sa bouche un gantelet de fer.

Les deux Gandahariens avaient tourné à l'angle de deux blocs, pour déboucher sur une grande esplanade, qui offrait un spectacle qui les glaça. Car cet espace nu était un enclos où se pressait une multitude gémissante. Mais ce n'était pas des animaux qu'on avait parqués là ; bien que certains des êtres fussent à quatre pattes, et d'autres couchés à même le sol, il s'agissait bien d'humains. D'humains de Gandahar, et d'autres régions de Tridan peut-être, des hommes et des femmes prostrés, aux vêtements en lambeaux, quand ils n'étaient pas nus, et qui parfois tendaient leurs bras vers le ciel, dans un geste de dérisoire appel vers une divinité muette, ou un sort qui se révélait trop injuste.

Des cris parfois montaient, mais le pire était cette sourde et lancinante plainte qui ne s'éteignait jamais tout à fait, et qui passait du grave à l'aigu, du crescendo au decrescendo, s'enflant et se résorbant dans un douloureux chant de la détresse humaine. Une odeur épaisse de sueur, d'urine, une odeur de charnier, stagnait au-dessus des malheureux incarcérés.

Un quadrillage de fils d'acier garnis de longs piquants acérés retenait ce troupeau. Fascinés, Sylvin et Airelle voulurent s'approcher de cet enclos de misère, mais un des hommes-machines qui patrouillaient le long de la barrière les repoussa.

— *SEULS LES FRÈRES-GARDIENS PEUVENT APPROCHER LES ÊTRES-TENDRES,* dit la machine anthropomorphe de sa voix de crécelle rouillée.

Sylvin, au mouvement que fit sa jeune compagne, comprit que celle-ci allait commettre une fatale imprudence. Il la retint discrètement par le bras, tandis qu'il susurrait : — Là n'était pas notre intention, frère-gardien ; nous allons saluer sur l'embarcadère le départ d'Extra-dur-de-dur...

Il fit faire demi-tour à Airelle, et obliqua avec elle vers la mer. Mais l'odeur les suivait, qui noyait celle de leur propre corps macéré, et les gémissements les suivaient aussi.

— Il y a... il y a des gens de mon village, là, murmura Airelle d'une voix étouffée.

— Beaucoup de Gandahariens sont là, répliqua Sylvin, qui viennent de nombreux villages, de nombreuses tribus. Nous ne pouvons rien faire, Airelle, mais cela sera vengé un jour, crois-moi. J'en fais le serment, ajouta-t-il sourdement.

Ils traversèrent en diagonale la place, et au moment où ils contournaient les derniers blocs qui se dressaient face au mur de clôture derrière lequel on entendait battre les flots, ils se retournèrent encore une fois. À travers l'éclairage pourpre qui baignait leur vision, le camp de concentration où s'agitaient faiblement des formes confuses leur apparut comme une image de l'enfer mythique.

Aucun d'eux n'avait plus envie de parler. Ils longèrent le mur, passèrent devant un bloc où de nombreux hommes-machines étaient occupés à diverses besognes d'entretien : certains se faisaient projeter sur tout le corps un enduit liquide qui devait être une sorte de lubrifiant, d'autres stationnaient près d'une grosse machine bourdonnante à laquelle ils étaient reliés par un câble fixé à leur nuque métallique. C'était plus intéressant, et Sylvin pensa que, d'une manière ou d'une autre, les hommes-machines se faisaient « recharger », en énergie électrique ou cosmique.

Mais il était trop imprudent de se mêler au groupe, et ils passèrent outre.

D'ailleurs ils arrivaient au port, qui n'était qu'une simple interruption de la muraille métallique qui s'ouvrait ainsi sur l'océan. Le long d'une courte jetée — métallique elle aussi — une sorte de bateau plat était à l'ancre. Quelques hommes-machines rôdaient de-ci de-là, et à leur allure indécise, Sylvin supposa qu'ils étaient hors de contrôle. Il s'approcha, circonspect cependant, suivi d'Airelle, ombre muette.

Le tranche-mer présentait une ligne trapue, qui n'avait rien de comparable avec les fins voiliers gandahariens ou les glisseurs de plaisance qu'affectionnait la jeunesse de Jasper. Ce n'était rien qu'une plate-forme ovale, garnie de hublots le long de sa carène, et couverte d'un pont vaste qui débordait de la coque, nu, sans bastingage. Simplement, sur le devant du bâtiment, une tourelle élancée et curieusement inclinée devait tenir lieu de poste de pilotage.

— Suis-moi ! murmura le chevalier sans se retourner.

Les deux Gandahariens se glissèrent sur l'extrême bord de la plage, leurs pieds enrobés de métal recevaient parfois quelques gouttelettes écumantes bues aussitôt par le sable fin. Des petits crabes, que les deux jeunes gens voyaient rouge vif et l'étaient réellement, s'enfuyaient sous leurs pas et plongeaient dans la vague. C'était si commun, si familier, que Sylvin se surprit à rêver à des vacances sur une petite plage vers Sarmantilde avec...

voyons... comment s'appelait-elle déjà ?... Mais la réalité était trop présente, trop tangible, pour laisser au rêve le moindre espace pour s'installer. Il n'avait qu'à relever les yeux, et la sombre menace concrétisée par les hauts murs de métal, par ce grouillement d'hommes en fer, venait masquer le passé comme le futur.

Les deux intrus arrivèrent enfin derrière une pile de tonneaux que le chevalier avait repérés de loin. C'était un observatoire passable, mais il semblait bien qu'aucun homme-machine, craignant sans doute la rouille, ne viendrait s'aventurer jusque-là.

Ils n'eurent que peu de temps à attendre. Venant du centre de Sartoum, un petit cortège apparaissait dans la lumière tombante. En tête venait un robot semblable à celui que Sylvin avait remarqué alors qu'il était prisonnier de l'œuf : un être rutilant de dorures, différent en outre des machines inférieures par la présence d'une couronne d'yeux tout autour de sa tête, et d'une grappe de bras articulés répartis sur le pourtour de son buste. Derrière cet auguste personnage, suivaient en file quatre hommes-machines très ordinaires.

Une haie s'était formée spontanément pendant leur progression, et des gosiers métalliques jaillit soudain un triple vivat :

— *EXTRA-DUR-DE-DUR ! DUR ! DUR ! DUR !*
EXTRA-DUR-DE-DUR ! DUR ! DUR ! DUR !
EXTRA-DUR-DE-DUR ! DUR ! DUR ! DUR !

Des bras se levèrent pour souligner ces cris enthousiastes, et en réponse le haut dignitaire souleva mollement quelques tentacules.

— Il faut absolument embarquer avec lui, dit rapidement Sylvin. Sais-tu nager ?

— Peu de filles, parmi toutes celles que compte mon village, sauraient nager aussi vite et aussi loin que Sulfide, répondit fermement la jeune fille.

— Bien ! alors fais comme moi, dit le chevalier en arrachant son casque. Il cligna un moment les paupières, sous le choc des couleurs à nouveau libres dans leur spectre : le ciel d'un vert sombre, l'océan violacé... L'univers, trop longtemps noyé d'écarlate, se recomposait dans sa douceur et sa fluidité.

Débarrassé de sa cuirasse, de ses jambières, de tout ce fatras métallique qui le meurtrissait depuis des heures, le chevalier s'étira voluptueusement. Et Airelle, qui se démenait avec son emboîtage ventral, s'interrompit une seconde pour admirer la fine silhouette du chevalier qui se détachait sur l'horizon grenat. Puis Sylvin l'aida à briser les dernières attaches, et à son tour la jeune fille put se tremper tout entière dans l'air vif du soir.

— Ils grimpent la passerelle, souffla le chevalier, après avoir jeté un rapide regard par-dessus les tonneaux. C'est le moment. Suis-moi !...

À quatre pattes, Sylvin s'enfonça dans l'eau. À mesure qu'il s'avançait, il sentait avec délice son corps las reprendre vigueur sous la patiente caresse des vagues. L'odeur iodée le grisait, il ferma les yeux, un rire silencieux plissa son jeune visage. Puis il atteignit un fond suffisant pour la nage, et à larges brasses il fila vers le large.

Airelle fendait les flots à son côté, souple créature marine couronnée d'algues noires.

Le tranche-mer se trouvait sur leur gauche, ils le dépassèrent, puis, lorsqu'ils furent certains que de la plage on ne pourrait pas les voir, ils firent demi-tour, masqués aux yeux des hommes-machines par la masse du bâtiment flottant. Ils vinrent toucher la coque juste au moment où un bruit de machine se faisait entendre, déchirant le ciel d'un sifflement strident. Sous leurs doigts, la coque tremblait, juste au-dessus de la ligne de flottaison.

— Il était temps ! jeta Sylvin. Au-dessus de sa tête, un grand hublot se découpait. Le chevalier s'y hissa facilement. L'ouverture était un simple trou dans le métal, qui donnait sur une coursive nue, déserte. Il y fut en quelques secondes, tira près de lui Airelle qui, ruisselante et frissonnante, vint se serrer contre sa poitrine.

— Tu sens bon la mer, Sylvin, murmura-t-elle.

Elle ferma les yeux, enroula ses deux bras autour de la taille de son ami. La peau de Sylvin, sous ses doigts, était agitée de menus frémissements.

— Toi aussi, tu sens bon la mer, répondit-il longtemps après.

Puis ils sentirent le pont bouger sous leurs pieds. D'aigu, le mugissement du moteur était passé au grave soutenu. Le tranche-mer s'ébranlait, quittait le port.

— Viens ! dit Sylvin. Ils coururent avec précaution vers l'arrière, se penchèrent à un autre hublot. Un sillage d'écume tourbillonnante s'étirait derrière le bâtiment ; au loin, le camp des hommes-machines se fondait déjà dans le crépuscule.

Ils étaient en route pour l'inconnu.

CINQUIÈME JOURNÉE

Pendant qu'Airelle, épuisée, dormait dans l'entrepont, ses bras croisés sur son estomac et la pointe de ses genoux remontée jusqu'à son menton, Sylvin avait entrepris une exploration furtive du bateau. En fait, le bâtiment était d'une simplicité désarmante, et inquiétante aussi car il n'offrait guère d'endroits où se cacher.

L'entrepont où les deux Gandahariens s'étaient réfugiés était divisé en une série de coursives et de cabines qui communiquaient entre elles par des portes ouvertes à même le métal des parois. Tout était vide et nu. En dessous se trouvaient les machines, dont la vibration grave secouait le pont. Une sorte de sas permettait la descente vers ces centres de propulsion ; Sylvin le souleva avec précaution, et une vive lumière bleue vint frapper son visage, durcissant ses traits à gros aplats d'ombres violettes.

Une énergie bien supérieure à la norme semblait être employée pour la propulsion du tranche-mer. Là encore, pensa Sylvin, illogisme et gaspillage. Il referma sans bruit le sas et se crispa quelques secondes sur le lourd couvercle. Mais rien ne bougeait : les deux hommes-machines qu'il avait pu apercevoir debout devant les moteurs n'avaient pas décelé sa présence.

Enfin Sylvin parvint sous la superstructure penchée qui formait la figure de proue du tranche-mer. Un ascenseur et un escalier en colimaçon y menaient. Extra-dur-de-dur et les deux autres gardes devaient se trouver là — à moins qu'un équipage plus important ne se trouvât déjà sur le bateau quand Sylvin avait observé l'embarquement. Il se dit pourtant que c'était peu probable, et grimpa les marches, le dos collé à la paroi. Il se sentait désespérément nu, et le fait qu'il n'eût pour tout vêtement qu'un petit slip n'y était pour rien ; mais il se maudissait de n'avoir pas emporté un lance-rayon lorsqu'il avait plongé dans l'océan.

Il déboucha sur un étroit couloir, qui n'était séparé que par une porte battante du poste de pilotage. Celui-ci formait une rotonde surplombant les flots, ouverte sur tout un demi-cercle par de larges baies rectangulaires qui étaient comme autant d'écrans obscurs percés sur la nuit. Les vitres ne paraissaient pas être utilisées par les hommes-machines. Et effectivement, à quoi auraient-elles servi à des êtres que ni le vent ni le froid ne devaient importuner beaucoup ?

Cependant, un spectacle curieux attendait Sylvin, alors qu'il venait de glisser un œil fureteur entre les deux battants de la porte. Il crut d'abord avoir affaire à une mutinerie, mais il se rendit vite compte qu'il s'agissait de tout autre chose. Extra-dur-de-dur se tenait immobile au milieu du poste de pilotage, encadré par les deux hommes-machines qui formaient le reste de son escorte, et l'un d'eux le tenait fermement à bras-le-corps, tandis que l'autre faisait pivoter son casque par des petits mouvements saccadés.

C'était bien d'une décollation qu'il s'agissait, mais appliquée dans les règles de l'art et en parfaite connivence avec le supplicié. Bientôt la tête céda, et l'homme-machine qui avait su mener à bien cette délicate opération la porta à bout de bras vers ce qui semblait être les appareils de visée oculaire d'un périscope qui s'élevait vers le sommet de la tour.

L'homme-machine ouvrit à la base du périscope un petit placard cylindrique à glissières, et y déposa le chef d'Extra-dur-de-dur. Avec un petit sursaut de surprise, Sylvin, qui observait la scène avec un intérêt croissant, entendit soudain le décapité s'adresser à ses subordonnés.

— *HISSEZ-MOI, FRÈRES, AU SOMMET DU TRANCHE-MER D'OÙ JE GUIDERAI NOTRE EXPÉDITION JUSQU'À SON BUT FINAL, LA DÉCOUVERTE DE LA SUPRÊME-ÉNERGIE-CRÉATRICE. VOUS VOUS METTREZ À TOUR DE RÔLE HORS DE CONTRÔLE, AINSI QUE LES DEUX FRÈRES PRÉPOSÉS AUX MACHINES, AFIN QUE JE N'USE PAS MES CIRCUITS À DES CHARGES INUTILES. ALLEZ, FRÈRES, FAITES SELON MES DÉSIRS.*

Le cylindre fut refermé, et, le deuxième homme-machine appuya sur une touche. Il y eut un glissement feutré. Sylvin attendit un moment encore, plaqué contre la porte, mais rien d'extraordinaire ne semblait plus devoir se passer dans le poste. L'un des hommes-machines était allé se placer devant une fenêtre, et restait immobile, face à la nuit. Il s'agissait sans doute de celui qu'Extra-dur-de-dur gardait sous contrôle. L'autre restait immobile aussi, au centre de la rotonde. Il n'y a pas grand-chose à faire sur un bateau, et pour un robot moins que pour quiconque. Cependant, Sylvin, qui ne connaissait pas exactement la capacité d'autonomie personnelle d'un homme-machine, jugea qu'il était plus prudent de s'esquiver. Il redescendit en hâte dans l'entrepont, et regagna la cabine où, dormant toujours, Airelle se trouvait.

Il s'assit près d'elle, douloureusement attaqué soudain par la faim qui lui tordait le ventre et la soif qui lui asséchait la gorge et la langue. Il n'y avait rien à faire pour cela, il fallait tenir, et c'était tout : sur le tranche-mer il ne devait y avoir aucune provision de bouche assimilable par un humain.

Essayant de dompter les sollicitations pressantes de son corps, le chevalier restait sur ses gardes, s'attendant à demi à voir apparaître la lourde silhouette d'un homme-machine. Mais rien ne venait. Au bout d'une demi-heure, il fut complètement rassuré, et s'abandonna tout entier à la lassitude qui s'infiltrait dans ses moindres muscles, dans le moindre recoin de son cerveau.

Pendant que le tranche-mer filait sur l'océan Excentrique, Sylvin Lanvère s'endormit enfin, sa tête touchait la tête d'Airelle et leurs cheveux blonds et noirs se mêlaient.

La lumière d'or qui jaillissait comme une cascade du hublot les réveilla ensemble. L'entrepont était noyé dans une pénombre violette, mais eux flottaient dans un cylindre de poudre dorée et palpitante.

— Où sommes-nous ? soupira Airelle. Sylvin s'étonna une fois de plus de sa voix, qui jouait en même temps sur un son grave et velouté et une intonation chantante ; entendre parler Airelle était comme écouter une comptine. Il lui sourit, le temps de la laisser reprendre ses esprits.

— J'ai faim et soif, Sylvin, ajouta-t-elle peu après.

— Moi aussi, répondit son compagnon ; mais qu'y faire ? Il alla s'accouder au hublot, apparaissant ainsi aux yeux de la jeune fille comme une ombre radieuse auréolée de platine. Le tranche-mer courait avec une grande rapidité sur son bourrelet d'écume. À part le sourd ronronnement du moteur sous leurs pieds, la vitesse ne se traduisait que par un léger sifflement. Le chevalier laissa errer un moment son regard sur la surface turquoise de l'océan. Puis une idée se forma dans son esprit.

— Nous pourrions pêcher, peut-être, dit-il. Il rencontra un coup d'œil moqueur, parme et d'or fondu à la fois car Airelle avait le soleil dans les yeux.

— J'attendais que l'idée t'en vienne, Sylvin, dit-elle avec modestie.

— Airelle, dit-il, je sens ton admiration baisser.

— Mais non, protesta-t-elle. Cependant, pour pêcher, il faut un fil, un hameçon, un appât ; où trouver tout cela ?

— Il faudrait aussi n'être pas découverts, Airelle ; nous ne sommes pas seuls sur ce bateau.

— Mais c'est vrai. Où avais-je la tête ? Mais peut-être, Sylvin, as-tu profité de mon sommeil pour nous débarrasser des guerriers de fer ?

Le chevalier sentit qu'une horrible rougeur gagnait ses joues. Il se retourna vers la mer, et lança par-dessus son épaule : — Je me suis borné à explorer le bâtiment, pour en sonder les faiblesses, et essayer de mettre au point un plan...

Il lui expliqua ensuite ce qu'il avait vu, et conclut par ces mots : — Je pense que les quatre gardiens n'ont d'autre utilité que d'escorter Extra-dur-de-dur. Celui-ci par contre doit être relié directement aux organes directionnels du tranche-mer ; il doit savoir en outre où rechercher la Suprême-Énergie. Il me semble donc nécessaire de le laisser gouverner le bateau. Séparé de son corps et perché au sommet de la tour, il est à notre merci. Le problème est que si nous tuons les gardiens, il s'en apercevra puisqu'il en tient deux sous contrôle. Que fera-t-il alors ? Peut-être voudra-t-il rallier le port... Je ne doute pas d'être capable de bricoler le navire afin de le diriger moi-même, mais cela ne résoudra pas le problème de la Suprême-Énergie. D'autre part, il me semble impossible de ne rien entreprendre contre les hommes-machines, car l'un d'eux finira par nous découvrir. Et il est vrai que nous allons mourir de faim...

— Tu parles trop Sylvin. Un proverbe de mon village dit : « Si le sanglier que tu chasses te charge, tu oublies que tu veux sa peau intacte et le tues d'un coup d'épieu. »

— C'est une bonne formule, en l'occurrence, murmura Sylvin. Viens !

Ils gagnèrent le centre de l'entrepont, où s'ouvrait le sas. Sylvin le souleva légèrement. — Bien ! souffla-t-il. L'un des guerriers de fer est juste sous moi. Je ne vois pas l'autre, mais espérons qu'il attendra un peu pour se montrer.

Le chevalier fouilla dans sa ceinture, qu'il avait nouée sur sa taille après que ses vêtements eurent été réduits en charpie ; il en tira un petit cylindre noir sur lequel il déplaça quelques lamelles de métal.

— C'est une arme, Sylvin ?

— Oh non ! C'est simplement un objet qui produit de l'électricité. Je ne sais même pas si le courant sera assez puissant pour étourdir notre ami en bas. Mais je vais essayer. J'ai l'impression que ce qui leur tient lieu de cervelle est assez fragile...

Avec douceur, Sylvin rabattit le couvercle du sas vers l'extérieur, balança d'arrière en avant son bras qui tenait la pile, et la lança d'un mouvement vif et précis. La petite boîte noire frappa l'homme-machine juste à la base du casque. Il y eut un petit crépitement sec, et une unique étincelle d'un bleu surprenant jaillit du heaume, dériva dans la soute au long d'une courbe gracieuse, s'éteignit. Le gardien s'était abattu d'un bloc. Sylvin sauta dans la cale d'un bond souple, se reçut sur les talons, boula de côté. En un éclair il fut debout à nouveau, arracha à l'ennemi étendu son arme précieuse. Et déjà le deuxième adversaire surgissait de derrière le bloc des machines.

Il y eut un cri perçant poussé par Airelle qui observait la scène, et les deux adversaires tirèrent en même temps. Dans la lumière froide qui rayonnait du moteur atomique, les rayons Vuzz restèrent invisibles, mais Sylvin ressentit sur tout son côté droit la morsure d'un froid glacial. Il fut projeté de biais, tourna sur lui-même, luttant contre l'engourdissement. — Tout est perdu ! pensa-t-il.

Mais une seconde après, Airelle était près de lui. — Tu es un héros, Sylvin, gloussa-t-elle. Et tandis qu'il se massait de la main gauche sa hanche qu'il ne sentait plus, il vit que le deuxième gardien, atteint mortellement par son tir, avait roulé sur son frère, ne formant plus avec lui qu'un tas de ferraille inerte.

— Tu as mal, Sylvin ? s'inquiétait Airelle qui avait surpris l'expression crispée du chevalier.

— Ça va... dit-il. Il fit jouer ses doigts, dans lesquels la chaleur revenait déjà ; le rayon ne l'avait qu'effleuré, il était sauf. Mais la lutte n'était pas terminée : quelque part sur le navire, une sirène se mit à mugir lugubrement.

— Extra-dur... souffla Sylvin. C'est ce que je disais ; il doit sentir que le frère qui était sous son contrôle ne répond plus. Les deux autres vont arriver. Prends une arme et mettons-nous en embuscade...

Leurs plans furent vite tirés ; Airelle alla se cacher dans une coursive, sur la gauche du moteur ; ainsi elle pourrait éventuellement surprendre les deux hommes-machines en les attaquant de flanc. Sylvin s'embusqua derrière le moteur. Il sentait que derrière la paroi trop mince la flamme atomique dévorait le métal fissile, et il pensa qu'il ne ferait pas bon s'aventurer trop longtemps ici. Comme tout ce qui touchait aux hommes-machines, le tranche-mer présentait des failles, et ce moteur mal isolé en était une de taille.

L'attente, dans ces conditions insalubres, lui parut longue. La chaleur montait vers lui, cuisant sa poitrine et ses membres. Puis, enfin, des pas lourds retentirent, qui venaient de l'avant du bâtiment. Il serra son arme, et presque aussitôt entendit le sifflement caractéristique du rayon Vuzz. Il cria :

— Airelle ! et jaillit de derrière le four.

Mais le combat était déjà terminé. Les deux hommes-machines, qui avaient dû dépasser sans la voir la Gandaharienne, s'étaient trouvés en plein dans le champ de son arme. Ils gisaient maintenant, pêle-mêle, dérisoires.

— Ces hommes en fer sont bien peu valeureux au combat, dit dédaigneusement la jeune fille. Ils meurent comme des papillons sur la flamme d'une lampe.

— Ne les sous-estime pas, Airelle. Ce sont leurs armes qui sont terribles. Et rappelle-toi toujours ce qu'ils ont fait à ton peuple.

— Un penseur de ma tribu a dit qu'il faut mépriser son ennemi du point de vue stratégique, mais en tenir pleinement compte du point de vue tactique...

— Décidément, soupira Sylvin, il y a beaucoup de penseurs dans ta tribu.

— Mais ne pense-t-on pas, à Jasper aussi ? s'étonna la jeune fille.

Sylvin resta un instant silencieux. — Moins que tu ne crois, peut-être, finit-il par ajouter. Puis il se raidit, car il venait de se rendre compte que le tranche-mer ralentissait. Le miaulement du moteur décrût, passa au grave, mourut. — Extra-dur-de-dur, souffla le chevalier, il réagit... Il prit Airelle par le poignet, l'entraîna dans les coursives.

— Nous allons au poste de pilotage; nous sommes les plus forts, maintenant. Ils parcoururent ensemble le bâtiment désormais étrangement silencieux, firent irruption sur la rotonde. Sylvin s'attaqua au mât creux qui avait servi à envoyer en vigie la tête du robot; après quelques efforts infructueux, il parvint à trouver les commandes qu'il fallait. Il y eut un bruit de glissement huilé, et le casque métallique atterrit brusquement dans sa niche. Sylvin ne put réprimer un léger sursaut, et il entendit dans son dos le cri étouffé que laissait échapper sa compagne; mais il triomphait cependant : la tête décapitée d'un personnage important parmi les hommes-machines reposait sur un socle devant lui, lui était livrée sur un plateau, il pouvait s'il le désirait la prendre dans ses mains et la jeter à la mer. Mais ce n'était pas ce qu'il désirait — pas pour l'instant tout au moins.

— Me vois-tu, Extra-dur-de-dur? interrogea-t-il abruptement.

Il lui sembla que la série d'yeux périphériques qui pustulaient le crâne métallique jetaient un éclat particulier, comme si une fureur humaine animait de bouillonnements les pensées qui circulaient sous cette carapace dorée; mais sans doute n'était-ce qu'une impression. Et enfin l'être parla.

— *JE TE VOIS, ÊTRE-TENDRE, TOI ET LA FEMELLE QUI SE CACHE DERRIÈRE TON DOS. JE NE SAIS D'OÙ TU VIENS NI QUI TU ES, NI COMMENT TU TE TROUVES ICI, NI PAR QUELLE ABSURDE CHANCE TU AS RÉUSSI À COURT-CIRCUITER LES QUATRE FRÈRES QUI M'ACCOMPAGNAIENT. CELA NE M'INTÉRESSE PAS. LES ÊTRES-TENDRES NI LEURS ACTIONS FUTILES NE M'INTÉRESSENT EN AUCUNE FAÇON. EN TANT QUE RACE, VOUS ÊTES CONDAMNÉS À DISPARAÎTRE DE TOUTES LES PHASES TEMPORELLES DE GANDAHAR. AUSSI, ÊTRE-TENDRE, LA COMMUNICATION AVEC TOI NE PRÉSENTE POUR MOI AUCUN*

INTÉRÊT... JE SUIS EXTRA-DUR-DE-DUR ET J'AI UNE MISSION À ACCOMPLIR. TA PRÉSENCE NI TES ACTES NE M'IMPORTUNENT OUTRE MESURE. REMONTE-MOI AU SOMMET DU MÂT DE VISÉE ET LAISSE-MOI GUIDER CE TRANCHE-MER OÙ IL DOIT ALLER...

L'opercule résillé qui tenait lieu de bouche à l'impudente machine grésilla, et les yeux multiples jetèrent un éclat. Sylvin Lanvère se pencha en avant ; il avait tiré de sa ceinture un instrument effilé qui avait divers usages, et il le promena un instant devant la rangée de pupilles allumées.

— Tu oublies une chose, ferraille sans pattes, c'est que pour l'instant, c'est moi qui te tiens en mon pouvoir...

Le poing du chevalier partit en avant, vif comme l'éclair. Il y eut un petit bruit de verre brisé ; un des yeux s'éteignit, étoilé. — Si tu ne réponds pas à quelques questions que je veux te poser, toute la verroterie qui te tient lieu d'œil sera brisée et dispersée ; et je peux aussi t'ouvrir le crâne et en extirper l'éponge molle qui te sert de cerveau, et... et la manger. Sylvin se redressa et ricana d'une manière qu'il espéra horrible.

— *TU PEUX ME DÉTRUIRE, C'EST VRAI,* repartit l'homme-machine après une courte pause. *MAIS MES FRÈRES ET MOI NE SOMMES QUE D'INFIMES PARCELLES DE LA DURETÉ UNIVERSELLE. LA MORT POUR UN DUR N'EXISTE PAS, CAR MOURIR EST UNE NOTION INDIVIDUELLE. NOUS LES DURS NE COMPTONS QUE COLLECTIVEMENT... CEPENDANT IL ME SERAIT DÉSAGRÉABLE D'ÊTRE EFFICACE SOUS CETTE PRÉSENTE MATÉRIALITÉ, CE QUI RETARDERAIT D'AUTANT LA MISSION DONT JE SUIS CHARGÉ... PARLE. JE T'ÉCOUTE ET TE RÉPONDRAI.*

— Je veux te dire une chose d'abord : je suis Sylvin Lanvère, chevalier de première classe de Sa Majesté la Reine Ambisextra, souveraine de Gandahar. Et le royaume de Gandahar est ancien, vaste et puissant. Ni toi ni aucun de vos semblables n'y mettrez les pieds, jamais, et je m'y emploierai de toutes mes forces, comme le feront tous les citoyens de ma patrie... Maintenant, dis-moi, continua Sylvin après avoir repris son souffle, dis-moi ce que vous êtes et d'où vous venez.

— *NOUS SOMMES LES DURS, ET NOUS VENONS DU FUTUR...*

— Je connais la chanson ! coupa Sylvin. Sois plus clair ou tu goûteras de mon tournevis.

— *SUSCITÉS ET MATÉRIALISÉS PAR LA SUPRÊME-ÉNERGIE-CRÉATRICE, LES DURS SONT APPARUS DANS UNE PHASE TEMPORELLE DE GANDAHAR QUI EST À CETTE PHASE-CI CE QUE VOUS NOMMEZ LE FUTUR, BIEN QUE LE TEMPS NE SOIT QU'UN SIMPLE CHEMIN.*

— Qu'est cette Suprême-Énergie-Créatrice ?

— *ON NE PEUT LA NOMMER NI LA DÉCRIRE AUTREMENT QUE PAR SON NOM. ELLE NOUS A CRÉÉS ET NOUS EXISTONS PAR ELLE ET POUR ELLE. LA COLLECTIVITÉ DES DURS N'EST QU'UNE EXTENSION DES POSSIBLES DE LA SUPRÊME-ÉNERGIE-CRÉATRICE, QUI PEUT MATÉRIALISER BIEN D'AUTRES FORMES EN BIEN D'AUTRES TEMPS ET BIEN D'AUTRES LIEUX...*

— À quelle époque du futur cette Suprême-Énergie existe-t-elle ?

— *LA SUPRÊME-ÉNERGIE-CRÉATRICE OCCUPE TOUTES LES PHASES TEMPORELLES DE CE MONDE QUE VOUS APPELEZ TRIDAN.*

— Je n'ai jamais rien entendu dire au sujet d'une telle monstruosité, dit pensivement Sylvin. Et toi ? ajouta-t-il en posant sa main sur l'épaule bleue de Sulfide.

— Ma tribu est petite et son territoire plus encore, dit la jeune fille... Je ne sais pas de quoi ce guerrier de fer peut parler... J'ai faim et soif, Sylvin, dit-elle encore, pressante.

— Oui, Airelle, oui. Mais une minute encore.

Le chevalier passa une langue desséchée sur ses lèvres douloureuses. — Si j'ai bien compris le but de ta mission, tu te proposes de contacter la Suprême-Énergie de cette phase temporelle ; où se cache-t-elle donc ?

— *CACHE ? LA SUPRÊME-ÉNERGIE-CRÉATRICE NE SE CACHE PAS. ELLE DÉRIVE AU LONG DES SIÈCLES ET DES MILLÉNAIRES SUR CET OCÉAN QUI L'A VUE NAÎTRE...*

— Ah ? qui l'a vue naître ? Elle n'est donc pas éternelle...

— *OU PEUT-ÊTRE EST-CE ELLE QUI A VU NAÎTRE L'OCÉAN,* souffla Extra-dur-de-dur.

— C'est un point d'interprétation que nous éluciderons plus tard. Mais je conclus de tes discours que tu vas recueillir des ordres auprès de ton dieu ?

— *DIEU ? JE NE COMPRENDS PAS. MAIS IL EST BIEN EXACT QUE LA SUPRÊME-ÉNERGIE-CRÉATRICE, PAR L'ENTREPRISE DE MA PRÉSENTE MATÉRIALITÉ, VA NOUS DONNER LA PUISSANCE NÉCESSAIRE À LA CONQUÊTE DE CETTE PHASE TEMPORELLE. ELLE NOUS A TRANSLATÉS DANS LE TEMPS, DEPUIS LE FUTUR JUSQU'À CETTE ÉPOQUE, DANS CE BUT SUPRÊME ET FINAL : L'EXTERMINATION DES ÊTRES-TENDRES. GANDAHAR, TRIDAN, L'UNIVERS ENTIER, SUR TOUTES SES PHASES TEMPORELLES, APPARTIENDRA AUX DURS, ANIMÉS PAR L'ESPRIT IMPONDÉRABLE DE LA SUPRÊME-ÉNERGIE-CRÉATRICE !*

MAINTENANT, ÊTRE-TENDRE, LAISSE-MOI REMPLIR MA MISSION. JE VOUS CONSEILLE, À TOI ET À LA FEMELLE, DE VOUS COURT-CIRCUITER AU PLUS VITE. VOUS N'ÊTES DÉJÀ PLUS DE CE MONDE ET IL ME PARAÎT BIEN INUTILE QUE VOUS VOUS OBSTINIEZ À Y SURVIVRE POUR UNE DURÉE DONT LES LIMITES SONT DE TOUTE FAÇON BIEN PROCHES.

— Mon avis diffère du tien, répliqua Sylvin. Cependant, je te propose un marché : comme j'ai fort envie moi aussi de rencontrer la Suprême-Énergie-Créatrice, je veux bien te renvoyer au sommet de ton mât et te laisser guider ce bateau jusqu'à elle. Mais ne t'avise pas de nous jouer un tour, car alors ta matérialité irait sur-le-champ servir de pâture aux poissons...

— *GRANDE EST TA PRÉTENTION, ÊTRE-TENDRE ! CAR À PEINE AURAS-TU POSÉ UN REGARD SUR LA SUPRÊME-ÉNERGIE-CRÉATRICE QUE TU SERAS RÉDUIT EN CENDRES PAR SA RAYONNANTE PUISSANCE AUSSI SÛREMENT QU'UN PAPILLON QUI S'EXPOSE À LA FLAMME D'UNE BOUGIE...*

— Nous verrons, coupa Sylvin. Mais en attendant de te redonner les rênes, et puisque tu as eu la bonne idée de faire stopper ce bateau, je vais en profiter pour faire un petit travail. Aussi, prends patience un instant.

Il prit Airelle par le coude ; la peau de la jeune fille était tiède et douce sous ses doigts. — Viens, lui dit-il, nous allons boire et manger.

De l'un des petits sachets qui pendaient de son inépuisable ceinture, Sylvin Lanvère avait tiré un fil long et résistant, auquel il noua un crochet de fortune façonné à partir d'un bout de métal arraché dans le poste de pilotage. Le tranche-mer se balançait doucement sur l'océan Excentrique, vert et nu à l'infini ; dans le ciel émeraude traversé parfois par la flèche blanche d'un oiseau mystérieux, le soleil orange avait atteint le zénith. Sylvin et Airelle étaient montés sur le pont supérieur plat et vide qui réverbérait la lumière en longues ondées dorées.

Il faisait bon, beau. Tout était paisible — mais tout n'était qu'apparences...

— Il te faut un appât, aussi, dit Airelle, toujours pratique.

— Et quoi prendre, n'est-ce pas, sur ce rafiot de fer ? ironisa Sylvin... Au Collège de Chevalerie, où j'ai fait de longues études, le cas a été prévu : lorsqu'un chevalier est perdu en mer et n'a d'autre ressource que la pêche pour se nourrir, il prend comme appât un morceau de sa propre chair ; les poissons, paraît-il, en sont friands.

— Sylvin ! Tu ne vas pas faire ça ! se récria Airelle. Je te donnerai plutôt un bout de ma propre chair...

Le chevalier considéra sans rire le fin visage de la jeune Gandaharienne qui avait pris une farouche expression. — Airelle, dit-il, je ne pense pas que nous devions en arriver à de telles extrémités... J'ai une meilleure idée. Attends-moi un instant.

Il se dirigea vers le sas qui béait au milieu du pont, se laissa glisser par l'ouverture. Quand il réapparut, il tenait dans son poing une grosse boule d'une curieuse substance molle et blanchâtre. — Tu vois, dit-il à Airelle qui s'étonnait, je suis allé récupérer le cerveau de nos amis, là en bas. Je ne sais pas exactement ce qu'est cette matière, mais elle est indubitablement protoplasmique, et bien que sa décomposition soit rapide, je crois que nous tenons là un appât qui en vaudra bien un autre...

— Tu es merveilleux, Sylvin, soupira la jeune fille.

Le chevalier pétrit la pâte qui commençait à se durcir, et en détacha un fragment qu'il enfila sur son hameçon improvisé. Puis il lança dans les flots sa ligne qui fit une courbe élancée dans l'espace...

Au bout de peu de temps, trois poissons allongés, dont la gueule recelait plusieurs rangées de dents redoutables, séchaient sur le pont. — Voilà notre friture ! Il s'agit maintenant de la faire cuire, mais cela ne va pas poser non plus de problèmes trop ardus, annonça Sylvin dont les yeux clairs s'étaient plissés de malice.

— On apprend cela aussi, au Collège de Chevalerie ?

— Cela et autre chose, Airelle...

— Trouver à boire, aussi ? Je meurs de soif...

— À boire aussi. L'affaire de quelques minutes. Reste sur le pont, je préfère.

Sylvin empoigna les trois poissons, disparut dans le sas. Dans la salle des machines, le moteur atomique grondait imperceptiblement mais sourdement, en sommeil. Le rayon bleu qui, à l'intérieur du four, fragmentait les atomes, avait été dévié de sa trajectoire et venait buter sur une plaque faite d'un matériau spécial qui absorbait sans dommage sa fantastique puissance. À l'aide d'une barre de fer, Sylvin poussa les poissons sous le flux énergétique. Frappés de plein fouet par le rayon, les bêtes commencèrent à grésiller, et prirent peu à peu une agréable couleur dorée. L'odeur qui se dégageait de cette cuisson atomique frappa délicieusement les sens de Sylvin, ravivant une faim qui n'attendait que cette sollicitation extérieure pour exploser dans ses viscères en brusques contractions. L'endroit était bien sûr légèrement radioactif, et Sylvin n'ignorait pas le danger que lui faisait courir ce mode de combustion. Mais il pensait avec juste raison que l'exposition des poissons serait de trop courte durée pour qu'il y eût véritablement péril à consommer des aliments cuits de cette manière peu orthodoxe. En fait, seuls quelques aphtes sans gravité de la langue et du palais devaient résulter de leur festin...

Lorsque les poissons furent cuits à point, le chevalier se préoccupa de la boisson. Lorsqu'on a sous la main un moteur atomique exigeant un refroidissement hydraulique constant, le problème est également vite résolu. Avec une partie aiguë récupérée sur la carcasse d'un homme-machine abattu, Sylvin perça une des canalisations réfrigérantes qui couraient au-dessus du moteur. Le trou était minuscule et ne présentait pas de péril grave, mais un mince filet d'eau douce glacée en jaillit, que le chevalier recueillit dans un des casques métalliques.

Il fit irruption, vainqueur, sur le pont où patientait

Airelle, la chair et la boisson dans ses bras, et sur la plage de métal, ils firent peut-être le plus délicieux repas de leur vie. Puis Sylvin, selon l'accord passé avec Extra-dur-de-dur, réexpédia l'homme-machine (ou plus exactement sa tête) au sommet du mât de visée. Les moteurs rugirent à nouveau et le tranche-mer s'ébranla avec souplesse sur l'océan.

La traversée en direction du sud se fit dès lors sans histoires, hormis justement les histoires innombrables qu'Airelle et Sylvin se racontaient l'un pour l'autre, allongés sur le pont, la jeune fille détaillant la vie paisible de son village, le chevalier lui décrivant les splendeurs fanées de Jasper qui, pour elle, étaient revêtues de la poudre étincelante du merveilleux.

Le soir tomba, et sur l'océan Excentrique un petit vent naquit, embaumé de senteurs marines. Le soleil sombra bientôt, et le ciel s'embrasa de cette gamme indéfinissable de couleurs mêlées qui rendent incomparables dans l'univers connu les crépuscules de Tridan. Automatiquement, le poste de pilotage du tranche-mer s'éclaira, opacifiant par contraste la sphère creuse confondue du ciel et de la mer.

Fatigués, Airelle et Sylvin Lanvère descendirent la main dans la main dans l'entrepont, s'allongèrent à même le métal.

— De dures épreuves nous attendent, demain, dit le chevalier. Il faut dormir.

— Sylvin... commença la jeune fille.

— Oui ? répondit son compagnon qui cherchait déjà une position commode sur son flanc gauche, les bras repliés sous sa joue.

— Oh... rien, soupira Airelle. Elle posa un rapide baiser sur les cheveux du jeune homme dont les yeux s'étaient fermés, et chercha à son tour à prendre ses aises pour la nuit.

Lui s'endormit d'abord et, bercée par sa respiration paisible, Airelle plongea à son tour dans le sommeil.

Fut-ce un ralentissement sensible dans la marche du bateau, ou un pressentiment terrible qui les enveloppa ensemble ? Ils se réveillèrent à la même seconde, alors que l'aube blanchissait l'horizon. Ils frissonnèrent pareillement alors que, penchés au hublot, ils découvrirent la forme monstrueuse qui s'élevait au-dessus des flots, occultant tout l'horizon.

— La Suprême-Énergie-Créatrice ! souffla Sylvin, abasourdi.

SIXIÈME JOURNÉE

Le spectacle était grandiose et effrayant. Bas sur l'horizon est, le soleil, comme une bulle aplatie couleur de framboise, flottait majestueusement sur l'océan indigo. Des bandes incurvées de poussières, de spores et de graines qu'une force de cohésion mystérieuse assemblait en grandes écharpes lumineuses, ondulaient mollement dans le ciel, poussées par le vent depuis les grands continents sub-équatoriaux. Orangé vif du côté du levant, elles s'assombrissaient jusqu'au pourpre foncé au zénith, où leur tonalité assourdie se mariait avec le fond vert sombre du ciel dans un assemblage de couleurs d'une surprenante beauté.

Mais ce n'était pas cette éclaboussante somptuosité matinale qui fixait le regard et raidissait les muscles de Sylvin et de sa compagne. Droit devant la proue du tranche-mer s'élevait, comme un pic impensable, la silhouette gigantesque de la chose qu'ils étaient venus chercher.

C'était comme un roc, ou comme un champignon, ou comme une envolée de glace, ou comme une méduse géante... tout cela à la fois sans doute, et autre chose aussi que l'œil humain ne pouvait préciser dans un premier regard, tant l'étrangeté de cette présence était manifeste.

La Suprême-Énergie-Créatrice surgissait des flots comme une île toute en hauteur, un pain de sucre planté un peu de biais dans la prairie glauque et mouvante de l'océan Excentrique. Un tumulus découpé, crénelé, modelé en mille et mille échappées (animales, végétales, minérales ?) ondulantes (bras ? tentacules ? lierre ?), qui se soulevaient, se détachaient de la masse principale pour fouetter lentement l'air avant de retomber et de se soulever encore, dans un grouillement incessant. La montagne vivante ne semblait pas posséder de couleur propre, et sa substance nacrée, translucide, reflétait en les confondant toutes les nuances du ciel, de la mer, du soleil. La brume filiforme s'arrondissait autour du pic, comme pour l'éviter. Parfois cependant, un fil orangé venait caresser les racines tortueuses de la chose, et s'effilochait alors dans les entrelacs ligneux, nimbant le monstre d'un voile opalescent fait de millions de paillettes lumineuses.

À la base du pic, qui était la partie la plus large et la plus ramifiée de la structure, l'océan battait calmement, infiltrant ses tridents d'eau verte entre les membres torses qui piétinaient mollement sur place. À part ce léger bruit de clapotement, à part aussi le sifflement du moteur, nul son à la mesure de l'énormité de la chose ne venait troubler la progression du bateau vers elle.

— Montons sur le pont, dit Sylvin d'une voix rauque.

Ils y coururent, la main du chevalier serrant fort la petite menotte potelée de Sulfide, alors que le tranche-mer passait sous une arche cristalline, avançant désormais dans un fjord torturé, au sein d'une forêt de remuantes radicelles vert pâle qui, de temps à autre, venaient frapper doucement la coque. La moins grosse avait plus d'un mètre de diamètre, mais leur souplesse était telle, et leur profondeur si translucide, qu'il ne paraissait pas y avoir de danger à pénétrer sous cette voûte.

Bientôt, le tranche-mer toucha un réseau si serré de racines qu'il ne put progresser davantage. Sa proue s'encastra un peu dans le dense fourmillement, puis le bruit du moteur tourna au grave et s'éteignit. Extra-dur-de-dur avait atteint son but ; et sa voix rouillée, tout d'un coup amplifiée par quelque appareil acoustique, résonna entre les parois de l'être-montagne, pour une courte et ridicule homélie envers la grandeur qu'il sollicitait.

— *SUPRÊME-ÉNERGIE-CRÉATRICE !* psalmodiait l'homme-machine, *JE SUIS EXTRA-DUR-DE-DUR, HUMBLE MATÉRIALITÉ ISSUE DE TON ESPRIT IMMORTEL. JE ME PRÉSENTE À TA HAUTE MATÉRIALITÉ RÉGNANT SUR CETTE PHASE TEMPORELLE, AFIN D'ENTENDRE TES DIRECTIVES QUI RENDRONT LES DURS INVINCIBLES DANS LEUR CONQUÊTE DE CETTE PHASE ET DANS L'EXTERMINATION DES ÊTRES-TENDRES ! JE SUIS TOI ET TU ES MOI, SUPRÊME-ÉNERGIE-CRÉATRICE ! ABSORBE-MOI AFIN QUE NOUS NE FASSIONS QU'UN CORPS ET QU'UN ESPRIT. GLOIRE À TA MATÉRIALITÉ ET QUE DURENT LES DURS !...*

La voix se tut. Il n'y eut plus que le clapotis toujours renouvelé des vagues, et au-dessus de Sylvin et d'Airelle dont les deux corps ne faisaient qu'un bloc mince sur le pont désert du vaisseau, les ramifications sans nombre de la montagne flottante bruissaient légèrement, comme des guirlandes de fête.

— Qu'allons-nous faire, Sylvin ? chuchota Airelle.

— Attendre...

Le regard du chevalier se perdit vers les hauteurs de la masse colossale qui les écrasait de son ombre palpitante. L'enchevêtrement des lianes tentaculaires formait sur leur tête un écheveau irisé... et subitement Sylvin Lanvère fut pénétré par la beauté et la grâce de cette chose complexe, ce titan aquatique qu'il ne pouvait se résoudre encore à considérer comme une créature personnifiée et pensante. Sous cette jungle tiède, humide, où glissaient des couleurs pâles, Sylvin sentit qu'il n'avait rien à craindre de la Suprême-Énergie ; ce n'était qu'une impression confuse, qui avait germé sans qu'il y prît garde dans son cerveau, mais il savait sans pouvoir y apporter une justification quelconque que c'était une impression juste. La structure n'était pas hostile, peut-être simplement le contemplait-elle avec indifférence, comme un homme sans cruauté peut contempler un minuscule puceron des herbes accroché à sa chausse. Mais il n'avait rien à craindre d'elle — au moins en tant qu'individu. En tant que race, c'était un autre problème, mais Sylvin ne doutait point qu'il serait, sinon résolu, du moins éclairé.

Un petit cri d'Airelle vint le tirer de ses pensées. — Regarde ! disait-elle. Une fibrille nacrée (dont l'épaisseur ne devait en rien le céder à celle d'un gros câble) s'était détachée d'une racine plus grosse qui surplombait la tourelle du tranche-mer. Elle hésita un moment, dansant avec la grâce d'un serpent interminable autour du mât de visée où le chef d'Extra-dur-de-dur était piqué comme un papillon sur une épingle. Puis elle s'enroula autour du casque, le couvrant à moitié d'une mince pellicule laiteuse. Un instant plus tard, la radicelle se résorbait, entraînant la tête de l'homme-machine, petite boule dorée qui disparut bientôt, absorbée par la substance même de la chose.

— Je suppose, dit Sylvin, que d'une manière ou d'une autre, la Suprême-Énergie va communiquer avec notre cocher. Les instants qui vont suivre seront cruciaux pour nous... quoique je ne pense pas que personnellement nous ayons quelque chose à redouter. Et toi Airelle, qui as toujours des idées sensées dans ton petit crâne, que penses-tu de tout cela ?

— Parmi toutes les filles de mon village, peu en effet peuvent prétendre à une plus grande intelligence que la mienne, répondit Airelle sans modestie excessive, mais je n'ai jamais vu une chose pareille et je ne sais quoi te répondre...

— Ce qui est fort sensé tout de même, car qui pourrait prétendre... Ah ! je crois que voilà du nouveau : regarde, c'est à nous maintenant.

Ce qui avait motivé l'exclamation du chevalier n'était autre que l'apparition d'une liane gigantesque qui, s'étant détachée de la paroi de la chose, avait atterri en douceur sur le pont et glissait à leur rencontre comme une monstrueuse mais circonspecte chenille. Lorsque le ligament heurta leurs jambes, Airelle poussa un petit cri et se rétracta, mais Sylvin garda un maintien en tous points admirable. Et lorsque l'appendice s'ouvrit devant eux comme une bouche, ou comme une fleur, Sylvin poussa Airelle devant lui à l'intérieur de cette corolle dévoilée.

Le tentacule s'éleva avec lenteur, avec précaution aurait-on dit, les deux êtres humains adossés à la paroi de l'alvéole. L'ascension fut de courte durée, mais ce ne fut pas sans une légère sensation de vertige que les deux Gandahariens virent sous eux s'amenuiser la forme ovale du tranche-mer, qui ne devint plus à leurs yeux qu'un plateau allongé cerné de fils blancs, reposant sur une surface verte.

Puis le membre se résorba complètement dans la masse du corps principal. Sylvin et Airelle se trouvaient alors à l'intérieur d'une sphère creuse dont le diamètre n'excédait guère la taille du chevalier. Les parois étaient d'un gris clair rosé par endroits, et lorsque Sylvin appuya la main sur cette substance, il sentit sous ses doigts un frémissement très net parcourir la surface tiède du globe : indubitablement, ils étaient à l'intérieur d'un corps vivant. De désagréables idées de digestion vinrent taquiner un instant l'esprit du Gandaharien, mais ce n'était pas le moment de se laisser aller à des phantasmes aussi morbides. D'ailleurs, pour avoir une fois rempli une délicate mission à l'intérieur de l'estomac d'une tortue de la mer Aimable, Sylvin savait d'expérience que les voies digestives sont humides, charriant en permanence des sucs gastriques et autres liquides, et qu'elles dégagent d'autre part une puanteur épouvantable.

L'endroit où ils se trouvaient ne rappelait en rien ces lieux viciés ; tout était sec et net. Une lumière lactée baignait la sphère, sans que Sylvin pût dire avec certitude s'il s'agissait de la lumière du jour tamisée par les parois translucides, ou si la substance irradiait d'une manière ou d'une autre sa propre luminosité. Enfin, bien que nulle ouverture ne fût visible dans la cavité, ils respiraient bien. Peut-être y avait-il d'infimes canaux insufflant pour eux des molécules d'oxygène à l'intérieur de leur bulle... mais l'essentiel était qu'ils respirassent.

Cependant, les motifs d'étonnement pour les deux Gandahariens n'étaient pas encore épuisés. — Mais ! Nous bougeons... s'écria Airelle. En effet ils bougeaient. Cela avait commencé imperceptiblement, par une lente mais continue déformation du sol sous leurs pieds, qui indiquait sans qu'il fût possible de se méprendre qu'un glissement de la matière molle et souple dans laquelle ils étaient encastrés les faisait progresser horizontalement, les poussant quelque part, loin dans les profondeurs du corps gigantesque. La sphère s'agrandissait dans le même temps, devint plus allongée, plus ovoïde, puis prit l'apparence d'une portion de tunnel. En vérité, seules ces progressives modifications du milieu physique leur firent prendre conscience de ce déplacement ; mais la poussée était nulle et Sylvin en déduisit que leur vitesse ne devait pas être bien grande.

L'éclairage assourdi ne variait pas, ni la tiédeur sèche qui régnait dans le corps de la chose ni la teneur de l'air qu'ils respiraient. Puis tout changea encore. La cavité s'étira vers le haut, prit la forme d'un cylindre. Et cette fois, l'élan ascensionnel qu'ils ressentaient dans leurs jambes et au long de leurs vertèbres ne pouvait laisser aucun doute ; ils montaient, et cette fois à grande vitesse, ils étaient catapultés vers le haut de cette chose qu'ils ne pouvaient nommer autrement encore que Suprême-Énergie-Créatrice. Sylvin Lanvère essaya de s'imaginer, lui et la jeune fille à la peau mauve, courant au long d'inimaginables canaux à travers la structure complexe qui les avait absorbés, ballottés comme des bactéries étrangères dans un vaisseau sanguin...

Et brusquement le mouvement s'arrêta. Le haut du cylindre s'ouvrit en cinq ou six pétales rosés qui s'étirèrent comme des langues, s'élargirent, convergèrent à nouveau vers le haut, et se rejoignirent, formant une rosace architecturalement parfaite. Puis les nervures s'effacèrent, se fondirent, et les deux Gandahariens se retrouvèrent sous un large dôme pulpeux qui laissait filtrer une douce lumière d'un rose cendré. Ils firent quelques pas, perplexes, sur le sol élastique dans lequel leurs pieds enfonçaient légèrement. Sylvin s'agenouilla, gratta de l'ongle la matière spongieuse ; une fine pellicule s'en détacha, comme une peau morte sur le dos d'une main.

Puis il se recula vivement, car à l'endroit où il était, au milieu de... il n'osait dire, de la pièce — le sol se déformait, bourgeonnait, germait en deux tumulus qui, à son grand étonnement, se façonnèrent sous ses yeux en deux espèces de sièges, grossiers, arrondis en coupe, mais aisément reconnaissables.

— Je crois... Je crois qu'il faut nous asseoir, Airelle, murmura le chevalier. Donnant l'exemple, il s'installa sur le siège qui se moula aussitôt à son corps, épousant la forme de ses cuisses, de son dos, de sa nuque. Airelle à son tour se coula dans le fauteuil vivant, toute menue, et avec sa peau violette barrée à la taille par sa petite culotte vert cru, elle parut au chevalier, enveloppée par la conque rose, comme une poupée délicate et charmante. Il ouvrit la bouche pour lui dire quelque chose, sans doute ne savait-il pas encore quoi, quand un nouveau phénomène attira son attention.

Une gerbe de fines radicelles surgissait du sol, devant eux, qui ne tarda pas à les envelopper complètement au sein d'un réseau ténu de fibrilles palpeuses dont les extrémités vinrent se fixer sur toute la circonférence de leur crâne. Alors un vacillement de l'univers arracha à Sylvin un gémissement sourd, tandis qu'un vertige soudain le faisait basculer dans de multiples dimensions, tordant son corps de tous côtés. Il lui sembla que ses membres faisaient soudain des angles impossibles et que son cerveau, suivant le mouvement, s'étirait, se distordait, se dissolvait. Tout son corps était devenu un étrange volume topologique plongeant dans la quatrième dimension, il existait en différents lieux à la fois, et dans différents temps à la fois.

Puis la sensation disparut aussi vite qu'elle était venue, le laissant toutefois dans un état de légèreté incroyable, flottant quelque part en apesanteur, à la verticale de son siège où il voyait une petite silhouette tassée, ridicule et vulnérable : lui-même.

Et c'est alors qu'il sentit à l'intérieur de sa tête, très matériellement cette fois, un attouchement sensible, comme une plume duveteuse qui se serait promenée avec nonchalance sur ses circonvolutions cérébrales. Il comprit que les fibrilles avaient pénétré sous l'os, infiniment minces et souples, d'une épaisseur qui n'excédait probablement pas quelques atomes, et que ces fibrilles allaient lire en lui, allaient tirer de lui tous les renseignements que désirait avoir la chose — quelle qu'elle fût — qui l'auscultait ainsi. Tout fut ensuite brouillé, il n'était qu'un amalgame confus d'images aveuglantes, de sons discordants, de sensations imprécises, d'où émergeait parfois une séquence plus nettement précisée. Le flot emportant son enfance, sa jeunesse, ses études, ses premières missions de chevalier courut rapidement, mais à partir du moment où Ambisextra lui avait ordonné de partir à la recherche des hommes-machines, le courant se fit plus calme, comme si on scrutait avec une attention soutenue les derniers jours de sa vie. Il revécut ainsi, comme s'il assistait en spectateur à un film passé à une vitesse accélérée, sa rencontre avec les Rostules, avec les hommes-machines, sa capture, son arrivée au camp de fer, son voyage en bateau... sa montée dans les entrailles de la Suprême-Énergie.

Et l'introspection prit fin. La nuque et les tempes un peu douloureuses, Sylvin réintégra son corps tassé dans le siège. Ses yeux cillèrent pour chasser les dernières images mentales qui voilaient encore le décor rose qui l'entourait — et la voix résonna dans sa tête.

— *JE TE SALUE, SYLVIN LANVÈRE!* gronda la chose qui s'adressait à lui. Et en fait, ce n'était pas vraiment une voix qui lui parlait, de même que ce n'était pas vraiment des mots qui servaient à véhiculer les concepts. Mais sans doute, le cerveau de Sylvin, agissant à la manière d'une machine à décoder, retranscrivait-il en langue gandaharienne les messages plus subtils que l'intelligence colossale déversait directement en lui. Quoi qu'il en soit, l'impression reçue était la même que l'écoute d'une voix sourde et grave qui aurait parlé doucement à son oreille; et de cette voix émanait une puissance contenue qui pétrifia le chevalier, quoique là encore, nulle aura d'hostilité ne lui fût perceptible.

— Je te salue, moi aussi, s'entendit-il bredouiller — et dans le même temps, il entendit Airelle prononcer quelques mots semblables, preuve que deux conversations s'ébauchaient en même temps. — Qui es-tu ? ajouta-t-il.

— *JE SUIS CE QUE TU AS VU,* murmura la voix géante et douce. *POUR TES ENNEMIS, JE SUIS LA SUPRÊME-ÉNERGIE-CRÉATRICE. MAIS POUR LES HOMMES QUI ONT AUTREFOIS CONNU MON EXISTENCE ET L'ONT MAINTENANT OUBLIÉE, JE SUIS... LE MÉTAMORPHE.*

— Le Métamorphe... répéta Sylvin. Il n'avait jamais entendu ce mot auparavant. Es-tu une créature immortelle ? poursuivit-il.

— *RIEN N'EST IMMORTEL EN CE MONDE. TOUT NAÎT, TOUT MEURT, TOUT SE TRANSFORME. MAIS COMPARÉ À UNE VIE D'HOMME, JE PEUX CERTES PRÉSENTER QUELQUE APPARENCE D'IMMORTALITÉ. CEPENDANT, CETTE COMPARAISON DEVIENT FUTILE MESURÉE À L'EXISTENCE D'UNE SIMPLE PETITE PLANÈTE COMME TRIDAN.*

— Mais tu voyages dans le temps, cependant ?

— *JE VOYAGE DANS LE TEMPS QUI SÉPARE CELUI DE MA NAISSANCE DE CELUI DE MA MORT. MAIS QUI N'EXISTE PAS AINSI ? TOI, LE PLUS PETIT INSECTE, LE PLUS PETIT BRIN D'HERBE FAIT UN VOYAGE SEMBLABLE...*

— N'élude pas mes questions par de savantes métaphores ! Tu as envoyé les hommes-machines dans le temps, du futur jusqu'à notre époque, pour conquérir Gandahar et nous exterminer ! Tu leur as promis aide et assistance. Pourquoi cela ? Que t'avons-nous fait, nous, Gandahariens, toi qui prétends que les hommes ont oublié ton existence ?

— *LES HOMMES ONT FAIT POUR MOI PLUS QUE TU NE POURRAIS L'IMAGINER...* répondit mystérieusement le

Métamorphe. *AUSSI, SI LES SENTIMENTS SIGNIFIAIENT QUELQUE CHOSE POUR MOI, J'ÉPROUVERAIS POUR EUX DE LA RECONNAISSANCE ET NON PAS DE LA HAINE. MAIS LAISSONS CELA. JE SAIS QUELLES SONT TES CRAINTES ET CONNAIS LA MÉFIANCE QUE TU ÉPROUVES ENVERS MOI. AVANT DE COMMUNIQUER AVEC TOI, J'AI ÉCOUTÉ CE QU'AVAIT À ME DIRE L'ÊTRE QUI T'A CONDUIT JUSQU'À MOI, ET J'AI APPRIS AINSI DE BIEN CURIEUSES CHOSES... LES HOMMES-MACHINES SE TROMPENT, SYLVIN LANVÈRE. JE NE SUIS PAS LEUR AMI, NI LEUR ENNEMI, DE MÊME QUE LES HOMMES NE SONT POUR MOI NI AMIS NI ENNEMIS. JE SUIS LE MÉTAMORPHE, ET DÉSIRE EXISTER EN DEHORS DE CE GENRE DE CONFLIT. REGARDE...*

Aux pieds de Sylvin, le sol se boursoufla, s'ouvrit, et dégurgita le masque doré qui avait été la tête d'Extra-dur-de-dur. Celle-ci se déforma aussitôt, coula, fondit, comme si elle avait été soumise à une forte chaleur, bien que de toute évidence il n'en eût rien été. La coulée de métal prit une forme effilée qui eut d'abord l'apparence d'une croix, avant que le chevalier ne comprît qu'il s'agissait en réalité d'une épée, une longue épée aiguë dont la garde et le pommeau s'ornaient de cabochons de verre coloré, restes de ce qui avait été les yeux de l'homme-machine.

— *TU GARDERAS CE PRÉSENT EN SOUVENIR DE NOTRE RENCONTRE, CHEVALIER,* murmura la voix contenue du titan — et il sembla à Sylvin qu'un certain humour affleurait dans ces paroles. Puis, en réponse à une pensée à moitié informulée qui avait surgi dans son cerveau, le Métamorphe ajouta : — *TU PENSES QUE JE SUIS CRUEL À CAUSE DE LA CRÉATURE QUI HABITAIT CE CRÂNE DE MÉTAL ? JE PEUX T'ASSURER QU'ELLE N'AVAIT PAS D'EXISTENCE RÉELLE PAR RAPPORT À LA NORME DE CE QUE TU CONSIDÈRES COMME ÉTANT VIVANT OU NON. MAIS LAISSONS CELA AUSSI... IL EST BIEN VRAI QUE LES HOMMES-MACHINES ONT ÉTÉ ENVOYÉS DU FUTUR PAR MA PROPRE EXISTENCE*

FUTURE. JE N'EN COMPRENDS PAS ENCORE TOTALEMENT LA RAISON, ET NE PUIS RIEN Y FAIRE. SAIS-TU À L'AVANCE CE QUE TOI-MÊME FERAS ET PENSERAS DANS DIX ANS, DANS VINGT ANS ? C'EN EST HÉLAS DE MÊME POUR MOI, BIEN QUE JE PUISSE ENVOYER CERTAINES EXTENSIONS DE MON ESPRIT SONDER LE PASSÉ OU LE FUTUR. MAIS SANS DOUTE CONNAÎTRAI-JE D'ICI PEU UNE RÉPONSE PLUS COMPLÈTE À CE MYSTÈRE. JE CROÎS ET ME RAMIFIE SANS CESSE, ET GAGNE TOUJOURS EN PUISSANCE ET EN CONNAISSANCE. MAIS SI JE PUIS DÉJÀ MODELER LA MATIÈRE, LA MANIPULATION DU TEMPS EST UNE FACULTÉ QUE JE NE SAURAI MAÎTRISER QUE D'ICI DE NOMBREUX MILLÉNAIRES...

La voix se retira du cerveau de Sylvin. Dérouté, le chevalier hasarda : — Mais que puis-je faire, alors, pour Gandahar ?...

— *MÊME SANS MON AIDE, LES HOMMES-MACHINES REPRÉSENTENT UN TERRIBLE DANGER POUR GANDAHAR, ET POUR TOUTE LA PLANÈTE. CE QUE J'AI LU DANS* (... il y eut là un mot que le cerveau de Sylvin ne sut lui traduire correctement, et qui était peut-être quelque chose comme « extension ») *QUE J'AI* (... et à nouveau une émission brouillée d'un terme qui signifiait peut-être « ré-assimilé ») *TOUT À L'HEURE, RÉVÉLAIT UNE SOIF DE CONQUÊTE ET UNE ARDEUR BELLIQUEUSE RÉVÉLANT UNE INTELLIGENCE TOTALEMENT PSYCHOTIQUE. MOI-MÊME NE PEUX RIEN FAIRE POUR VOUS AIDER, À MOINS QUE JE NE PUISSE ATTEINDRE LE MAL À SA RACINE... JE TE CONSEILLE DE REGAGNER AU PLUS VITE GANDAHAR ; TON PAYS N'AURA PAS TROP DE TOUTES SES FORCES POUR RÉSISTER À CETTE INVASION.*

— Mais comment lutter contre ces êtres de fer ? gémit Sylvin. Le peuple de Gandahar n'est pas d'essence guerrière...

— *LES ARMES QU'ILS EMPLOIENT PEUVENT SE RETOURNER CONTRE EUX ; LEURS PROPRES RAYONS LEUR SONT MORTELS*

CAR LE FLUX QU'ILS PROJETTENT ROMPT LA COHÉSION ATOMIQUE DE (... encore ce mot : « l'extension »). *PEUT-ÊTRE POUVEZ-VOUS FABRIQUER DE TELLES ARMES...*

— Je les ai expérimentées moi-même et connais leurs effets sur les hommes-machines... Mais quant à les reproduire, c'est une autre histoire. Cependant, tu parlais de détruire le mal à sa racine. Que voulais-tu dire ?

— *JE NE PEUX TE PRÉCISER MES PROJETS. IL FAUT QUE J'ESSAYE D'ABORD D'ENVOYER UN MESSAGE DANS LE FUTUR, À L'AIDE DE CERTAINES RADICELLES TEMPORELLES QUE J'EXPÉRIMENTE. CEPENDANT, SYLVIN, JE COMPRENDS L'ANGOISSE QUE TU ÉPROUVES POUR LE SORT DE TA PATRIE. TU POURRAS QUAND TU LE DÉSIRERAS REVENIR ME VOIR. PEUT-ÊTRE ALORS SERAI-JE À MÊME DE T'AIDER PLUS EFFICACEMENT.*

— Mais comment te retrouverai-je ?

— *JE SERAI À LA MÊME PLACE QU'AUJOURD'HUI, SUR CES EAUX CALMES QUE VOUS APPELEZ OCÉAN EXCENTRIQUE. N'AS-TU PAS UN APPAREIL POUR MESURER L'ESPACE ?*

— Bien sûr, répondit Sylvin, nous avons cela, à Gandahar.

— *ALORS RAPPELLE-TOI QUE TU POURRAS ME TROUVER PAR 15° DE LONGITUDE EST ET 36° DE LATITUDE SUD... MAINTENANT, IL EST TEMPS QUE TU T'EN AILLES.*

— Par le bateau alors ?... Curieusement, les fibrilles infinitésimales qui balayaient le cerveau de Sylvin semblèrent pendant une fraction de seconde exercer une pression plus forte, et la voix qui murmurait à son oreille parut prendre une tonalité plus grave encore, et comme empreinte d'une souffrance secrète.

— *J'AI DÉTRUIT LE BÂTIMENT QUI T'A AMENÉ ICI. IL FONCTIONNE À L'ÉNERGIE ATOMIQUE, ET C'EST UNE PUISSANCE QUI, MAL EMPLOYÉE, PEUT PROVOQUER DES CATASTROPHES IRRÉMÉDIABLES. MÊME MOI, LE MÉTAMORPHE, NE*

SUIS PAS À L'ABRI DES DOMMAGES QUE PEUVENT CAUSER CERTAINES RADIATIONS. QUE PENSER ALORS DES MILLIONS DE POISSONS ET D'INVERTÉBRÉS QUI HABITENT CET OCÉAN QUE LE SOUFFLE DE CE MOTEUR À CHAQUE TOUR EMPOISONNE ?

EN VÉRITÉ, J'AI MIEUX POUR TOI : TU TROUVERAS AU SOMMET DE MA STRUCTURE, OÙ JE VAIS TE CONDUIRE, UNE EXTENSION VOLANTE DE MON PROPRE CORPS. TU Y PRENDRAS PLACE AVEC TA COMPAGNE, ET ELLE TE CONDUIRA À JASPER... MAINTENANT, SYLVIN LANVÈRE, JE VAIS ME RETIRER DE TOI. JE TE SALUE...

La voix mourut dans un decrescendo grave, et un léger vertige fit un instant tanguer la cavité rose aux yeux troublés de Sylvin. Puis il se rendit compte que les fins tentacules l'avait abandonné. Il ressentait une sourde crampe dans la nuque, et il se leva comme il sentait le siège se rétracter sous lui. Airelle s'était levée elle aussi, et venait vers lui, les yeux vagues. Il lui sourit, et se pencha pour ramasser l'épée d'or qu'il soupesa un instant au bout de son poing, pour en apprécier l'équilibre.

— C'est un beau présent, murmura-t-il.

Il prit Airelle par l'épaule, comme les parois de la coupole se rétractaient, jusqu'à ne plus former autour des deux Gandahariens qu'un mince cylindre pourpre foncé. Puis il y eut encore une sensation de poussée verticale, mais de courte durée celle-là, avant que le sommet du cylindre ne se déchire, sur le vert profond du ciel de Tridan.

Les deux longues ailes triangulaires de « l'extension volante » du Métamorphe brassaient l'air avec souplesse et majesté. Sur la nervure plate se terminant par trois ailerons de dérive qui formait le dos de la créature, un auvent incurvé avait poussé, protégeant Sylvin et Airelle de la violence du vent. Sous eux, très bas, à trois mille, peut-être quatre mille mètres, l'océan étalait sa palette étonnamment variée. Les différences de fonds et les courants divergents qui donnaient son nom à l'océan Excentrique lui restituaient d'ici l'apparence d'une toile abstraite aux méandres infiniment variés, dont les couleurs passaient du bleu tendre au brun minéral.

Mais Sylvin et Airelle s'étaient rapidement lassés d'une contemplation qui n'avait pas le mérite de la nouveauté pour le chevalier et qui parut vite à la jeune fille d'une désespérante monotonie. Pourtant la voile vivante qui les portait allait vite, plus vite qu'aucun des insectes que Sylvin avait eu l'occasion de monter. Quand le chevalier et sa compagne avaient débouché au sommet du Métamorphe, se retrouvant comme au sommet d'un phare gigantesque plafonnant à plus de mille mètres d'altitude, la vision du planeur vivant ne les avait pas convaincus outre mesure : à Gandahar, on faisait des avions en papier qui lui ressemblaient... Mais ils avaient tout de même grimpé sur le « dos » de la chose, qui s'était mise à battre doucement de ses ailes translucides et minces comme des voiles, pour s'envoler finalement avec la légèreté d'un papillon — géant ou non. La couronne dentelée de tentacules du Métamorphe s'était amenuisée vers l'arrière et vers le bas avec une surprenante rapidité. Sylvin s'était surpris à agiter le bras ; confus, il avait reporté son attention sur l'extension volante, et n'avait pas tardé à comprendre que celle-ci se servait avec beaucoup d'intuition des vents capricieux, tantôt se laissant porter par un courant ascendant, tantôt louvoyant, tantôt naviguant vent debout. Sylvin ne comprenait pas comment cette créature apparemment dépourvue d'yeux et de tout autre organe pouvait se diriger avec une telle assurance, de même qu'il semblait surprenant qu'une échine si étroite pût cacher des muscles dorsaux assez puissants pour faire mouvoir d'aussi vastes ailes... Mais il s'agissait là de questions se rapportant au Métamorphe tout entier, et l'important ne résidait pas dans la réflexion, mais dans l'action : ils étaient emportés vers Gandahar, à moitié rassurés quant à leur chance dans le combat qui s'annonçait, et tout l'esprit de Sylvin se concentra en un mince faisceau de pensées explorant ce proche futur.

Cependant, ses extrapolations ne reposaient que sur des données qu'il ignorait : quel était le degré de préparation des guerriers de Jasper ? Combien d'unités combattantes les hommes-machines étaient-ils capables d'aligner ? Les laboratoires de Jasper pouvaient-ils reconstituer le rayon mortel ? Mais, quoi qu'il en fût, la vraie réponse ne se trouverait pas sur le champ de bataille ; elle se trouvait dans un futur mystérieux, elle se trouvait dans l'existence du Métamorphe — deux éléments indissolublement liés. Et alors même qu'il volait vers Gandahar, Sylvin ressentait le besoin impérieux de retourner auprès du Métamorphe. Après la bataille, je reviendrai... se promit-il.

— Dis-moi, Airelle, que t'a appris le Métamorphe lorsque tu communiquais avec lui ?

— Il m'a montré des oiseaux et des poissons que je ne connaissais pas... répondit la jeune fille en tournant vers Sylvin ses yeux violets où naviguait une étincelle d'or pur.

— Des oiseaux ? Des poissons ?

— Dans ma tribu, nous connaissons beaucoup de sortes d'oiseaux et de poissons. Certains comestibles, d'autres dangereux, d'autres qu'il est possible d'apprivoiser. Mais ma tribu est petite et son territoire plus encore ; aussi voulais-je savoir...

— Sulfide ! coupa brutalement Sylvin, je suis surpris par ta légèreté et par ton inconsistance ! Dois-je te rappeler, poursuivit-il avec un brin de cruauté, qu'à l'heure qu'il est tous les membres de ta tribu sont morts ou en captivité ? Et tu parles d'oiseaux !...

La jeune fille baissa la tête, croisa les bras autour de ses frêles épaules. — J'ai demandé à cette voix murmurante comment on pouvait détruire les guerriers de fer, dit-elle à voix basse ; elle m'a dit qu'une fille de mon âge était plus faite pour l'amour que pour la guerre.

— Vraiment ! fit Sylvin. Il découvrait là des finesses étranges dans les raisonnements du Métamorphe ; mais que ne pouvait-on attendre d'une telle entité, qui ne dépassât chaque fois toutes les suppositions qu'on pouvait faire à son sujet ?

— Vraiment... Et elle m'a dit aussi, Sylvin, que ta tête et ton cœur étaient tout pleins d'une fille nommée Clarène. Elle a une peau aussi claire que la tienne et des cheveux pâles et lumineux comme un rayon de soleil ; ce sont là, paraît-il, tes propres mots pour en parler... Aussi je ne m'étonne plus de ton attitude à mon égard ; sans doute ma peau est-elle trop bleue pour toi ; et mes cheveux bien sombres. Et ma tête de pauvre sauvage trop vide !

Et subitement, Airelle se prit le visage dans ses mains. Le chevalier vit ses épaules secouées par une houle de sanglots silencieux — et c'était plus qu'il n'en pouvait supporter. Il ne pensa plus à s'étonner de l'insolite teneur de la communication que la jeune fille avait eue avec le Métamorphe, il n'y avait plus devant lui qu'une femme qui pleurait par sa faute.

Mais au moins, Sylvin savait comment consoler de tels chagrins. Et en plein ciel, dans le bruit du vent que les ailes du coursier fantastique coupaient en sifflant, il connut pour la première fois le goût des lèvres d'Airelle. Elles étaient un peu salées des quelques larmes répandues, mais au bout d'un instant la saveur changea, devint de sucre et de miel, de soleil et d'écume et de vent.

Le vert du ciel virait imperceptiblement, et la profondeur acide du milieu du jour céda le pas à la matité plus veloutée du soir. Sylvin et Airelle, allongés au centre de la coque qui maintenait l'atmosphère paisible, voyaient sans impatience ces signes de vieillissement. Ils parlaient de choses sans importance, et cependant jamais les mains du chevalier n'avaient cherché à mesurer l'enviable trésor que voilait le petit cache-sexe vert pomme que portait toujours Airelle : sans doute n'était-ce encore ni le lieu ni le moment.

Il arriva qu'une fois, levant les yeux, les deux tourtereaux aperçurent un grand oiseau blanc au vol parallèle au leur, et dont les yeux perçants, comme deux billes noires, étaient fixés sur eux.

— Se peut-il que ce soit toujours lui... murmura Sylvin. Il fit un geste amical au cormoran, mais l'animal fut rapidement distancé par la brasse puissante de l'extension volante, avec laquelle nulle créature animale ne pouvait longtemps se mesurer.

Cependant, la présence d'un oiseau, quel qu'il fût, pouvait signifier que leur voyage s'acheminait vers sa fin. Et, se penchant au-dessus de la croupe longiligne du voilier protoplasmique, Sylvin Lanvère vit que loin en dessous d'eux, le monde s'était nettement tranché en deux parties dissemblables : le vert sombre de l'océan venait buter contre le rouge doré de la terre.

Dès lors, ils n'en eurent plus que pour quelques heures. Elles suffirent cependant à plonger dans l'obscurité le continent où nichait Gandahar. Et lorsqu'ils parvinrent en vue du pic des Louanges, vers lequel l'oiseau métamorphique descendait rapidement et sûrement, Airelle poussa un cri d'admiration naïve alors que le cœur du chevalier se serrait. Car le pic, d'ordinaire éclairé seulement par les lucioles aimables des feux de camp et des lampions de fêtes, ruisselait maintenant de lumière électrique, bannie en temps ordinaires pour sa brutalité dans l'éclairage et le peu de mystère qu'elle ménageait.

Maintenant, dans cette débauche de lumières crues, les roches escarpées du pic, et les jardins suspendus, et les chemins serpentiformes, tout prenait un aspect de dureté menaçante : sur la paisible Gandahar, le spectre rutilant de la guerre avait fait une entrée fracassante. Sylvin pressa dans la sienne la petite main d'Airelle. Il ne sut que lui dire : — Et voici Jasper...

— Que c'est beau ! soupira Airelle. Mais elle se tourna quand même vers lui, sentant bien que son chevalier ne retrouvait pas la cité rayonnante telle qu'il la lui avait décrite, et qu'elle savait chère à son être.

— Non, murmura le chevalier, plus pour lui que pour elle : c'est horrible.

Et, jusqu'au moment où, dans un dernier battement d'ailes, l'oiseau sans yeux, sans bec et sans pattes se posa en douceur sur la terrasse qui cernait les premières colonnades du palais d'Ambisextra, Sylvin Lanvère ne dit plus un mot.

Un bruit de pas précipités, et une brusque contraction de la main d'Airelle dans la sienne, l'envoya d'une chiquenaude dans la réalité qu'il fuyait. Il leva les yeux, eut un mouvement de recul devant le cercle menaçant de créatures métalliques qui levaient vers lui des armes à la gueule grande ouverte.

Mais sa frayeur ne dura qu'une fraction de seconde ; il avait reconnu les soldats de la garde de la Reine, revêtus de leur armure de combat, qui, pour la première fois, avaient été sorties des magasins dans un autre but que pour l'exercice.

— Qui êtes-vous ? hurla un garde à la voix étouffée par le masque de métal ciselé qui murait son visage. Un court fusil hérissé d'une grappe de canons évasés sans doute bourrés jusqu'à la gueule de graines mortelles fut braqué près de sa poitrine. Le chevalier se leva, se redressant de toute sa taille.

— Je suis Sylvin Lanvère, envoyé extraordinaire de Sa Majesté la Reine, de retour de mission, prononça-t-il avec flegme. Puis il sauta sur le sol, enlevant dans ses bras Airelle, qu'il déposa près de lui. — Et voici Airelle... ajouta-t-il simplement.

— Sylvin Lanvère... firent quelques voix.

— C'est bien lui ! s'exclama l'homme qui l'avait interrogé. Le soldat baissa son arme et releva la visière de son casque, laissant apparaître un visage aussi juvénile que celui du chevalier. Un large sourire éclaira ses traits. — On te croyait mort ! dit-il. Les soldats se groupèrent autour des deux voyageurs, et il y eut des rires et des mots de bienvenue, car le chevalier était fort populaire à Gandahar.

— Pouvez-vous me conduire auprès de la Reine ? demanda-t-il.

— Impossible, répondit le jeune soldat. Sa Majesté a quitté Jasper à l'aube, en direction des montagnes des Trois-Lunes, car on craint une attaque des hommes-machines pour demain au plus tard.

— La situation est-elle si critique ?

— Nos ennemis sont massés à l'est de Jasper. À midi, on les signalait à moins de cent kilomètres. Et depuis trois jours, des réfugiés ne cessent d'affluer de toute la Valderboise...

— Bien. Qui commande alors, au palais ?

— Le général Houlan-Bator.

Et le conseiller Blanminor est avec lui ?

— Certes, chevalier.

— Alors je m'en vais le trouver...

Sylvin Lanvère, suivi docilement par Airelle, traversa le glacis illuminé par les gros réflecteurs placés sur toute sa circonférence. Le groupe des gardes examinait maintenant avec curiosité la voiture abandonnée, qui ne bougeait pas plus qu'un avion en papier tombé sur le sol. L'air du soir, si calme d'habitude au sommet du pic des Louanges, était parcouru de vibrations sonores qui l'enveloppaient d'une onde bruissante. Tout Gandahar semblait touché par un cauchemar qui faisait se retourner et murmurer les gens dans leur sommeil.

Quelque part, une cloche tinta, comme un glas continu et monotone, appelant quelque contingent à un rassemblement nocturne.

Une suite de chocs sourds, de nature indiscernable, ébranlaient par saccades la base même de la montagne.

— Dong, dong, dong... faisait la cloche.

— Rourrr... Rourrr... Roum... grondaient les roches.

— Guerre, guerre, guerre... entendait le chevalier.

Ce fut ainsi, cinq jours après le début de son expédition, que Sylvin Lanvère, tenant par la main une jeune sauvageonne à la peau violette plutôt que bleue, passa le porche du palais d'Ambisextra, l'âme pleine de crainte et de détermination à la fois.

SEPTIÈME JOURNÉE

Dans une salle longue et étroite, quelque part au cœur du palais, Sylvin Lanvère trouva ceux qu'il cherchait. Étalés sur des masses de fourrure qui étaient peut-être inertes mais peut-être très vivantes, le conseiller Blanminor, le général Houlan-Bator et cinq ou six officiers et savants de moindre rang mangeaient. Tous se levèrent à l'entrée de Sylvin, sauf le général, qu'on nommait parfois avec un manque de respect tout amical « Double-Double », parce qu'il pesait quatre fois le poids d'un homme ordinaire. Tandis que les salutations d'usage s'échangeaient — avec une chaleur toutefois sensible vu les craintes que les nobles Gandahariens avaient éprouvées concernant le nouvel arrivant — le général fixa sur Sylvin ses petits yeux sombres cachés sous les replis graisseux de ses paupières.

— Il est nu comme un ver, et il amène avec lui une fille qui l'est tout autant, mais présente cependant des attraits auxquels je suis plus sensible !... Et sur cette phrase lapidaire, le général partit d'un grand rire qui boursoufla en tous sens les chairs éparses de son visage en forme de poire ; le tremblement se communiqua à tout son corps énorme, et les losanges de métal qui constellaient sa tunique de combat firent entendre un grelot musical. Ainsi, sous la lumière verte de la salle, ce monstre qui se tortillait au milieu des fourrures présentait un spectacle grotesque et effrayant.

— Je te prie d'excuser ma tenue, dit Sylvin, confus, en se dégageant des bras de Blanminor. Le général était d'humeur changeante et ses bons côtés étaient très étroitement liés avec ses mauvais ; aussi valait-il mieux être circonspect avec lui car, si le sens de la hiérarchie existait peu à Gandahar, Double-Double usait parfois de manière imprévisible d'une force musculaire imposante dont certains soldats et chevaliers gardaient dans le cuir un souvenir douloureux.

— Assieds-toi ! assieds-toi près de moi avec ta belle... repartit le géant avant de se relancer dans une nouvelle tornade de rire. Cette violence qu'il manifestait en tout était étrange à Gandahar où les sentiments pacifiques étaient de rigueur, mais elle justifiait sans doute qu'il fût le seul général en activité dans un royaume si paisible ; et le fait que le général fût un des rares Gandahariens à manger de la viande animale en toutes occasions était peut-être pour quelque chose dans son comportement...

Sylvin prit donc place près de lui, prenant toutefois la précaution de placer Airelle à sa gauche, faisant ainsi de son corps un rempart entre la jeune fille et l'officier, car le général était aussi célèbre pour le goût prononcé qu'il manifestait à l'encontre du beau sexe.

Entre deux hoquets, Houlan-Bator pria le chevalier de se servir copieusement car, dit-il, il raconterait mieux avec un estomac plein. Et à son rire gras, vint se superposer une scie grêle et sifflante ; Sylvin frissonna, sentit ses bras et son dos se couvrir de chair de poule, et il s'écarta impulsivement de son voisin. Car le serpent à plumes que celui-ci portait invariablement enroulé autour de ses épaules s'était mis à rire à l'unisson de son maître, et l'hilarité d'un animal apparemment aussi dépourvu d'intelligence que celui-là provoquait immanquablement un dégoût incoercible. L'existence même de la bête était un mystère, car il semblait bien qu'elle fût la seule de son espèce sur tout Gandahar ; le général la nourrissait de crapauds, et ce mode de nutrition n'avivait pas la sympathie qu'on pouvait éprouver à son égard. Pour l'instant, le serpent à plumes ouvrait une gueule démesurée, et son palais orange vif laissait voir plusieurs rangées de dents effilées comme des aiguilles. Enfin, l'animal se calma en même temps que son propriétaire, et Sylvin se résolut à prendre une grappe de poires minuscules qu'il commença à grignoter avidement, car il avait faim.

— Je ne vous ai pas présenté Sulfide, dit-il entre deux bouchées. Elle vient d'une tribu de la bande de Gazan qui fut sans doute l'une des premières victimes des hommes-machines...

Un murmure apitoyé courut le long de la tablée.

— C'est le moment de nous raconter ce que tu sais, suggéra Blanminor en tendant au chevalier un gobelet remplit d'une liqueur pétillante. Sylvin but une longue gorgée, effleura de ses doigts le bras d'Airelle, et commença : — Ce fut presque un hasard si je fus mis en contact pour la première fois avec les hommes-machines, car la cordule qui me portait...

Et il détailla toutes ses aventures, interrompu souvent par des questions parfois intelligentes, parfois stupides, selon la loi qui gouverne l'auditeur moyen écoutant un récit. Tous suivaient avec une attention grave ce que le chevalier détaillait, mais parfois le rire colossal de Houlan-Bator éclatait, lorsqu'un petit rien l'amusait, selon le code secret de son humour.

Il poussa une fois entre les mains de Sylvin Lanvère un morceau d'animal rôti dégoulinant de sauce pourpre ;

par politesse le chevalier goûta, mais l'odeur de la viande était si forte et ressemblait tant à un fumet de putréfaction qu'il en éprouva une nausée. Comme il ne savait que faire de cette viande que, par délicatesse, il n'osait reposer sur la table, il tâta la fourrure soyeuse sur laquelle il était assis dans l'espoir de trouver une bouche qui pût l'en débarrasser, et sentit effectivement sous ses doigts un orifice gluant s'ouvrir. Il y enfourna prestement son morceau de viande et eut la satisfaction, pendant qu'il continuait son récit, d'entendre les mâchoires de son siège claquer sous lui avec voracité.

— En somme, dit pour conclure le chevalier, trois choses me semblent importantes : la première est de se procurer une des armes des hommes-machines et de la confier à nos laboratoires afin qu'ils essayent d'en comprendre le fonctionnement pour la reproduire. Car c'est la seule chose vraiment efficace dont nous pourrions disposer pour combattre...

— Il me semble difficile d'y parvenir avant que la bataille ne soit engagée, répliqua Houlan-Bator. Cependant, sois sans crainte : les brigades mobiles recevront des ordres à ce sujet.

— Les deux autres problèmes sont liés, car je reste persuadé que le secret de l'existence de nos ennemis ne fait qu'un avec le mystère du Métamorphe. Je souhaiterais donc (et il se tourna vers Blanminor) que tu fasses rechercher dans nos vieilles archives si quelque chose ne subsiste pas le concernant...

— Cela va être fait sans tarder, assura le conseiller.

— Enfin, je possède ceci. (Et le chevalier tira de sa ceinture un petit sachet plein d'une poudre grisâtre.) C'est ce qui reste du cerveau d'un homme-machine — je veux dire, de la chose qui est le centre de sa rudimentaire intelligence. Il serait bon de faire analyser cette matière d'urgence, de même qu'une parcelle de la substance du Métamorphe, car il est une chose que je soupçonne et dont je voudrais avoir confirmation...

— Mais tu possèdes donc un peu de cette substance ? interrogea Blanminor.

— Non pas, conseiller, mais tu sais que le voilier fantastique qui nous a ramenés ici est une extension du corps même du Métamorphe. Il n'y aura qu'à en découper un petit morceau.

— Oh ! fit Blanminor, surpris. Eh bien, mais nous allons voir cela immédiatement... Il disparut par une petite porte latérale, et lorsqu'il revint peu après, il assura Sylvin Lanvère que tout serait fait selon ses suggestions.

Le repas traîna ensuite vers les mets plus corsés et plus sucrés du dessert, et de longues écharpes de fumées multicolores montèrent bientôt vers le plafond. Seuls Sylvin et Airelle ne fumaient pas, bien que la seconde se montrât très impressionnée par cette coutume, jusqu'à demander une pipe, ce que Sylvin lui refusa.

Les hommes parlèrent bien sûr de tactique, car il semblait probable que l'attaque contre Jasper se déclencherait le lendemain. Blanminor insista avec fierté sur le fait d'avoir su convaincre la Reine de quitter le palais ; dans les circonstances actuelles, c'était la sagesse même, mais Sylvin, sans savoir au juste pourquoi, désapprouvait dans son for intérieur ce qu'il ne manquait pas de considérer comme une fuite...

Le général Houlan-Bator, comme tout général qui explique un plan de bataille sur une table bien garnie, refit pour Sylvin une démonstration de sa tactique à l'aide de victuailles. Un haut pain de gelée verte figurait le pic des Louanges, toute une série de petites saucisses mauves alignées à l'est rendaient compte des forces ennemies, que quelques yeux mobiles avaient filmées, passant miraculeusement à travers le dense barrage de rayons mortels. On estimait que le nombre des hommes-machines devait avoisiner les deux cent mille, mais il se pouvait tout aussi bien qu'il y en eût plus du double... Contre eux, il était malaisé de définir ce que Jasper était capable de mobiliser. Le corps des chevaliers, les gardes du palais et les deux régiments de réserve à peu près entraînés totalisaient six mille huit cent cinquante hommes environ. Mais à cette petite troupe pouvaient théoriquement s'ajouter tous les citoyens de Jasper en état de combattre, tous les réfugiés qui avaient été chassés de la partie sud-est du territoire. Cela faisait peut-être un million de personnes, mais à quoi seraient-ils bon, en vérité ? Tout juste à se faire massacrer, pensa Sylvin : la situation n'était guère brillante, et cependant le général paradait devant les pots de moutarde et les godets à piments qu'il disposait avec art autour du pain de gelée.

— Là, un régiment de cavalerie monté sur nos plus rapides zébrodiles... savourait cet homme de guerre. Là, en réserve, nos escadres aériennes, avec les meilleurs frelons, les meilleures cordules, appuyés par des contingents de transformés volants... Comment s'appellent-ils donc, ces barbares ailés ? Ah oui ! Les Ornithanthropes. Et là, disséminés dans les moindres replis de la Valderboise, des groupes de fantassins qui devront tenir coûte que coûte. Depuis deux jours, je fais creuser des fosses, je fais monter des pièges : nos ferrailles s'y engloutiront, s'y fracasseront. Car voyez-vous, leur handicap est leur poids, leur lourdeur... Je les ai vus manœuvrer, sur nos écrans capteurs : ils sont lents, lents comme des Rostules...

— À propos des Rostules... hasarda Sylvin.

— Oui ! coupa le général ; un troupeau... enfin une troupe est parvenue jusqu'à Jasper avant-hier. C'est même d'eux que nous avons tenu la certitude que nous aurions à subir une attaque sérieuse.

— Ils les ont vus les premiers, en effet, précisa Sylvin. Et je me demandais même pourquoi nous usions du même terme pour les désigner : « hommes-machines. » Car c'est d'eux que...

— Oui, oui, c'est d'eux... Mais où en étais-je ? Oui ! Eh bien, ces fameux hommes-machines, nous les harcèlerons, nous tournerons autour d'eux comme des mouches autour d'une charogne, et nous verrons bien qui aura raison des autres...

Le général avala un grand godet d'alcool de sphinge. Sylvin Lanvère baissa la tête, le front barré. Il n'osa rien dire, mais les propos du général ne l'enthousiasmaient guère. Sa défense prétendue mobile était en réalité concentrée autour de Jasper, cité qu'il fallait défendre avant tout. Certes, Jasper était le cœur de Gandahar; elle abritait le palais de la Reine, les laboratoires de recherche; c'était là que toute l'histoire, tous les trésors, toute la culture de Gandahar étaient concentrés... Mais ne valait-il pas mieux être prêts à sacrifier ces valeurs, quand il y avait en jeu la vie même de tout un peuple ?

Sylvin serra la main d'Airelle dans la sienne. Il ne pouvait rien faire d'autre que se taire et attendre. Ses compagnons buvaient, fumaient, riaient... rien dans leur attitude ne pouvait laisser présager qu'il s'agissait de chefs de guerre à la veille d'une bataille qui mettrait en jeu leur pays et leur existence. Peut-être était-ce la fin de Gandahar, pensait Sylvin, et peut-être cette fin était-elle inéluctable : la mollesse de la race se serait chargée d'accélérer une décadence déjà sensible; les hommes-machines précipiteraient l'affaire, c'était tout, et peut-être même était-ce mieux.

Le chevalier ne savait pas pourquoi de telles pensées lui venaient. Mais depuis son voyage, les dangers qu'il avait traversés, les rencontres qu'il avait faites, quelque chose en lui avait changé.

L'irruption d'un homme dont le pourpoint mauve et les braies vertes signalaient qu'il s'agissait d'un scientifique le tira de ses méditations. Le savant se penchait vers Blanminor, lui montrait quelque chose à l'intérieur d'un petit récipient de terre...

— Il est arrivé quelque chose à l'oiseau qui t'a amené ici, Sylvin, dit le conseiller. Regarde...

Dans le pot de grès, il y avait un peu de poudre grisâtre.

— L'animal se décompose avec une grande rapidité, précisa l'envoyé.

— Je pense que nous ne devons plus avoir de doute... murmura le chevalier. Cependant, avant de conclure hâtivement, j'aimerais que les analyses et les recherches que j'ai demandées soient faites au plus tôt...

Le scientifique disparut par une porte intérieure après une rapide conversation en aparté avec Blanminor. Cette interruption sembla avoir rompu le cérémonial du repas ; les conversations devinrent hasardeuses, plusieurs convives se levèrent. Le général lui-même, bien que très certainement ivre et rempli comme une barrique de salaisons, souleva avec lenteur sa masse tintinnabulante de ferrailles. Blanminor proposa qu'en prévision des graves événements qui attendaient l'assemblée, il était préférable d'aller se coucher tout de suite, afin d'avoir, le lendemain, le pied leste et le cerveau agile. Sylvin nota avec inquiétude que le vénérable conseiller lui-même ne paraissait pas très stable sur ses jambes.

— Où combattrai-je, demain ? s'enquit-il auprès du général.

— Tu seras près de moi, chevalier ! rugit Houlan-Bator. Rien ne presse encore, et dans le feu de la bataille, nous verrons à te donner des missions qui feront honneur à ton astuce et à ton courage...

Peu satisfait, le chevalier s'inclina cependant.

— Et cette jeune fille... poursuivit l'homme de guerre en pivotant vers Airelle ; va-t-elle mettre son petit bras au service de Gandahar ?

— Je n'ai plus de tribu et Gandahar est ma patrie, répondit-elle. Et peu parmi les filles de mon village, et même parmi les hommes, savent aussi bien que moi tendre l'arc et faire tournoyer la fronde, et se glisser sans bruit dans les herbes... Je combattrai !

— Bien ! rugit le général. Sa lourde patte heurta la frêle épaule violette. Nous avons justement créé un Corps féminin de Barbares. Tu vas les joindre... Héliotrompe ?

— Oui ? répondit un grand homme roux cuirassé de bronze.

— Conduis cette fleur à peine éclose au cantonnement C 6. Puis le général fit éclater son rire sonore, et le serpent à plumes, gagné par l'exemple, lança un unique mais strident glapissement qui fit sursauter tout le monde.

— Viens avec moi, Sylvin, disait Blanminor, je vais te conduire à une chambre confortable...

— Comment ?... répondit vaguement le chevalier. Il regardait Airelle s'enfoncer dans un couloir auprès de l'officier. Un courant froid l'inonda brusquement de tristesse. Avant de tourner un coude du couloir, la jeune fille s'était retournée, lui faisant un timide geste de la main, mais elle était trop loin déjà pour que le chevalier vît l'expression de ses yeux et le dessin de la bouche. La seconde d'après, elle avait disparu.

— Mais tu rêves, Sylvin, disait le conseiller en lui serrant le coude. Viens donc dans ta chambre...

Les bruits, les paroles, s'estompaient dans le

brouillard. Les lumières s'éteignirent. Comme des ombres, les dignitaires s'étaient glissés dans leurs propres recoins de ce palais immense et froid comme une tombe. Blanminor ouvrit une porte devant le chevalier. Ce dernier entendit avec indifférence les salutations d'usage et le rappel que, où qu'il se trouvât le lendemain dans la bataille, on le ferait chercher si quelque chose d'important intervenait dans les recherches concernant le Métamorphe ou les hommes-machines.

Puis il se retrouva seul. La pièce était petite et bleue. Il s'assit sur le lit, qui n'était qu'un banal meuble en bois recouvert de carrés de laine. Il se sentait las. La nuit devait être fort avancée. Il s'allongea, ferma les yeux, mais il ne pouvait s'empêcher de voir un fine silhouette à la démarche dansante passer devant lui. Sa main se promena sur les mailles de grosse laine, mais il sentait la chaleur d'une peau tiède et douce monter dans sa paume.

Il fut long à s'endormir.

Il rêva peut-être.

Une sirène le réveilla. C'était un long ululement qui passait à travers le ventre du château, s'époumonant sans jamais cesser, et qui se déversait dans la chambre du chevalier par une bouche cachée. Devant son nez, un petit lézard rouge vermillon, qui était sorti d'on ne savait où, le considérait avec curiosité, balançant d'un côté et de l'autre sa tête plate. Sylvin se leva d'un bond, chassant la bestiole qui s'ébranla avec une dignité offusquée, levant haut ses petites pattes spatulées pour se frayer un chemin parmi les couvertures.

Au pied du lit, le chevalier trouva une nouvelle tenue, et c'est avec plaisir qu'il revêtit la tunique pourpre et les pantalons orangés. Il boucla sur sa taille la ceinture lourdement chargée des accessoires habituels, et le poids du long pistolet pesant sur sa cuisse lui procura la familière sensation d'être à nouveau en possession de lui-même, de son rang, d'occuper une place fixée à l'avance dans le rite des jours calmes de Gandahar.

Mais ce n'était qu'un relent purement physique d'un passé inexorablement rompu. La sirène hurlait toujours, taillant dans le vif de ce qu'avait été l'existence d'un royaume paisible.

Négligeant la cuirasse de fines écailles qu'on avait ajoutée à son intention, et qu'il savait inutile, le chevalier franchit la porte de sa chambre. Le couloir était désert, seule la sirène mugissait interminablement. Sylvin, qui connaissait peu cette partie du palais, essaya de s'orienter selon ses vagues souvenirs de la veille. Et d'un coup, il essuya la brûlure secrète qu'il attendait, qu'il espérait peut-être : Airelle, la douce et tendre et belle Airelle l'effleurait de son fantôme léger, passante vaporeuse traînant sa mélancolie au long des vestibules interminables du palais pointu.

Où était-elle, maintenant ? Elle se battait, elle était morte peut-être. Revoir Airelle, lui dire des mots insensés et stupides qu'il avait tus et qu'elle avait toujours attendus, lui parut la seule chose importante et logique à accomplir dans l'instant. Il courut de couloir en couloir, appelant parfois : — Y a-t-il quelqu'un ?... mais rien ne répondait, que la voix monstrueuse de la sirène qui noyait ses cris.

Il crut un moment reconnaître la porte de la salle où il avait soupé la veille, mais elle était bloquée. Il passa dans une rotonde déserte, ouverte à plein ciel ; un bassin tari ouvrait son œil mort au milieu d'une mosaïque étoilée. Essoufflé, il continua sa course, franchit une porte basse, pour se retrouver, étonné, dans la grande salle du trône. La sirène s'arrêta d'un coup, dans un fracas silencieux insupportable, puis reprit sa lancinante plainte de poumon déchiré.

Enfin Sylvin Lanvère surgit à l'air libre, d'entre les piliers du péristyle. L'air tiède le frappa, surprenant après la fraîcheur ombreuse du palais.

Sur l'esplanade, quelques silhouettes lointaines se hâtaient, traînant des charges imprécises. Sylvin les héla, mais les inconnus étaient trop loin ; le chevalier les vit pénétrer dans la cabine oblongue d'un ascenseur en forme de crosse de violon, et l'engin s'enfonça derrière la rambarde. Désorienté, le chevalier maudit Blanminor, Houlan-Bator et tous ceux qui l'avaient laissé tout seul dans ce palais déserté. Le soleil était encore bas sur l'horizon, mais étincelait dans le ciel plus vert que jamais. La matinée était déjà bien avancée. Depuis combien de temps s'était déclenchée l'attaque ? Où en était la bataille ?

Il courut encore jusqu'à la murette qui ceinturait l'esplanade. La Valderboise resplendissait chaleureusement sous la lumière solaire. C'était une belle matinée. Loin en bas, des brumes folâtres traînaient encore. Mais à l'est, plusieurs colonnes de fumée noire s'élevaient en tourbillonnant. Sur le fond doré des champs, le chevalier aperçut un triangle de points noirs qui avançaient ; c'était des animaux volants, papillons ou libellules, qui fonçaient vers la bataille, très en dessous de son niveau. Il lui sembla aussi entendre une rumeur confuse, mais peut-être n'était-ce que le vent dans les tours et les arbres de Jasper, peut-être n'était-ce que son sang qui pulsait dans ses artères, peut-être n'était-ce que son imagination.

Il fallait descendre dans la plaine, coûte que coûte. Le signal rouge de l'ascenseur resta obstinément allumé, tandis qu'il attendait interminablement. L'engin s'était sans doute bloqué, ou bien on l'utilisait sans cesse dans les niveaux inférieurs. Sylvin perdit patience. Il s'engagea dans l'escalier qui serpentait et zigzaguait le long de la pente accidentée du pic. La première centaine de mètres, il sautait trois marches à la fois; puis il se contint, sachant que s'il lui fallait descendre à pied jusqu'à la base de la montagne, quatre ou cinq heures de marche l'attendaient.

Il croisait parfois des villas, mais toutes semblaient désertes. Tous avaient fui, ou tous combattaient. La sirène l'accompagna un moment, mais se perdit vite dans les hauteurs. Sylvin passait par des porches fleuris, longeait des enceintes miroitantes de verreries de couleur. Mais tout était silencieux, vide. Jasper était méconnaissable; un magicien était passé par là, qui, d'un coup de baguette magique avait volatilisé tous les habitants.

Puis enfin, à mi-parcours peut-être, traversant une agglomération plus vaste, Sylvin tomba sur un groupe important de Gandahariens assemblés. Il se fraya un chemin dans la foule, remarqua qu'elle n'était composée que de femmes, d'enfants, de vieillards. Tous avaient un air hébété, personne ne se livrait à la moindre activité. Sylvin s'arrêta devant une femme jeune qui avait dû être très belle avant que cet air de résignation infinie se plaque comme un masque d'argile sur son visage.

— Que faites-vous tous là? demanda le chevalier. Il n'y a pas de soldats par ici? Vous n'avez pas vu passer de troupes?...

Mais il dut répéter ses questions plusieurs fois et secouer la femme par les deux bras, avant qu'elle ne paraisse recouvrer un semblant de raison.

— Les hommes-machines viennent, ne le sais-tu pas? Ils viennent et vont nous tuer, tous et toutes. Nous n'avons rien fait pourtant... gémit la Gandaharienne.

Elle retomba dans son mutisme puis, comme Sylvin essayait encore de lui tirer des paroles plus sensées, elle lui dit : — Mon mari est parti hier; si tu veux nous pouvons faire l'amour ensemble...

Sylvin lâcha doucement la malheureuse et lui caressa maladroitement les cheveux; puis il reprit sa marche, sans se retourner. Plusieurs fois après cela, il rencontra encore des citoyens assemblés, mais il ne jugea pas utile d'essayer de communiquer : tous ces gens n'avaient pas connu la guerre, jamais, et aucun de leurs ancêtres, de si loin que la mémoire humaine pût remonter, n'en avait jamais soupçonné l'existence. Maintenant elle était là, et c'était une menace trop colossale pour que le cerveau pût continuer à fonctionner de manière logique.

Longtemps après, Sylvin atteignit la pente mesurée que la Valderboise lançait à l'assaut du pic des Louanges. Il était épuisé, et alla en trébuchant se plonger la tête dans l'eau fraîche d'une fontaine. Il s'accorda quelques minutes de repos avant de reprendre la route. Mais il lui fallut plusieurs kilomètres encore avant de rencontrer une colonne véritablement organisée. Il s'agissait bien de soldats, cette fois, des fantassins réguliers revêtus de la lourde cuirasse et des cohortes de simples citoyens de Gandahar armés à la hâte d'épieux, de lances et de rares fusils à graines. Toute cette troupe marchait vers l'est, et sur les visages, Sylvin ne pouvait lire qu'une résignation apeurée.

Il remonta la colonne au pas de course, et salua par son nom l'officier qui la conduisait, un vieux soldat du nom de Bram Solfir avec qui Sylvin avait parfois été de manœuvre, et qui chevauchait un zébrodile flegmatique.

— Je suis heureux de te revoir, Sylvin, commença le bonhomme, quoique ces circonstances sont peu propices aux retrouvailles...

— Dis-moi, soldat, où en est la bataille? Je suis

complètement perdu et Jasper tout entière n'est qu'un désert où se terrent les femmes et les vieillards...

L'officier haussa les épaules et tira de ses lèvres un sifflotement chuintant. — Écoute... répondit-il simplement. Il brancha le communicateur qu'il portait à son épaule ; une voix grésillante en sortit, qui répétait interminablement un même message enregistré :

« — Appel d'urgence à toutes les troupes ! Les hommes-machines ont bousculé les premières lignes de défense gandahariennes et se dirigent vers Jasper. Toutes les réserves en état de combattre doivent se porter en avant et prendre position du nord au sud à cinquante kilomètres du pic des Louanges... Appel d'urgence... »

— Et ça continue comme ça depuis une heure, poursuivit l'officier avec philosophie en coupant le contact. J'étais en réserve à Framboise-de-Souche. J'ai pris la route dès que j'ai entendu cet appel. Je ne sais rien de plus, mais la situation ne me paraît pas très brillante. Veux-tu nous accompagner ?

— Je ne sais que faire, dit pensivement le chevalier qui cheminait contre le flanc du haut quadrupède. Ou plutôt j'aimerais rejoindre le général Houlan-Bator ; ne sais-tu où je peux le trouver ?

— Qui sait, à cette heure...

— Et n'y aurait-il pas, dans les environs, un animal aérien que je pourrais monter ?

— Non, mais près de Framboise-de-Souche tu trouveras un camp de matériel militaire parmi lequel, je crois bien, tu pourras trouver quelques plateaux-réacteurs ; mais t'assurer qu'ils sont en état de marche, je ne puis m'avancer jusque-là...

— Je vais quand même essayer, dit Sylvin, qui remercia le vieil homme, avant de couper la colonne pour gagner Framboise-de-Souche.

Il y fut en moins d'une demi-heure, mais toutes ces marches, toutes ces démarches, se faisaient contre un temps précieux. Déjà, le soleil avait notablement dépassé le point zénithal. Et dans le jour qui s'avançait, les fumées d'incendies invisibles se répandaient avec une redoutable vitesse. Tout l'est du ciel était mâchuré de salissures grises. Qu'est-ce qui brûlait ainsi ? pensait Sylvin. Mais la réponse, il le savait, était sinistrement simple : Gandahar brûlait...

Framboise-de-Souche devait son nom à d'anciennes radio-cuves où des fruits démesurément grossis étaient jadis cultivés, avant d'avoir fait souche dans la terre même de Gandahar, artificiellement enrichie. Mais les dômes roses étaient depuis longtemps retournés à l'abandon, servaient de refuges à quelques fêtes champêtres d'amoureux en groupes. Aujourd'hui, les lieux avaient pris un autre aspect encore : un amoncellement d'outils et de machines couvrait la prairie entre les constructions arrondies ; il y avait des générateurs et des condensateurs destinés à produire de l'énergie (mais à quelles fins ?), il y avait quelques chars à roues inutilisés depuis si longtemps qu'ils n'étaient plus que rouille, il y avait des canons au tube évasé servant à projeter des mousses proliférantes. Mais rien n'indiquait que ce matériel dût servir dans les heures qui venaient. On avait sorti ces antiquités de souterrains et d'arsenaux qui n'étaient plus que musées, mais tout était abandonné, laissé en tas sur le sol.

Sylvin dut errer longtemps entre les engins avant de trouver un planton, qui lui indiqua l'endroit où étaient entreposés les plateaux-réacteurs.

Il y en avait trois, de grandes barges de métal rectangulaires, arrondies aux deux bouts, plates et nues à part un petit pupitre de commande à l'avant. Elles fonctionnaient selon le principe oublié de la dispersion de la masse... Mais fonctionnaient-elles ? Sylvin en essaya une, deux... trois. Les machines volantes restaient inertes. Le chevalier sentit les larmes lui venir aux yeux — des larmes de rage impuissantes, et inutiles ! Il souleva le capot de commande d'un engin, l'intérieur n'était qu'une fine sculpture de rouilles proliférantes.

Mais le deuxième plateau-réacteur qu'il ausculta lui parut en meilleur état. Il sortit une loupe de sa ceinture, et finit par découvrir quelques câbles d'acier rompus. Il les souda avec sa lampe à diffraction dont il réduisit le faisceau au minimum. Les fils tenaient. Il remit le capot en place, pressa le contacteur... la barge se mit à vibrer. Elle fonctionnait ! Cela ne durerait pas longtemps, sans doute, mais assez, il fallait l'espérer, pour gagner la zone des combats. L'engin s'éleva avec légèreté, comme s'il ne possédait aucun poids, ce qui était effectivement le cas.

Sylvin mit le cap vers le sud. Il volait bas, rasant la cime des fleurs et des arbres qui sont l'enchantement de la Valderboise. La vitesse du plateau n'était pas grande, mais l'ennemi était proche. Bientôt, la confusion de la bataille fut une réalité tangible aux yeux du chevalier.

En dessous de lui, il croisait ou dépassait des fragments de corps de troupes dont l'allure dénotait le manque de coordination. Un troupeau important de zébrodiles, dont la plupart étaient sans cavalier, filait vers l'ouest. Un peu plus loin, il vit une ligne clairsemée de fantassins lourds, reconnaissables à leur armure de métal qui les faisait presque ressembler aux hommes-machines, ayant pris position face au sud. Et un peu partout, de petits groupes d'hommes avançaient, ou fuyaient, on ne savait au juste.

L'air commençait à sentir le brûlé. Devant Sylvin, la fumée des incendies s'étendait comme une nappe impénétrable, très proche. Il prit de l'altitude. Le plateau-réacteur, toujours parfaitement horizontal, s'éleva comme une feuille morte brusquement prise dans un courant aérien. La fumée s'épaississait. Bientôt Sylvin fut au milieu de la tourmente de feu. L'air n'était plus qu'une bourrasque étouffante où circulaient en tous sens des brandons enflammés. Le chevalier respirait avec difficulté. Il fut pris d'une quinte de toux qui le plia en deux, et durait encore lorsque le plateau-réacteur dépassa la zone de feu, entrant dans une atmosphère plus pure où nageaient toutefois des bancs de cendre épars. Sylvin s'essuya les yeux. Et quand sa vision fut plus claire, ce fut pour lui provoquer un choc qui le laissa quelques instants sans réaction. Devant lui, à perte de vue, comme un semis serré de graines d'acier, s'étalaient les divisions des hommes-machines.

C'était comme une muraille de fer mouvante, qui se déplaçait lentement sur la terre brûlée, en bon ordre, comme à la parade. Elle était scindée en phalanges étendues, encadrées à espaces réguliers par de grosses machines à pattes semblables à celles que le chevalier avait pu voir lors de son séjour dans le camp ennemi. Le spectacle était terrible et fascinant. Les hommes-machines avançaient, et rien ne s'opposait à leur marche, comme rien ne subsistait sur leur passage, pas un arbre, pas une herbe.

Cette armée, c'était la négation, le négatif, de tout ce qui était vivant à Gandahar. C'était une herse de métal, qui broyait tout ce qui était animal et végétal : la lente progression d'une mort méthodique, que rien ne pressait, mais que rien ne pouvait enrayer, ou raisonner.

Le plateau-réacteur rasait déjà les troupes en marche. Malgré la déroute de son esprit devant ce déferlement, Sylvin comprit sa folie lorsque plusieurs éclairs violacés montèrent vers lui. Les rayons Vuzz tracèrent une ligne de barreaux lumineux dans l'atmosphère cendrée.

Sylvin fit virer le plateau, le lança sur sa gauche, le plus près du sol qu'il pouvait se risquer sans percuter un tronc calciné. Une ligne de feu mouvant le suivit un instant, puis s'étiola en grésillant. Il s'éloigna de la marée de fer, zigzagua entre des fûts de bois rongés qui avaient été des arbres vivants. Couchés contre la terre, il y avait des hommes qui avaient été des hommes vivants...

Puis brusquement, Sylvin Lanvère fut le témoin d'une escarmouche. Une cinquantaine de cordules annelées apparurent, volant en formation serrée ; à l'extrémité de leur abdomen flottait le pavillon jaune de Gandahar, et entre leurs pattes elles tenaient des masses rondes que Sylvin prit pour des pierres. L'escadrille le frôla, et le chevalier sentit passer sur sa peau la vibration que produisaient les puissantes ailes en battant l'air. Accroupi sur sa monture, un chevalier lui fit un geste en passant, mais Sylvin ne put savoir s'il le connaissait ou non. Il fit virer encore son engin dégravité, pour assister, impuissant, à la bataille.

Les cordules fondirent d'un coup sur une phalange d'hommes-machines, lâchant leur fardeau. Les grosses masses rondes explosaient en touchant le sol, libérant des épines, ou des graines, qui criblaient les êtres de fer d'échardes lancées à grande vitesse. C'était une arme dérisoire, mais qui faisait mouche sur des adversaires se trouvant près des points d'impact. Plusieurs hommes-machines tombèrent, un membre arraché ou la tête emportée. Mais les rayons Vuzz et les jets de flammes faisaient des ravages plus grands encore. Lorsque l'escadre vira, plus de la moitié des coursiers avaient chu, grillés en plein vol, ou roidis par les flammes froides.

Mais le combat n'était tout de même pas qu'un simple massacre. De-ci de-là, les forces de Gandahar combattaient rendant coup pour coup. Mais il ne fallait pas se faire d'illusions : sur la mer d'acier qui déferlait, ce genre de ponction ne pouvait avoir d'effet notable. La barge du chevalier vira à nouveau vers l'ouest. Et à cet instant, il sentit le moteur flancher.

Le plateau-réacteur prit une inclinaison brutale, se rétablit, chuta encore. Sylvin s'accrocha des deux mains au pupitre de commande. La gîte s'amplifia, la vitesse de chute s'accrut. Sylvin appuya désespérément sur le bouton de secours allumant les fusées chimiques ; une explosion sourde secoua le plateau, qui se cabra en avant, juste comme il arrivait sur les ruines d'un groupe de maisons de plaisance. Le chevalier se sentit projeté en arrière, et pendant un temps qui lui parut curieusement long, il flotta dans le vide, en complète apesanteur. Puis une main titanesque le frappa dans le dos, et la douleur se manifesta par de curieuses impressions visuelles où le noir absolu éclatait en mille facettes fulgurantes de couleurs. — Je me tue ! pensa Sylvin.

Mais il ne se tua pas.

Sa première sensation fut cette fois une douleur géante qui irradiait vers tous ses membres de longs tentacules de feu liquide. Il respirait avec difficulté, et à chaque inspiration, ses côtes le brûlaient comme si des arceaux de métal chauffés au rouge s'enfonçaient dans sa chair. Il ne pouvait pas bouger. Il se dit : Je suis paralysé. Et tout était noir. Il se dit : Je suis aveugle, et il s'imagina perdu. Mais cela ne l'émut pas outre mesure ; ce corps mort mais souffrant, c'est comme s'il s'était agi d'un autre, dont il aurait jugé le trépas avec indifférence.

Puis il entendit des voix. On disait : — Il reprend connaissance. On le soulevait, ce qui lui arracha un gémissement. Il ouvrit les yeux : il n'était pas aveugle, deux jeunes Gandahariens de son âge le regardaient, souriant avec sollicitude.

— Qu'est-ce que j'ai ? fut la première question qui lui vint à l'esprit.

Le plus blond des deux garçons, qui portait un uniforme déchiré et sali d'auxiliaire sanitaire, sourit plus largement encore. — Qui pose une telle question se porte en général fort bien ! répondit-il. En réalité, tu as peut-être quelques côtes fêlées et des bleus un peu partout, plus une vilaine coupure au front ; rien de sérieux en somme.

Sylvin se passa la main sur le front. Il était bandé. Sa tête le faisait souffrir, il s'en rendait compte seulement maintenant. Mais son corps ne lui parut plus aussi douloureux ; il remua un bras, une jambe, un autre bras, tout fonctionnait, bien qu'avec quelques tiraillements.

— J'ai de la chance d'être tombé sur un médecin, soupira-t-il.

— Pour être tombé, tu es tombé, repartit le jeune homme. Mais je n'ai pas fait grand-chose, ayant peu de matériel sous la main ; d'ailleurs la chance et ta robustesse t'ont servi plus que moi, chevalier... Au fait je m'appelle Gardère Fonse, et voilà Alvine Dubror.

Son compagnon, qui ne portait pas d'habits militaires mais le collant vert ciel qui est en général réservé aux étudiants, s'inclina avec cérémonie. Sylvin se présenta, ce qui eut pour effet de faire retentir le rire clair des deux Gandahariens.

— Pourquoi riez-vous ? fit Sylvin, légèrement interloqué.

— Pour rien... dit légèrement Gardère Fonse. Disons que je ne m'imaginais pas les chevaliers comme ça.

— Comment les imaginais-tu, alors ?

— Je ne sais pas... Mais tu pourrais passer pour un étudiant sanitaire ou... pour un étudiant en disciplines artistiques, acheva-t-il en se tournant vers son compagnon. En vérité, il me semble toujours étonnant que des Gandahariens sains de corps et d'esprit puissent choisir d'entrer au Collège de Chevalerie...

— Mais... nous ne choisissons pas, répliqua Sylvin. Nous sommes choisis au contraire, parmi les meilleurs sujets de Gandahar. Tu dois bien savoir que nous intégrons le collège à seize ans... Et puis... il en faut bien, termina-t-il piteusement.

— Oh oui ! Il en faut bien ! répondirent en chœur les deux étudiants. Et leurs rires sonnèrent encore une fois.

Un peu perplexe, le chevalier se leva, avec une petite grimace de douleur, et observa le lieu où il se trouvait, qui était une pièce basse de plafond, au sol dallé couvert de gravats. Une unique fenêtre ogivale se découpait à ras du plafond, ce qui fit penser à Sylvin Lanvère qu'il se trouvait dans une partie à moitié enterrée d'un bâtiment. La pièce était sombre, mais baignait dans une bizarre couleur écarlate. La fenêtre était, elle aussi, ouverte sur une mer sanglante.

— Tout brûle encore... murmura Sylvin. Il respira l'odeur âcre de la cendre.

— Non, fit Alvine, c'est le crépuscule, simplement. Tout est brûlé, veux-tu dire. Mais si ce hameau n'est pas entièrement calciné, c'est que les ferrailles ont des machines qui lancent une mousse blanche qui éteint le feu que les machines précédentes ont allumé. Le feu purificateur en somme... Mais ils ne veulent probablement pas tout détruire entièrement.

— Que faites-vous là ? demanda le chevalier.

— Comme toi, je suppose, répondit Gardère : on fuyait. Ces maisons nous ont semblé un refuge acceptable. Pour l'instant, nous ne nous sommes pas trompés.

— Je ne fuyais pas ! éclata Sylvin. L'impertinence des deux étudiants lui parut tout d'un coup comme des traits lancés contre Gandahar elle-même. Dans ces circonstances, c'était une attitude qui lui sembla inacceptable.

— Notre armée est en déroute, Gandahar est envahie, nous allons peut-être tous mourir, et vous ne savez que plaisanter et sourire. C'est par la faute de gens comme vous que nous en sommes là !...

— Tout beau ! chevalier, fit le dénommé Gardère Fonse. Tu as eu l'avantage de regarder la situation d'un point de vue avantageux, du haut de ta plate-forme volante, mais maintenant tu es à terre avec nous. Sais-tu que Dubror et moi étions en première ligne quand les ferrailles ont attaqué ? J'aurais aimé t'y voir avec nous. Imagine une marée de fourmis, grandes comme des hommes, debout sur leurs pattes de derrière, cuirassées comme des polomoches et lançant devant elles un réseau serré de rayons et de flammes... Devant ça, la vaillance ni la ruse ne pouvaient rien, et je te prie de croire qu'aussi bien les chevaliers que les soldats ou que les volontaires civils comme nous, tous ont fichu le camp... du moins ceux qui le pouvaient ! Car de la première ligne, il ne reste plus grand monde de vivant à cette heure. J'ai vu tomber de nombreux amis, j'ai vu un camarade de promotion se couvrir de flammes et devenir un petit tas de cendres à côté de moi. Alors je t'en prie, pas de morale ici !

Sylvin Lanvère grommela quelques mots d'apaisement ; il sentit qu'il avait eu tort de s'emporter. Ce n'était ni le lieu ni le moment. Il se laissa tomber à terre, le dos contre un mur, et croisa ses mains contre son genou gauche.

Le soir épaississait rapidement ; les recoins de la pièce se murèrent d'obscurité. Tout nageait dans le sang caillé. Les deux étudiants, assis l'un en face de l'autre, jouaient avec des cubes de bois qu'ils lançaient en l'air et rattrapaient. Ils se disaient : « J'ajoute trois, je retranche deux, je pressens cinq... » c'était un jeu que Sylvin ne connaissait pas.

Puis la nuit fut complète. Dans l'air traînaient encore des relents de brûlé, et une fine poudre de cendre en suspension faisait parfois tousser un des trois hommes. Au loin, assourdis par la distance, des explosions périodiques rappelaient que les combats n'étaient pas terminés. Plus proches, des grincements métalliques, des bruits de moteurs, parfois même des voix à la texture caractéristique, indiquaient le passage des hommes-machines et de leurs engins guerriers.

La tête de Sylvin dodelinait sur ses épaules ; il chuta une seconde dans un gouffre et un vent glacial lui balaya la figure. La main de Gardère Fonse se posa sur son bras, et Sylvin émergea à nouveau dans la stabilité de l'éveil. Mais il avait froid encore.

— Je suis allé jeter un coup d'œil au-dehors, disait Gardère. J'ai l'impression que les ferrailles ont dressé un camp permanent pas loin d'ici. Il est préférable que nous montions la garde à tour de rôle cette nuit... Dors, toi, tu es fatigué et blessé...

— Nous sommes loin derrière les lignes ennemies, n'est-ce pas ? interrogea le chevalier, pour dire quelque chose.

— Qui sait ? Et y a-t-il encore des lignes amies ? fut la réponse philosophique qu'il s'attira.

— Mon plateau-réacteur est peut-être réparable...

— J'en doute fort, chevalier. Tu as eu l'avantage de tomber sur un buisson d'herbage ; mais ton plateau a percuté en plein un des bâtiments.

— Dis-moi, fit encore Sylvin, alors que son compagnon s'éloignait déjà, n'as-tu pas vu, dans les hasards de la bataille, une jeune fille à peau mauve qui devait être dans un Corps féminin de Barbares ?...

— Une fille à peau mauve ? Non, je ne vois pas... Je

n'ai pas eu le loisir de regarder les filles, répondit un peu sèchement le jeune homme. Puis il ajouta : — Tu auras la dernière garde ; Alvine te réveillera... Je te signale que nous n'avons rien à manger, mais au bout de ce passage, là-bas, il y a une petite vasque avec de l'eau potable. En somme...

Gardère Fonse disparut dans le tunnel ; l'autre étudiant semblait dormir déjà ; sans doute, malgré leur comportement sarcastique, les deux jeunes gens étaient-ils épuisés. Sylvin appuya sa tête sur le mur rugueux de la cave et se caressa la nuque d'une main lasse. Lui aussi était épuisé. Il fallait qu'il dorme, si possible sans penser trop. Les grondements et les grincements finirent par le bercer. Il s'assoupit dans ce concert guerrier.

La bataille de la Valderboise dura toute une journée, toute une nuit, et toute une journée encore.

HUITIÈME JOURNÉE

La bataille dura toute une journée, toute une nuit, et toute une journée encore. Guerre éclair, qui se plaça effectivement sous les signes conjugués du tonnerre et de la foudre : après son passage, Gandahar, et la riante Valderboise qui était son cœur battant, présentaient les aspects d'un pays ravagé par une catastrophe naturelle de nature volcanique — couverts de cendre, rongés par le feu... À ceci près que la guerre n'est pas une catastrophe naturelle, à moins qu'il ne faille la considérer comme faisant intimement partie de la nature même des hommes.

Cependant, cette fois, les ennemis n'étaient pas des hommes, mais des machines à forme humaine, possédant un instinct belliqueux qui faisait défaut depuis longtemps aux Gandahariens...

Pour un observateur qui aurait eu la faculté de planer dans les airs, le schéma de la bataille aurait été discernable au premier coup d'œil : le vaste croissant noir de la terre calcinée qui gagnait peu à peu sur la tonalité dorée des prés de la Valderboise signalait l'avance des hommes-machines. Au début de la matinée du deuxième jour de la bataille, le croissant, telle une lune sombre, avait avancé nettement sur son « plein », et seul un étroit cercle concave qui bordait le pic des Louanges sur ses faces est, sud et ouest, restait encore intact. Mais le grignotement ne s'arrêtait jamais, et il était probable que les pentes de la montagne, où s'étirait la cité de Jasper, allaient sans tarder être mangées par les flammes. Alors, ce serait la fin de Gandahar.

Mais pour voir cela, encore eût-il fallu l'œil de cet observateur. Or le ciel était vide. Par bonheur pour les humains, les hommes-machines ne possédaient rien qui ressemblât à un engin volant : sans doute étaient-ils rivés à la terre par leur propre poids. Mais en ce matin du deuxième jour, les Gandahariens partageaient avec leurs envahisseurs l'absence de toute maîtrise céleste. La plupart des escadres aériennes formées d'insectes transformés avaient été anéanties dès le jour précédent, leur tactique d'attaque en rase-mottes — seul moyen efficace pour lancer leurs projectiles primitifs — les ayant exposées au feu direct de leurs ennemis. Les Ornithanthropes, qui avaient déployé, dans leur combat désespéré pour cette patrie indifférente qui ne s'était souvenue d'eux qu'à l'instant du danger, un courage et une témérité remarquables, avaient pareillement été décimés.

Le combat — ou le massacre — se poursuivait donc exclusivement sur terre, réparti en une multitude d'escarmouches dont le scénario était à peu près invariablement le même : une phalange d'hommes-machines se heurtait à un groupe de Gandahariens, lesquels étaient exterminés aux trois quarts dans cette première rencontre. Les hommes-machines brûlaient alors méthodiquement ce qu'ils avaient autour d'eux, puis avançaient à nouveau. Il leur arrivait de subir quelques pertes dans cette deuxième phase, lorsque certains d'entre eux tombaient dans des pièges, ou se faisaient individuellement détruire par un groupe de rescapés ayant réussi à les surprendre sur leurs arrières.

Mais le nombre de guerriers mis hors de combat dans les deux camps accusait une disproportion énorme au profit des envahisseurs.

Cependant, si de nombreux Gandahariens périssaient carbonisés par des jets de flammes ou de rayons caloriques, un plus grand nombre d'entre eux encore, touchés par les rayons Vuzz, sombraient seulement dans une inconscience glaciale, dont ils émergeaient péniblement après un laps de temps d'une vingtaine d'heures environ, ou plus rapidement même si les hommes-machines se préoccupaient en personne de leur réanimation. Cela expliquait les nombreux camps de prisonniers dont les envahisseurs semaient leur passage.

Ce qui restait de l'état-major militaire et scientifique de Gandahar était parfaitement au courant de la situation. Réfugiés dans les laboratoires souterrains d'Oïsarche, situés sous la Valderboise au nord du pic des Louanges (et donc dans la partie de Jasper la plus extérieure à la route d'invasion), les savants et les chefs d'armée voyaient s'éteindre un à un leurs yeux espions lorsque l'impact d'un rayon de chaleur faisait fondre leur pupille de verre, et ils voyaient ainsi se rétrécir leur marge de sécurité.

L'intégrité des laboratoires d'Oïsarche était pourtant primordiale pour l'ultime sauvegarde du royaume, car c'est là que le conseiller Blanminor, aidé d'Altrus Vizzard, le seul biologiste véritablement actif de Gandahar, dirigeait les recherches que lui avait conseillé de faire Sylvin Lanvère. Si les rayons Vuzz gardaient encore une partie de leur mystère, les archives mises au jour au sujet du Métamorphe contenaient des informations sensationnelles. Mais le seul homme qui pût sans doute en tirer des renseignements suffisants était Sylvin Lanvère.

Or, depuis plus d'un jour, Sylvin Lanvère avait disparu dans le champ de bataille de la Valderboise.

— Il ne reste ici que trois frelons, déclara Sandor Malte, l'officier du grade le plus haut qui se trouvât à Oïsarche ; je me refuse à les faire sortir pour rechercher un simple chevalier dont la présence ne me semble pas indispensable, compte tenu de la situation...

— Colonel, répliqua Vizzard, je suis seul ici en mesure d'apprécier qui est indispensable ou non à la survie de Gandahar ; à condition de garder quelque espoir de survie, bien entendu... Nos efforts militaires se sont révélés d'un effet dérisoire pour stopper cette invasion. La parole et l'action restent à la science.

Altrus Vizzard était un petit homme aux yeux enfoncés sous de profondes cavités orbitales couronnées de sourcils blancs comme la neige — inconnue à Gandahar ; son dos était voûté et une toge violette était son seul costume. Il avait au moins deux cents ans, peut-être beaucoup plus. Le colonel le dépassait de plus d'une tête et aurait été capable, d'une chiquenaude, d'envoyer le vieillard voltiger à l'autre bout de la pièce. Il lui répondit sèchement qu'il ne reviendrait pas sur sa décision. Le vieil homme fit une moue dubitative, alla chercher dans un bocal un comprimé rond qu'il lança aux pieds du soldat. Il y eut un petit claquement boisé, et de la graine fusa une fumée limpide qui entoura Sandor Malte. Le colonel se balança un instant d'avant en arrière, puis tomba de toute sa hauteur sur le sol où il ne bougea plus. Blanminor toussa deux ou trois fois, et considéra d'un air furieux le biologiste qui s'était couvert le bas du visage avec le haut de sa toge.

— Tu ne crois pas que tu y vas un peu fort ? déclara le conseiller, partagé par sa double appartenance à la caste des soldats et à celle des savants.

— Ce composé n'est pas stable, lui répondit tranquillement Vizzard, tu peux cesser de crachoter. Et d'ailleurs, ce n'est que soporifique ; notre ami se réveillera dans trois ou quatre jours, je suppose... Maintenant, voyons ces frelons.

Blanminor, excellent homme par beaucoup de côtés, manquait quelque peu d'humour, et refusa d'aider les deux assistants qui tirèrent le colonel jusque dans une remise éloignée. Cependant, peu après, Janotan, Frassère et Blomiror se présentaient aux deux autorités scientifiques. Les trois cavaliers aériens se virent enjoindre d'aller croiser au-dessus du champ de bataille, dans les terrains occupés par les hommes-machines, afin de recueillir tous les renseignements possibles sur ce qu'il était advenu de Sylvin Lanvère. Le chevalier étant fort connu à Gandahar, la mission ne se révélait pas totalement dépourvue de chance de succès. Bien sûr, les soldats risquaient fort d'y laisser leur vie, mais les circonstances ne pouvaient faire de place à de semblables détails. Il se pouvait, il était même probable, que le chevalier fût mort ou en captivité. Mais il y avait des chances raisonnables qu'on le retrouvât, caché quelque part dans la Valderboise : car Blanminor ne doutait pas de son astuce, Sylvin Lanvère ayant été son élève le plus doué.

Les trois hyménoptères impulsés par leur cavalier surgirent du sol par une bouche d'aération dont la grille protectrice avait été levée. La partie de la Valderboise dans le sous-sol de laquelle Oïsarche avait été fondée était moins riante, et, par conséquent, moins peuplée que le reste de la plaine ; de la rocaille annonçant déjà les chaînes de montagnes du nord parsemait le terrain, qui était plus gris et moins forestier que la partie méditerranéenne de la vallée. Mais, et c'était là l'important, les hommes-machines n'avaient pas encore poussé jusqu'ici.

Les trois cavaliers volants montèrent rapidement dans le ciel encore serein de la matinée. Les frelons communs progressaient rapidement, battant infatigablement l'air de leurs puissantes ailes nervurées qui ne faisaient qu'un éventail scintillant. Les coursiers atteignirent le cône d'ombre du pic des Louanges, progressèrent longtemps dans sa fraîcheur bleutée, puis débouchèrent en pleine lumière, par la face est, alors qu'ils avaient dépassé les mille mètres d'altitude. À cette hauteur qui les rendait théoriquement hors d'atteinte des coups des envahisseurs, les trois insectes se séparèrent, amorçant une descente prudente vers la marée de goudron qu'était devenue la Valderboise. L'air avait perdu de sa pureté, charriait une fine poudre grise qui voguait bien au-dessus des fumées qui s'élevaient maintenant des contreforts même du pic.

Dès lors le vol des trois éclaireurs ne fut qu'une série de crochets dangereux à la verticale du terrain ennemi. Mais en vérité, et comme l'avait prévu Blanminor, la Valderboise, à cause de son immensité, était loin de fourmiller d'hommes-machines. À distance respectueuse de la zone des derniers combats, les cavaliers ne survolèrent guère que quelques colonnes de machines à pattes, et de grandes enceintes où s'entassaient les prisonniers Gandahariens. C'était là qu'il fallait chercher en premier; les soldats ne pouvaient guère qu'envoyer des signaux optiques à l'aide de décamiroirs, mais cette méthode se révéla efficace, car il y avait toujours dans un camp un homme au moins qui possédait un morceau de glace et le code optique, et était capable de répondre. Malheureusement, personne ne semblait avoir aperçu le chevalier.

Parfois des rayons sifflaient autour des patrouilleurs aériens. Ils les évitaient facilement, mais c'était un jeu dangereux : à l'endroit où le cours paresseux du Minerve longe les parois de grès rose du plateau Centrillon, le frelon que montait Blomiror eut l'abdomen déchiré par un trait de feu. L'insecte rua si fort que son cavalier fut arraché de sa selle. Blomiror tomba sans crier pendant trois cents mètres et s'incrusta dans le grès. C'était un homme jeune aux cheveux bouclés, dont la femme venait de mettre au monde un enfant blond comme eux qu'ils avaient appelé Songe.

Janotan s'égara vers le sud, où il rencontra des groupes issus de l'armée brisée de Gandahar, qui, farouchement, se préparaient à de nouveaux combats. Ils étaient déguenillés, mais une grande résolution avait marqué leur visage. Pendant que le frelon faisait du surplace, soulevant dans la trépidation de ses ailes des tourbillons de cendre, un des soldats précisa à Janotan qu'en soufflant dans des conques spécialement travaillées, on parvenait à produire des ultrasons qui déréglaient complètement les hommes-machines. Mais comme personne n'avait vu Sylvin Lanvère, l'envoyé de Blanminor reprit la route plus encore vers le sud...

Frassère fut le plus heureux. Alors qu'il envoyait des signaux en direction d'un camp peu important, des éclairs rythmiques attirèrent son attention, provenant d'un groupe de bâtiments blancs, apparemment intacts bien que léchés par endroits par le feu qui avait imprimé sur les murs de longues empreintes noirâtres. Lorsque Frassère déchiffra : *SYLVIN LANVÈRE EST ICI,* il sut qu'il avait atteint son but.

La trompe buccale du frelon s'étira vers un maigre buisson d'éligournes qui avait échappé à la flamme. L'hyménoptère avait replié ses ailes sur son dos, mais Frassère, qui était descendu de selle, maintenait prudemment l'impulseur accordé à ses frustes centres nerveux, car cette espèce d'insecte a souvent un comportement anarchique.

— Je peux prendre deux hommes à la rigueur, disait Frassère ; mais trois, c'est impossible.

— Bien, nous tirerons au sort, alors, dit Gardère Fonse.

— Entre Alvine et toi ? interrogea Sylvin.

— Entre Alvine, moi, et ce soldat, précisa l'étudiant sanitaire.

— Vraiment ? s'étonna Sylvin.

— Vraiment ! N'importe qui serait capable de mener une bête comme celle-là, et toi sans doute plus que tout autre, chevalier... Aussi les chances doivent être égales pour nous trois — puisque tu es hors de cause.

— Ce jeune homme a raison, intervint avec gravité Frassère ; tirons donc à la courte paille... Il alla arracher à la toison fournie du frelon trois poils d'inégale grandeur et les tendit à la ronde.

Ce fut Gardère Fonse qui perdit.

— Peux-tu me laisser ton pistolet ? dit-il simplement à Sylvin.

Le chevalier décrocha sa ceinture et lui tendit le tout.

— Bonne chance, Gardère, fit-il. Le jeune homme souleva une mèche blonde qui tombait sur son front et eut un sourire ironique, mais ne répondit pas. Il échangea un regard avec son compagnon, mais le repoussa d'un geste lorsqu'il fit mine de lui donner l'accolade.

Frassère était remonté sur le frelon et avait activé l'animal dont les ailes vrombissaient. Sylvin Lanvère prit place sur le large thorax de la bête, et Alvine s'installa derrière lui. Le bourdonnement du frelon s'enfla, la vibration des segments abdominaux s'ajoutant au bruit des ailes. Puis l'insecte s'éleva avec une puissance nerveuse, contournant les bâtiments en rase-mottes pour échapper à la vue des guetteurs du camp proche. Sylvin se pencha, mais il ne put apercevoir

Gardère Fonse ; ses sentiments à l'égard du jeune homme étaient confus et mêlés, mais il ne pouvait s'empêcher d'éprouver de l'admiration pour son courage impassible.

Le voyage de retour fut sans histoire, bien que tous les regards fussent fixés sur une chandelle sombre qui filait un épais ruban de fumée noire droit dans le ciel vert : le pain de sucre du pic des Louanges, qui était à son tour touché par les flammes.

— Tu es sauf, Sylvin !

Blanminor avait vu approcher l'insecte lourdement chargé à travers les yeux fixes qui cerclaient Oïsarche, mais la vue personnelle du chevalier l'emplissait de soulagement, comme si de lui seul dépendait le salut de ce qui restait de Gandahar. Sylvin, qui n'avait jamais pénétré dans ces recoins secrets de Jasper, regardait avec étonnement le béton strictement fonctionnel du laboratoire, qui tranchait avec tout ce qui faisait d'ordinaire la beauté fantasque de l'architecture gandaharienne

— Je suis sauf mais Gandahar ne l'est pas ! répliqua Sylvin. Où en sont les recherches concernant le rayon Vuzz ?...

— Elles se poursuivent, mais rien n'est encore concluant, dit le conseiller en haussant les épaules. Ces rayons interrompent les échanges électriques entre les cellules nerveuses ; c'est une sorte de dépolarisation de longue durée qui est opérée au niveau des neurones, et qui provoque la paralysie partielle. Nous ne sommes pas des physiciens très émérites, j'en ai peur, et la reproduction d'une telle onde peut demander des mois de travail... et nous pouvons fort bien ne jamais arriver à rien. Cependant, et c'est là ce qui est important, le rayon est effectivement mortel pour les hommes-machines. Pourquoi ? Parce que cette boule blanchâtre qu'on trouve à l'intérieur de leur casque est effectivement un « cerveau » un système encéphalien presque complet, bien que très simplifié, et dont les terminaisons nerveuses sont quasi inexistantes. Il existe bien un centre de la vue et de l'ouïe rudimentaire, et c'est tout. Le point le plus extraordinaire réside dans le potentiel des courants cérébraux, qui ne se mesurent pas en microvolts, comme dans un cerveau humain, mais en volts ! La puissance de ce courant sert à faire fonctionner un mécanisme électrique très ordinaire qui sert de moteur à l'armure elle-même.

— Mais dis-moi... commença Sylvin.

— Je vois ce que tu veux dire ! coupa le conseiller. Le cerveau des hommes-machines ne semble être qu'une grossière caricature de cerveau humain, qu'on a placée dans un corps de métal...

— Qui, « on » ?

— Ne sois pas si pressé. L'important, disais-je, c'est que ce cerveau est nu : la myéline n'est pas protégée par le liquide céphalo-rachidien ; de plus, il est très mal irrigué. Aussi une perturbation ionique lui est-elle fatale : le cerveau meurt.

— Tout cela est très intéressant, bien que je t'avoue n'y pas comprendre grand-chose, put enfin poursuivre Sylvin.

— Mais il n'y comprend pas grand-chose, lui non plus ! annonça une voix aigrelette provenant d'un coin reculé du laboratoire. Sylvin aperçut un vieillard en toge violette qui, de derrière un pupitre, lui faisait signe d'approcher. Comme il se dirigeait vers le vieil homme, Blanminor, qui marchait derrière lui, lui souffla :
— C'est Altrus Vizzard, notre meilleur biologiste...

Le chevalier ne connaissait le savant que de nom

mais il sut lire dans ses yeux enfoncés le reflet d'une malicieuse intelligence.

— Ce que te disait notre grand homme est exact bien sûr, mais pourquoi perdre notre temps à déblatérer ? Le conseiller m'a dit que deux questions te préoccupaient. Voici la réponse à la première : le cerveau des hommes-machines et le corps de l'extension métamorphique qui t'a servi de monture sont faits d'une seule et même substance : de la cellule nerveuse, d'origine humaine. Bien sûr, ton oiseau était capable de quelques facultés supplémentaires, tenant d'une particularité du tissu cervical parcouru de nerfs moteurs à courants élevés, ce qui lui donnait un coefficient peu ordinaire de contractibilité, donc de mobilité.

— J'étais sûr de cela ! jeta le chevalier. Ce n'était qu'une impression, mais elle me semblait logique : c'est le Métamorphe qui a créé les hommes-machines... Pas le Métamorphe de notre époque, mais celui d'un lointain futur. Le cerveau des hommes-machines n'est qu'une petite partie fragmentée de lui-même. J'avais raison de croire que la clé de tous ces mystères est détenue par le Métamorphe...

— Tu avais raison, en effet. Quant au Métamorphe lui-même... mais viens plutôt écouter ceci.

Vizzard souleva devant Sylvin Lanvère une boîte d'apparence vétuste qu'il avait prise sur son établi. Dans la boîte, il y avait une douzaine de petits cylindres rougeâtres...

— Connais-tu ces engins ? demanda le biologiste en en prenant délicatement un entre le pouce et l'index. Ce sont des enregistrements magnétiques... Il s'agit d'un vieux système, bien sûr : très vieux, même. Trois mille ans au bas mot. Un de mes aides les a retrouvés dans une sonothèque en cherchant... peu importe quoi. Et par une coïncidence extraordinaire, il s'en est trouvé un, parmi ces enregistrements, qui correspondait exactement à ce que nous cherchions.

— Le Métamorphe !

— Bien sûr, c'est très incomplet et l'audition est mauvaise, mais tout est suffisamment clair pour répondre aux questions primordiales que nous nous posons. Écoute...

Pendant que Vizzard plaçait le cylindre dans une boîte d'écoute qui devait avoir l'âge des enregistrements, Sylvin se tourna vers Blanminor et lui demanda s'il n'avait pas eu de nouvelles de la jeune fille à peau violette qui l'accompagnait l'avant-veille.

Le conseiller fit semblant de chercher, mais Sylvin comprit qu'il n'aurait pas le renseignement désiré par sa bouche.

— Beaucoup de nos compagnons ont disparu... se contenta de dire le noble Gandaharien.

— Certes, murmura le chevalier ; et son cœur se serra. Il maudissait les hommes-machines, quand un grésillement monopolisa toute son attention : le cylindre venait de se mettre en marche.

— « Onzième jour (... annonçait une voix vieille de trois mille ans). Le biotype 33 croît avec régularité. Les circonvolutions cérébrales ont doublé. Bancrof pense que le biotype n'a pas encore la possibilité de penser réellement, car la transplantation a sans doute provoqué sur le sujet... brrr... effacé toute mémoire. Le biotype est "vierge", et devrait réingurgiter des informations pour pouvoir fonctionner. Le problème est donc... brrr... se brancher sur les centres... brrr... afin de lui donner une programmation de base. »

« Treizième jour. Le biotype a quintuplé de volume depuis le début de l'expérience. L'effet des rayons Omega Plus est satisfaisant. Cependant, Oronte a prescrit l'emploi, à partir du quinzième jour, des rayons au vergalium : ceux-ci doivent accroître le processus de multiplication cellulaire, et donner au biotype 33 une enveloppe dermique plus consistante. Oronte pense en effet que le biotype a conscience de son isolement et de sa vulnérabilité, et qu'il se produit chez lui, au niveau inconscient, une réaction schizophrénique qui l'empêche de s'ouvrir sur l'extérieur, et donc de communiquer. Toujours inconsciemment, le biotype rejette les informations qui lui sont injectées : il se sent nu et sans défense, et l'extérieur qu'il pressent lui semble redoutable. »

« Quinzième jour. Le biotype a considérablement modifié son aspect extérieur par la suite de... brrr... membrane myé... brrr... volutions cérébrales ne sont plus apparentes et tout le système encéphalien modifié est protégé de l'environnement par plusieurs couches de tissus nerveux parcourus de... brrr... diamètre atteint 1,65 m et son poids 227 kilos. Cependant, l'adjonction d'un communicateur mécanique branché sur ses centres de la parole n'a donné aucun résultat. Bancrof a pourtant bon espoir de recevoir des communications de nature télépathique, car il pense que le pouvoir du biotype 33 doit se développer de pair avec sa croissance. »

« Seizième jour. Brrr... ont poussé sur une face latérale du biotype, et Oronte a déclaré qu'il s'agissait d'organes visuels particuliers que le cerveau avait formés en transformant certains tissus à l'aide d'un processus que nous ignorons. Maintenant, le biotype voit, et l'apparition de ce premier sens n'est que le prélude à l'apparition des quatre autres, ou de facultés supplémentaires, que nous... Brrr... »

« Dix-septième jour. De nouveaux tentacules ont germé sur le biotype. Galor s'est laissé toucher par ces fibrilles qui, selon lui, seraient des organes télépathiques qui permettraient la communication pour peu qu'ils réussissent à se brancher sur un cerveau humain. Galor a en effet ressenti de confuses sensations de peur et de curiosité, rien de précis toutefois. Par ailleurs, une nouvelle cuve est en construction à la section B, car le biotype est maintenant trop grand pour l'étuve primitive. »

« Vingtième jour. Le biotype 33 a été transporté dans la nouvelle cuve. Le bain de plasmétique a été remplacé par une simple irrigation d'eau de mer enrichie. L'événement le plus important est sans conteste, toutefois, le fait que le biotype a pu rentrer en communication avec Galor, Oronte, et toute l'équipe ! Ses... Brrr... qui peuvent à la fois recueillir des informations dans un cerveau humain et en communiquer en retour. Le biotype manifeste maintenant une soif de connaissances étonnante ; il peut se “brancher” sur plusieurs individus à la fois, et mener ainsi plusieurs “conversations” de front. Le problème de ses origines ne l'a... Brrr... est maintenant pour lui chose faite. Il considère un peu le moment où il s'est ouvert mentalement sur l'extérieur comme celui de sa véritable naissance. Mais nous ne lui avons pas appris, évidemment, que le cerveau dont il est issu provient de la... Brrr... Cependant, si ses facultés télépathiques deviennent plus subtiles, il se peut qu'il... Brrr... mais ça ne devrait pas... Brrr... »

— Ainsi, commença Sylvin Lanvère... Mais Blanminor le coupa d'un geste car l'enregistrement continuait.

« Vingt-sept... our. Le biotype a exercé ses facultés de mobilité sur... accroissement de certaines... courants ioniques qui se... et ses facultés de mimétisme se sont exercées dans le... modelé une douzaine de mains qui... sept kilos... accr... aménagé un coin de m... et...

— Le reste est inaudible, dit Altrus Vizzard en abaissant une touche. Le cylindre s'arrêta.

— Le secret du Métamorphe était simple, comme tu

le vois, annonça Blanminor d'un ton docte : c'est une création des Gandahariens. Nous avons traversé, il y a trois mille ans, une période d'intense bouillonnement dans les recherches de génétique, de biologie, et de métamorphobiologie... Le biotype 33 dut être le cas le plus avancé — d'où son nom, que les chercheurs de l'époque ont dû lui faire adopter, puisque lui-même se désigne encore ainsi. Mais depuis si longtemps, nous avions oublié. Seules les archives se souviennent ; notre mémoire mécanique...

— Mais lui n'a pas oublié, bien sûr, dit rêveusement Sylvin en passant une main dans ses cheveux désordonnés ; et je comprends maintenant pourquoi il m'a dit qu'il devrait être reconnaissant aux hommes.

— Si passionnante que puisse être la genèse du Métamorphe, notre découverte, si elle satisfait notre curiosité, ne fait pas avancer la solution d'un pas, fit Vizzard. Et la solution, elle ne se trouve pas dans le passé de Gandahar, mais dans son présent. C'est vaincre les hommes-machines...

— Elle est peut-être dans le futur... dit lentement Sylvin.

— Le futur ?

— Mais oui : les hommes-machines viennent du futur, et ne sont que des prolongements du Métamorphe. Il est logique de penser que c'est lui qui les envoie à travers le temps. Pourquoi ? Je ne sais... Sous son existence contemporaine, je suis sûr de sa sincérité : il ne nous veut aucun mal. Mais en cinq mille, ou dix mille ans, on change... et le Métamorphe du futur nous est hostile, peut-être est-il même devenu fou. Pour vaincre les hommes-machines, c'est lui qu'il faut abattre ; il est la racine du mal... Seulement nous ne pouvons pas atteindre le futur. Alors si nous attaquions le Métamorphe dans le présent ?...

— Dans le présent ? fit dubitativement Blanminor en tirant sur les poils clairsemés de sa barbe grise.

— Cela ne me chante guère, mais si nous tuons le Métamorphe demain, il n'existera plus dans le futur... Il ne créera pas les hommes-machines ; nous ne serons pas envahis — ou plutôt, nous n'aurons jamais été envahis ! Les ruines, les morts, Gandahar en flammes, tout cela n'aura été qu'un mauvais rêve !...

Excité soudain par cette idée un peu folle, Sylvin marchait de long en large entre deux établis ; un tic lui tirait le coin des paupières de son œil gauche. — Qu'en penses-tu ? demanda-t-il abruptement en se plantant devant Altrus Vizzard.

— Outre que je ne crois guère aux paradoxes temporels, je ne vois pas non plus la façon dont nous pourrions venir à bout d'un biotype de cette taille et de cette puissance. Pour l'électrocuter, il faudrait un appareil presque aussi gros que lui, ce qui est évidemment hors de question. Quant à l'attaquer biologiquement, par poison ou par précipité viral, il faudrait d'abord parvenir à lui inoculer la substance. Ce n'est peut-être pas impossible, mais le biotype a 3000 ans d'âge : il a eu tout le temps de perfectionner ses mécanismes de défense. Le projet me semble hasardeux. Mais je suppose que tu te porterais volontaire ?...

— Gandahar n'est que cendres ! Qui ne sacrifierait pas sa vie ? rétorqua le chevalier avec violence. De toute façon, j'étais prêt à retourner auprès du Métamorphe : lui-même m'a dit de le contacter plus tard ; peut-être est-ce de lui que la solution viendra. Mais quoi que nous fassions, ou qu'il fasse, notre dernier espoir est là.

— Hélas oui... murmura Blanminor ; mais tu dois être épuisé.

— Je le suis, fit le chevalier avec un sourire contraint. Mais je désirerais seulement manger quelque chose, et puis je partirai. Si tu peux t'occuper de faire préparer une monture et de me trouver un fruit, je peux partir dans vingt minutes...

— Pour ma part, dit Altrus Vizzard, je vais essayer de te faire préparer quelque chose d'actif contre le Métamorphe. À tout hasard !...

— À tout hasard... fit en écho le chevalier. Un rictus retroussait ses lèvres sans qu'il en eût conscience. Il s'assit lourdement sur une table, et passa une main fatiguée sur son visage. Il était las, sale, ses vêtements étaient en lambeaux. Un instant, l'aspect dérisoire de ce qu'il se proposait de faire lui apparut, ainsi que l'absurde prétention qui le faisait agir ; mais quoi ! un chevalier fait, en sortant du Collège, le serment de lutter jusqu'à la mort pour Gandahar. Pendant des générations et des générations, ce serment n'avait été qu'une simple routine, pour une fois, il n'aurait pas été prêté en vain. Que tous les chevaliers meurent au combat pourvu qu'un seul sauve la patrie alors qu'elle était en danger, et des siècles de préparation stérile se trouvaient justifiés...

Un instant après, Sylvin mordait à belles dents dans la chair pulpeuse d'une poire éléphantine. Sur un écran devant lui défilaient les vues que les yeux d'Oïsarche relayaient vers la base souterraine. Le pic des Louanges fumait encore, et la fumée qui s'amoncelait dans les couches supérieures de l'atmosphère dessinait comme une couronne sombre sur le front pur du ciel vert. Mais aucun ennemi n'apparaissait encore sur cette partie de la plaine.

Un long panoramique fit surgir du nord les lointaines chaînes des Trois-Lunes, des dents violettes, estompées par la distance.

— La Reine, au moins, est sauve, fit remarquer Sylvin.

— Sais-tu que Houlan-Bator a péri ? fit distraitement le conseiller.

— Vraiment ! répliqua Sylvin. Je l'ignorais... Son front se plissa, mais la mort du gros homme ne parvint pas à l'émouvoir ; c'était une donnée abstraite, une case vide sur l'échiquier de la guerre. Qu'il eût mangé, fraternisé avec le vieux militaire, ne lui donnait pas pour autant une enveloppe de chair qui eût pu lui rendre sensible cette perte. Le seul être qui lui importât désormais était une fille à la peau violette dont il ne connaissait que le nom, ainsi qu'une certaine douceur fugitive puisée à ses lèvres, mais dont le goût même s'aigrissait dans la douleur d'une disparition qui faisait peu de doute.

— Comment est mort le général ? demanda-t-il par simple effort de politesse.

— À la tête de ses troupes... jeta Blanminor en haussant les épaules.

— Bien sûr, murmura Sylvin. Et sans qu'il sût pourquoi, c'est le regard ironique de Gardère Fonse qui le fixa, du fond d'un néant grisâtre où héros et lâches, patriotes et indifférents, se fondaient dans la masse anonyme d'inutiles victimes.

— Allons... proféra le jeune homme d'une voix sourde ; il est plus que temps. Comme il se levait, Altrus Vizzard surgit du fond de l'alcôve. Il tenait dans sa main une capsule de verre munie d'une seringue, qu'il tendit au chevalier. Celui-ci l'éleva vers la lumière, mais le liquide trouble qu'elle contenait n'avait d'autre couleur que celle de l'eau verte qui baignait la pièce. Sylvin interrogea le biologiste du regard.

— C'est une préparation virale très active qui fait dégénérer la myéline en tissu cicatriciel fibreux ; elle provoque dans la substance nerveuse une maladie qu'on appelle sclérose en plaques. C'est une sorte de paralysie, qui pourrait tuer le biotype... Mais je dis bien « pourrait ». Malgré sa nocivité et son action rapide, il me semble douteux qu'elle puisse avoir une action sur un cerveau aussi évolué et aussi colossal que le Métamorphe. Mais si tu n'as plus d'autre solution, tu peux essayer de lui injecter cela : il te suffit de planter l'aiguille à n'importe quel endroit de son « corps ».

Sylvin remercia le vieil homme, et mit la capsule dans une poche de sa tunique. Puis il suivit Blanminor dans plusieurs couloirs étroits, avant de se retrouver dans une salle circulaire où un frelon de combat attendait. C'était le coursier qui l'avait ramené au laboratoire, le seul qui subsistât désormais à Oïsarche; Frassère, son cavalier, le confia à Sylvin avec une douleur visible, car des liens peu explicables unissaient toujours les cavaliers volants à leurs montures pourtant dépourvues d'intelligence comme de sensibilité.

Le chevalier coiffa la tiare, cornue ornée du disque de réfraction qui permettait de diriger l'hyménoptère, car il ne voulait pas courir à nouveau le risque de monter un animal dirigé hors de son contrôle. Un œil mobile fut monté sur le thorax du frelon, et un communicateur verbal fut adjoint à cet appareil; il fallait tout prévoir pour que la liaison avec Oïsarche ne fût point rompue. Sylvin accepta un panier de provisions et boucla avec soin une boussole sur son poignet gauche, mais il refusa de se munir une fois de plus de la ceinture et du pistolet.

— J'en ai déjà perdu deux! dit-il en riant. Et puis à quoi me servirait tout ce harnachement? J'aurais emporté avec plaisir une épée, don personnel du Métamorphe, mais je l'ai oubliée dans une chambre du palais pointu, l'autre matin, alors que tout le monde avait fui et que l'on avait omis de me réveiller...

Il avait ajouté cela méchamment, à l'intention du conseiller ; aussi l'expression de confusion qu'il put lire sur le visage de Blanminor le satisfit-il pleinement. Mais il répondit d'un geste amical au signe que lui faisait son vieux professeur. Puis une trappe s'ouvrit au-dessus de lui, et le vert profond du ciel l'éclaboussa. D'une légère poussée de son cerveau, il impulsa vers les centres nerveux du frelon, par les relais mécaniques qui lui couronnaient le chef, l'ordre de prendre l'envol. Et gracieusement, il s'éleva dans la concavité émeraude, déjà touchée d'ombres violettes par l'approche d'un nouveau soir.

Le vol à dos d'animal n'était plus pour Sylvin Lanvère que routine, désormais. L'espèce de frayeur émerveillée qui le tenait huit jours à peine auparavant figé sur sa selle, faisait place à une patience ennuyée. Le frelon était monté dans le ciel selon une longue courbe hyperbolique dont le sommet avoisinait deux mille mètres, puis Sylvin avait mis le cap droit au sud, se réservant de corriger le vol par de menues dérives lorsqu'ils seraient au-dessus de l'océan Excentrique. Ainsi avaient-ils survolé le pain caramélisé du pic des Louanges et l'étendue carbonisée du Valderboise conquise. Mais ils volaient trop haut pour que Sylvin pût voir des détails, et son esprit se refusait à les imaginer. Le ciel était vide, ne concourant à sa distraction que par la lente métamorphose des couleurs : du jade au violet parme, du parme au pourpre, du pourpre au mauve soutenu de la nuit, laquelle avait pris entièrement possession du ciel et de la terre lorsque les dernières étincelles de feu disparurent du tapis bouleversé du sol, marquant la frontière provisoire des déprédations guerrières.

Plus tard encore, l'océan se signala par une vague phosphorescence bleutée. En se retournant, Sylvin vit, droit au nord, Altarandhra, la plus brillante, mais la moyenne par ordre de taille, des trois lunes de Gandahar, que leurs orbites bizarres maintenaient toujours à la verticale des montagnes dont le nom s'expliquait par cette anomalie céleste.

Et ce fut dans l'obscurité insondable de la nuit, pendu entre ciel et océan, avec la lumière froide d'une lune lointaine fixée comme un œil scrutateur entre ses omoplates, que Sylvin Lanvère s'assoupit peu à peu, en pensant au Métamorphe comme à un cerveau humain bombardé de rayons et qui avait grossi démesurément, jusqu'à acquérir des pouvoirs qu'il était vain de vouloir imaginer... et de vouloir combattre. Dans le demi-sommeil qui s'épaississait jusqu'à le faire sombrer, courbé sur sa selle, dans cette nuit intérieure qui est plus noire que la nuit, il crut voir la silhouette hautaine du Métamorphe abandonner les laboratoires humains où il était né, et gagner l'océan où il se réfugiait pour trois mille ans, ou cent mille ans, dans une solitude méditative...

Une sensation de chute le réveilla. Son estomac était comprimé contre son diaphragme et son cœur battait à coups précipités. Il ouvrit les yeux. Le vent fouettait sa figure, et à ses oreilles retentissait une houle piaillante. Il ne lui fallut pas longtemps pour se rendre compte qu'il était l'objet d'une attaque de créatures volantes à laquelle sa monture essayait de se soustraire par un dangereux piqué. Il se cramponna désespérément au pommeau de la selle, et chercha une seconde à sa ceinture une arme absente. Un froufrou continu d'ailes faisait un fond sonore chuintant aux pépiements stridents et hargneux. Il essaya d'imprimer au frelon une ligne de vol brisée, mais l'hyménoptère répondait mal, et ils ne furent bientôt que le centre d'un tourbillon de plumes blanches teintées de rose par les premières lueurs de l'aube.

Le vrombissement du frelon changea d'intensité, et Sylvin craignit que les délicates ailes de sa monture ne fussent déjà sérieusement atteintes. Il maudit intérieurement l'esprit compétitif qui rendait agressives toutes les créatures, qu'elles fussent ou non terrestres, qu'elles fussent ou non munies d'une intelligence.

Cependant, il ne se crut véritablement perdu que lorsqu'un bec acéré lui lacéra un biceps et que des serres s'agrippèrent à ses cheveux tout près de ses yeux. Alors il battit des bras et sentit sous ses mains passer d'évanescentes masses duveteuses, tandis qu'une goutte de sang chaud, le sien, coulait lentement sur son front glacé et le long de son nez. Il se couvrit la figure de ses bras repliés, il ne pensait plus à rien, son corps n'était qu'un sac de son attaqué par de méchantes piqûres.

NEUVIÈME JOURNÉE

Mais la mort ne vint pas. Au contraire, les piqûres douloureuses qui labouraient les flancs du chevalier espacèrent leurs attaques, puis cessèrent tout à fait de le tourmenter. Les cris aigus se firent moins pressants à ses tympans et, bien qu'ils ne s'éteignissent jamais complètement, il n'y eut plus que quelques piaillements dispersés dans l'atmosphère.

Lorsqu'il retrouva son équilibre rompu, qu'il cessa de se couvrir la figure de ses bras et qu'il ouvrit les yeux, Sylvin Lanvère se préoccupa avant tout de manier mentalement le cortico-impulseur afin de redonner une ligne de vol rectiligne et horizontale au frelon, dont la course était encore empreinte de fantaisies incontrôlées. Et, bien que la crainte d'un nouvel assaut ne l'eût pas entièrement quitté, il poussa un sifflement de surprise en observant le manège des oiseaux, qui s'étaient alignés de manière presque militaire, et formait autour du chevalier et de sa monture comme un grand V dont la pointe était loin devant la tête du frelon. Les ailes blanches battaient avec régularité, et dans la gloire nouvelle du petit matin qui donnait au ciel une limpidité aveuglante de métal en fusion, cette escorte imprévue traçait dans les nues des signes cabalistiques mais d'augure favorable.

Et c'est alors que, glissant dans l'atmosphère, un grand oiseau blanc vint se ranger à moins d'un mètre de la tête du chevalier, et fixa sur lui une sombre prunelle touchée d'un éclair doré. Sylvin Lanvère comprit alors que l'arrêt de l'agression ne provenait pas d'un mystère, et que seule la présence du cormoran énigmatique qui semblait s'attacher à ses pas depuis le début de sa mission l'avait sauvé d'un trépas vertigineux.

— Je croyais Gandahar petit, dit-il à mi-voix, mais je m'aperçois qu'il est plus petit encore...

Le chevalier fit un geste amical à l'oiseau, bien que celui-ci fût vraisemblablement incapable d'en comprendre la signification — mais pouvait-on savoir, avec un animal de cette sorte ? Puis il essuya comme il put le sang qui dégoulinait de multiples écorchures sans gravité, et se mit en devoir d'appeler Blanminor à Oïsarche. Ce fut un laborantin qui répondit, car le conseiller dormait encore ; Sylvin ne jugea pas utile de le faire réveiller, et répondit à quelques questions du jeune scientifique qui, à l'aide de l'œil, avait assisté à l'attaque et à ses suites. Ils échangèrent quelques propos plaisants sur l'occulte protection du cormoran que Sylvin soupçonnait d'être un des yeux mobiles personnels de la Reine, mais le chevalier se rembrunit lorsqu'il apprit que certains contingents d'hommes-machines étaient apparus depuis peu sur la Valderboise-nord, pas loin d'Oïsarche. Il coupa le contact, rongé par l'inquiétude, et donna de l'éperon à sa monture bourdonnante.

Mais ce ne fut pas avant le milieu du jour que Sylvin arriva en vue du Métamorphe. Comme un cumulus figé vomi par un volcan sous-marin, le biotype s'élevait au-dessus des flots, impensable enchevêtrement de tentacules grouillants.

Le chevalier fit atterrir sa monture sur le front de la créature, au sein d'une couronne de lianes flagellantes.

Au milieu de ce cratère de nacre vivant, les proportions se dissolvaient, et ni l'altitude ni l'énormité des lieux ne se concrétisaient en une appréciation physique de l'orientation. Face au Métamorphe, les normes changeaient, l'homme se trouvait réduit à la dimension d'une bactérie, rang modeste qui était d'ailleurs le sien dans l'ordre de l'univers.

Mais sans pour autant être gagné de paralysie dans cet environnement titanesque qu'il connaissait déjà, Sylvin appela Blanminor. La voix du conseiller fut tout de suite à son oreille, chuchotante.

— Je le vois, disait-il, je *LE* vois... et son ton assourdi montrait sa stupeur. Mais Sylvin ne voulait pas perdre de temps en stériles discussions.

— Le Métamorphe va me repérer d'une seconde à l'autre, dit-il. C'est notre dernier contact, avant que quelque chose de définitif soit accompli, si toutefois il est encore possible d'obtenir un résultat définitif pour Gandahar... Où en sont les hommes-machines ?

— Certains ont déjà dépassé les limites d'Oïsarche et les bâtiments de surface sont détruits. Mais rien n'indique que les laboratoires souterrains soient pour l'instant en danger. Sylvin, es-tu sûr...

— Je ne suis sûr de rien ! coupa le chevalier, qui venait de voir un cercle parfait d'un beau rose pourpré s'inscrire sur le « sol ». Au revoir, conseiller. Ou adieu, peut-être...

Sylvin arracha de sa tête le communicateur et l'encombrante parure de l'impulseur, puis il sauta de sa monture. Le cercle rose s'était ouvert en deux comme une pêche fendue, et l'ouverture palpitante l'invitait à une redoutable mais nécessaire confrontation. Avant de poser le pied dans cette matière molle, il tourna encore son regard vers le ciel, pour y voir le cortège des cormorans qui, dans un dernier salut peut-être, amorçait en rase-mottes une longue courbe autour de lui. Un seul cri retentit, et sans le distinguer dans la masse des gracieuses créatures ailées, Sylvin sut qui l'avait poussé. Puis l'escadre s'amenuisa dans les lointains verts, et le chevalier s'enfonça dans les entrailles — non : dans le cerveau qui l'appelait.

Il eut une légère sensation de chute, au sein d'un cocon rose et translucide, avant que les parois ne s'écartent de lui, s'évasant jusqu'à former une large cavité cylindrique s'arrondissant à son sommet en coupole. C'était le même décor que lors de sa première rencontre avec le Métamorphe, et Sylvin ne fut pas surpris de voir surgir du sol un siège sur lequel il prit place, tandis que des tentacules indiscrets venaient s'infiltrer sous ses cheveux. Sylvin se raidit, connaissant à l'avance la souffrance qui l'envahirait, et il essaya de fermer au maximum son esprit pour que les sondes ne puissent déceler tout de suite ses intentions criminelles. Mais la douleur l'écartela d'un seul coup, et Sylvin Lanvère ne fut plus qu'une série de lignes brisées enchevêtrées dans d'impensables plans de l'espace. Son corps se fragmenta en une multitude de parcelles tourbillonnantes, dont chacune avait la faculté de voir les autres s'écarter d'elle comme des galaxies dans un univers en expansion. L'esprit de Sylvin s'ouvrit comme une grenade trop mûre...

— *JE TE SALUE, SYLVIN LANVÈRE,* grondait dans ses oreilles une voix au timbre familier. *AINSI, TU ES REVENU...*

— Je suis revenu car le sort de Gandahar est... (le chevalier avait failli formuler « entre tes mains », aussi s'embrouilla-t-il à la recherche d'une expression plus appropriée, mais le Métamorphe n'avait pas besoin des mots pour saisir l'impact brut d'une pensée...).

— *ET N'EST-IL PAS PARADOXAL QUE, PENSANT QUE MOI SEUL PEUX DÉLIVRER GANDAHAR DE LA MENACE DES HOMMES-MACHINES, TU SOIS REVENU DANS L'INTENTION DE ME TUER ?*

Il n'y avait nulle menace, nulle ironie dans la basse bienveillante qui murmurait à l'oreille de Sylvin ; mais le chevalier se morigéna intérieurement d'avoir eu la prétention de tromper, ne fût-ce qu'un instant, l'omnipotence du Métamorphe. C'est pourtant avec courage qu'il formula :

— Je suis revenu avec l'espoir de délivrer Gandahar des hommes-machines, même au prix de ton existence et à celui de ma vie. Car pour moi, malgré ta puissance, tu n'es qu'une individualité face aux millions d'individualités que compte la terre de Gandahar. Et un individu seul est sans valeur en regard d'un peuple qui se perpétue...

— *CROIRAIS-TU EN L'IMMORTALITÉ ?* demanda curieusement le titan.

— L'immortalité, c'est savoir que nos enfants auront d'autres enfants, et ainsi de suite à jamais. L'immortalité, c'est savoir que ce que nous n'avons pas réussi, les enfants de nos enfants le réussiront, que ce que nous ne connaissons pas, les enfants de nos enfants le connaîtront. Je ne vois pas d'autre immortalité possible pour un homme, mais elle vaut que nous luttions...

Il y eut comme un nuage dans le flux de pensées que le Métamorphe envoyait vers Sylvin, mais le chevalier ne put discerner s'il s'agissait de tristesse ou d'un acquiescement plus serein.

— *JE VAIS DONC T'AIDER DANS TA LUTTE, SYLVIN LANVÈRE,* continua le Métamorphe. *J'AI LU DANS TON CERVEAU QUE TU CONNAIS MES ORIGINES, ET TU NE SERAS DONC PAS ÉTONNÉ QU'APRÈS RÉFLEXION, JE ME SOIS RÉSOLU À PRENDRE LE PARTI DE GANDAHAR. CAR C'EST DE L'HOMME*

QUE JE SUIS NÉ, ET C'EST DE MOI QUE NAÎTRONT LES HOMMES-MACHINES. J'ILLUSTRE EN QUELQUE SORTE, ET SUR UNE PÉRIODE TEMPORELLE DE PLUS DE DIX MILLE ANS, LE MYTHE DE LA CRÉATURE QUI SE RETOURNE CONTRE SON CRÉATEUR ! MAIS JE NE PUIS ACCEPTER D'ÊTRE L'ARTISAN DE DESTRUCTIONS QUI ME FONT HORREUR, ET TON CERVEAU EST TOUT IMPRÉGNÉ D'IMAGES QUI M'ONT BOULEVERSÉ. MAIS TRÊVE DE PHILOSOPHIE. ÉCOUTE-MOI ATTENTIVEMENT...

LORS DE CES TROIS DERNIERS JOURS, J'AI MOBILISÉ TOUS MES CENTRES, QUI SE LIVRAIENT À DES TRAVAUX DONT TU NE PEUX MÊME IMAGINER LA CENTIÈME PARTIE, POUR DES RECHERCHES SUR LE FUTUR. ET J'AI RÉUSSI À CONCRÉTISER DES RADICELLES MÉMORIELLES QUI PARCOURENT DANS LES DEUX SENS TOUT MON FUTUR BIOLOGIQUE, ET ONT PU AINSI ME RAPPORTER LES INFORMATIONS QUE JE DÉSIRAIS. C'EST BIEN MOI QUI AI CRÉÉ LES HOMMES-MACHINES, ET LE BUT DE CETTE CRÉATION ÉTAIT BIEN DE FORGER UNE ARMÉE DESTRUCTRICE ; J'AI EXTRAIT LE MINERAI QUI A SERVI À CONSTRUIRE LES ARMURES, J'AI CRÉÉ DES ARMES NOUVELLES, J'AI RETROUVÉ LE SECRET PERDU DE L'ÉNERGIE ATOMIQUE, ET J'AI FRAGMENTÉ UNE PARTIE DE MOI-MÊME POUR DOTER MES CRÉATURES D'UNE PERSONNALITÉ SOMMAIRE... MAIS EN FAIT, TOUT CE PEUPLE BIO-MÉTALLIQUE DEVAIT ÊTRE RÉGI PAR UN SYSTÈME D'ORGANISATION PARAMILITAIRE DONT J'AI TROUVÉ LE MODÈLE CHEZ LES HOMMES EUX-MÊMES, CAR RIEN NE S'INVENTE. J'AI DOTÉ MES GUERRIERS D'UNE HIÉRARCHIE, FABRIQUANT DES CHEFS ENVERS QUI ILS DEVAIENT OBÉISSANCE, ET TOUT CE QUI FAIT LA SPLENDIDE STUPIDITÉ D'UN CORPS MILITAIRE — L'ORGANISATION, LA DISCIPLINE, LES CHANSONS — TOUT CELA EST VENU TOUT NATURELLEMENT, CAR JE POSSÈDE DANS MES RÉSERVES À MÉMOIRE TOUT CE QUE L'HOMME A CONNU AU LONG DES SIÈCLES...

MAIS UNE FOIS CETTE ARMÉE MISE EN PLACE, RESTAIT À LUI TROUVER DES TERRAINS DE CONQUÊTE. GANDAHAR, ET

TRIDAN ELLE-MÊME, SONT DE PEU D'INTÉRÊT À CETTE ÉPOQUE DU FUTUR, CAR UNE GRANDE ÉMIGRATION VERS D'AUTRES SYSTÈMES SOLAIRES VA SE PRODUIRE DANS 7000 ANS ENVIRON, QUI VIDERA LA PRESQUE TOTALITÉ DE LA PLANÈTE, HORMIS QUELQUES TRIBUS RÉCESSIVES. MA MATÉRIALITÉ FUTURE A DONC ORIENTÉ SES RECHERCHES VERS LA MAÎTRISE TEMPORELLE, POUR PERMETTRE À L'ARMÉE BIO-MÉTALLIQUE DE SE TRANSLATER SUR LES TERRAINS DE GUERRE DU PASSÉ. ALIMENTÉ PAR MON ÉNERGIE PROPRE, UNE PORTE TEMPORELLE A PU ÊTRE ÉLEVÉE. PLUSIEURS EXPÉDITIONS ONT PU ÊTRE AINSI LANCÉES À DIVERSES PÉRIODES DU PASSÉ (C'EST-À-DIRE, DE NOTRE FUTUR), MAIS L'EXPÉDITION LA PLUS IMPORTANTE A ÉTÉ DIRIGÉE SUR NOTRE PROPRE PHASE TEMPORELLE, CAR C'EST EN CE SIÈCLE QUE GANDAHAR EST LA PLUS RICHE... ET AUSSI LA PLUS DÉSARMÉE.

Les pensées du Métamorphe cessèrent de parvenir dans le cerveau de Sylvin, aussi le chevalier profita-t-il de ce répit pour laisser fuser plusieurs questions indignées, plutôt ressenties que clairement exprimées :

— Mais comment cela est-il possible ? Comment toi, qui as pu accumuler la sagesse au long des siècles et des millénaires, as-tu pu sombrer dans... dans une telle aberration ?

— *TU AS PENSÉ À « DÉMENCE »*... reprit la voix sourde, *ET C'EST BIEN LE TERME QU'IL CONVIENT D'APPLIQUER À MA MATÉRIALITÉ FUTURE. QUANT À SAVOIR POURQUOI MES AGISSEMENTS SE SONT CORROMPUS DE LA SORTE, POURQUOI MON INTELLIGENCE A PRIS UNE FORME ENTIÈREMENT PSYCHOTIQUE. IL SUFFIT DE RAISONNER EN TERME D'ÉVOLUTION : JE T'AI DIT DÉJÀ QUE JE N'ÉTAIS PAS IMMORTEL ; MAIS JE SUIS AUSSI STÉRILE BIOLOGIQUEMENT, ET SOLITAIRE. JE N'AI PAS, COMME UN HOMME, L'ESPÉRANCE D'UNE SURVIE QUI PEUT REPOSER SUR UNE DESCENDANCE. DANS 10000 ANS, JE SERAI UN VIEILLARD SOLITAIRE. ET QU'ARRIVE-T-IL À UN VIEILLARD SOLITAIRE, SINON DE VOULOIR FORTIFIER UNE ÉPHÉMÈRE*

PUISSANCE, SINON D'ÊTRE EMPORTÉ PAR UNE MÉGALOMANIE SÉNILE QUI SE MANIFESTE PAR UNE SOIF DÉRISOIRE DE CONQUÊTES ?... JE SUIS ISSU D'UN SIMPLE CERVEAU HUMAIN, SYLVIN LANVÈRE, ET COMME LE DERNIER DES HOMMES, J'AI SUIVI LE CHEMIN QUI MÈNE À LA TYRANNIE... MAIS IL EST ENCORE POSSIBLE DE TRANCHER CE CHEMIN AU BON ENDROIT.

— Mais comment ! hurla silencieusement le chevalier. Puis, une fraction de seconde plus tard, il comprit la pensée du Métamorphe, et ajouta : ... Te tuer, alors ?

— *ME TUER, CERTES, MAIS PAS AUJOURD'HUI...*

Il fallut encore une infinitésimale parcelle de temps pour que le chevalier puisse conclure : — Te tuer dans le futur, alors, lorsque tu seras devenu fou, mais avant que les hommes-machines ne soient translatés dans notre temps ! Mais comment... et qui ?...

— *TOI, BIEN SÛR. N'ÉTAIS-TU PAS VENU POUR CELA ? MAIS JE VOUDRAIS EXAMINER LE POISON QUE TU AS APPORTÉ À CETTE OCCASION. PEUT-ÊTRE PUIS-JE ENCORE L'AMÉLIORER...*

Un fin tentacule se déroula, prit délicatement dans la poche de Sylvin la capsule que lui avait confiée Vizzard, et le tout se résorba dans la substance nacrée.

— Agir sur le futur était une idée qui m'était venue, mais qui me semblait impossible à appliquer naturellement... Dois-je penser que tu as résolu le problème des voyages dans le temps ?

— *PAS TEL QUE TU LE PENSES, SYLVIN ; CAR AGIR SUR LA CONDUCTIBILITÉ TEMPORELLE VA ME DEMANDER 10 000 ANS, NE L'OUBLIE PAS. CEPENDANT, IL EXISTE UNE TECHNIQUE BIEN PLUS SIMPLE POUR VOYAGER DANS LE FUTUR : C'EST CELLE DE L'HIBERNATION. JE VAIS T'ENDORMIR, POUR 10 000 ANS, ET EN TE RÉVEILLANT TU ME TUERAS. TU ME TUERAS JUSTE À TEMPS POUR QUE LES GUERRIERS BIO-MÉTALLIQUES NE PUISSENT ÊTRE TRANSLATÉS À NOTRE ÉPOQUE PRÉSENTE...*

— Mais cela créera un paradoxe temporel, alors : si les hommes-machines n'attaquent pas Gandahar, je ne te rencontrerai pas et... Et d'ailleurs, si ce meurtre doit réussir, dans dix mille ans, ne peux-tu pas le savoir puisque tu communiques avec le futur ? Toute cette manœuvre me paraît bien hasardeuse et un vieux savant que j'ai rencontré me disait hier qu'il ne croyait pas à ce genre de paradoxe...

— *CE QUE TU APPELLES PARADOXE N'EST QUE LE RÉSULTAT D'UNE APPRÉCIATION DU TEMPS INCORRECTE. CAR IL N'EXISTE PAS QU'UNE LIGNE TEMPORELLE, MAIS UNE INFINITÉ DE LIGNES PARALLÈLES QUI, TOUTES, ONT UNE POSSIBILITÉ D'EXISTENCE. CES POSSIBILITÉS SONT CONFONDUES TANT QU'UN ÉLÉMENT DISTURBATEUR N'INTERVIENT PAS. MAIS QUE QUELQUE CHOSE VIENNE PERTURBER LA LIGNE ORIGINELLE, ALORS CELLE-CI SE DÉDOUBLE — OU SE DÉMULTIPLIE À L'INFINI... AUSSI NE PUIS-JE RIEN SAVOIR DE CE QUI SE PASSERA (OU S'EST PASSÉ) DANS 10 000 ANS, PUISQUE NOUS SOMMES DANS UNE LIGNE TEMPORELLE OÙ TU N'ES PAS INTERVENU. MAIS SI TU PARVIENS À CHANGER, PAR MA DESTRUCTION, UN ÉLÉMENT DU FUTUR, ALORS IL SE PRODUIRA, ENTRE AUJOURD'HUI ET CE POINT DISTANT DE 10 000 ANNÉES, UNE VIBRATION TEMPORELLE À EFFET CORRECTEUR QUI ANNULERA EN APPARENCE LA MATÉRIALITÉ D'UN FAIT À CAUSE FUTURE : LA PRÉSENCE DES HOMMES-MACHINES. MAIS EN APPARENCE SEULEMENT, CAR IL NE PEUT S'AGIR D'UNE MODIFICATION AU SENS PROPRE DU TERME: SIMPLEMENT, UNE LIGNE AURA ÉTÉ REMPLACÉE PAR UNE AUTRE...*

— Je comprends, murmura Sylvin. Je reviendrai donc dans un monde qui n'aura aucun souvenir d'une invasion, car cette invasion ne se sera jamais produite. Les morts revivront car ils n'auront pas été tués, et... Puis le chevalier s'interrompit, et ce fut comme si une douche glaciale avait subitement été déversée sur sa nuque ; il cria presque : — Mais je ne reviendrai pas, n'est-ce pas ! Je suis condamné à rester prisonnier du futur...

— *SERAIT-CE PLUS TERRIBLE QUE LA MORT QUE TU ACCEPTAIS ALLÉGREMENT TOUT À L'HEURE ? MAIS ÉCOUTE-MOI ENCORE : JE PEUX CALCULER TON RÉVEIL À 24 HEURES PRÈS, ET CELUI-CI SERA FIXÉ AU JOUR MÊME OÙ LA PORTE TEMPORELLE SERA POUR LA PREMIÈRE FOIS CAPABLE D'UNE TRANSLATION DE 10 000 ANS EN ARRIÈRE. LES VIRUS QUE TU DOIS M'INOCULER (ET DONT J'AI LÉGÈREMENT AMÉLIORÉ LA PRÉPARATION) SONT CAPABLES DE ME TUER EN MOINS DE 24 HEURES, MAIS ENTRE LE MOMENT OÙ TU M'AURAS FAIT CETTE PIQÛRE MORTELLE, ET CELUI OÙ MON ÉNERGIE NE SERA PLUS ASSEZ FORTE POUR ACTIVER LA PORTE, TU DOIS AVOIR LE TEMPS DE LA TROUVER ET DE T'EXPÉDIER TOI-MÊME À TON ÉPOQUE. PEUT-ÊTRE QUELQUES GUERRIERS BIO-MÉTALLIQUES AURONT-ILS LE TEMPS DE PASSER AUSSI, MAIS CELA N'A QU'UNE IMPORTANCE MINIME...*

— Je ne crois guère à tes explications, mais cela me réconforte tout de même, soupira Sylvin. Eh bien, ajouta-t-il, je suis prêt pour le grand sommeil...

— *TU VAS T'ENDORMIR DANS UNE EXTENSION MOBILE ET INDÉPENDANTE, CAR SI JE TE GARDAIS À L'INTÉRIEUR DE MON PROPRE CORPS, JE SAURAIS, DANS 10 000 ANS, QUE JE PORTE UN ASSASSIN DANS MON FLANC !*

— Je n'avais pas pensé à cela...

— *D'AUTRE PART, DÈS QUE L'EXTENSION SE SERA DÉTACHÉE DE MA MATÉRIALITÉ, J'EFFACERAI DE MA MÉMOIRE TOUT SOUVENIR DE NOS CONVERSATIONS : TA PROTECTION EN CE QUI CONCERNE MON FUTUR EST DONC TOTALE. JE TE SIGNALE ENFIN QUE TU NE TE RÉVEILLERAS PAS EN PLEINE MER, MAIS PRÈS DE LA CÔTE, À L'EST DE LA BANDE DE GAZAN ; C'EST LÀ QUE MA MATÉRIALITÉ FUTURE SERA ANCRÉE DANS 10 000 ANS, C'EST LÀ QUE TU TROUVERAS LA PORTE... JE T'AI TOUT DIT MAINTENANT. REPRENDS TON INSTRUMENT DE*

MORT. (Un tentacule vint glisser dans la poche de Sylvin la capsule à virus.) *DANS 10 000 ANS, MA RÉSISTANCE PHYSIQUE SERA TRÈS AMOINDRIE ET NE POURRA LUTTER CONTRE CETTE PRÉPARATION, CE QUI NE SERAIT PAS LE CAS AUJOURD'HUI...* (Il y avait une malice certaine dans ce détail.) *JE TE SOUHAITE BONNE CHANCE, SYLVIN LANVÈRE.*

— Mais dis-moi encore : quel effet cela te fait-il de savoir que tu envoies un homme te détruire ? C'était une question impulsive, que Sylvin regretta aussitôt. Mais la réponse du Métamorphe lui parvint, comme déjà voilée et lointaine, comme si l'entité ne participait déjà plus au dialogue que par l'entremise distraite d'une radicelle très secondaire... — *MIEUX VAUT ÊTRE MORT QUE FOU ET CRIMINEL...* disait la sombre voix.

Et le contact fut définitivement, matériellement rompu : les tentacules se dégagèrent des hémisphères cérébraux de Sylvin, il en éprouva un léger vertige et se leva, massant sa nuque raidie d'une main un peu tremblante. Il avala une gorgée de salive qui passa avec difficulté. — Allons, carcasse, tu trembles ? prononça-t-il à voix haute. En vérité, il n'avait pas peur, mais cette nouvelle mission lui semblait manquer de réalité tangible. Je vais m'endormir pour dix mille ans, pensa-t-il avec force. Ce n'est pas bien terrible. D'ici là, j'ai le temps de voir... Mais déjà la pièce rétrécissait autour de lui, comprimant la matière qui, du rose délicat de corolle florale, passa à un pourpre de chair à vif. La tonalité de la lumière baissa aussi, le chevalier se retrouva dans un cylindre qui n'excédait guère ses propres mensurations. Un sentiment de claustrophobie l'enveloppa et, bien que l'atmosphère fût toujours aussi pure, il lui sembla qu'il avait des difficultés à respirer. Il voulut écarter les bras de son corps, comme pour repousser les parois spongieuses, mais il se rendit compte, à sa profonde horreur, qu'un magma visqueux, épais et collant comme une sauce béchamel, suintait du tissu vivant qui l'emprisonnait, et venait irriguer doucement ses membres, son ventre, sa poitrine. Il savait bien peu de chose des techniques d'hibernation, et eut l'horrible pressentiment que le Métamorphe commettait une funeste erreur, car il ne ressentait aucune impression de froid, plutôt même comme une chaleur diffuse qui l'envahissait. Il voulut crier, cédant à la panique, mais ingurgita une épaisse gorgée de la sauce gluante qui atteignait maintenant son menton. Il toussa, éructa, mais plus il recrachait, plus le liquide l'inondait par l'intérieur, et des langues écœurantes de cette lave tiède venaient peu à peu colmater son estomac, ses poumons, le transformaient tout vivant en une statue de cire. La dernière quinte le secoua pendant une minute entière, qui lui parut durer une éternité de noyade immobile. Il perdit conscience, habité d'une terreur infinie.

À la base du Métamorphe, c'est-à-dire dans la portion de son corps qui se trouvait émergée (mais qui, à la ressemblance de la masse d'un iceberg, n'était peut-être qu'une partie minime de son volume total), un bourgeon enfla sur une paroi lisse et transparente comme du cristal. Le bourgeon gonfla, prit l'apparence d'une petite saucisse translucide, puis cassa net et chut dans les flots verts qui battaient spasmodiquement les flancs du titan aquatique.

S'il y avait eu quelqu'un, à cet endroit précis de Gandahar (mais bien sûr il n'y avait personne), il aurait pu discerner vaguement, comme noyée dans une gelée trouble, ou prise dans la masse d'un tube de verre dépoli, une silhouette qui avait indubitablement forme humaine. Ce n'était qu'une vague ombre, naturellement, une ombre et rien de plus, figée dans un sac de cotonneuse matière. Un être vivant peut-être, ou plus probablement une chose qui avait été vivante, mais ne présentait pas plus d'apparence de vie qu'une momie dans son sarcophage.

Pourtant, si cet improbable témoin s'était trouvé muni d'instruments scientifiques précis, ayant pour but par exemple de discerner les indices de vie sur un corps qui n'en présentait plus guère de trace, il aurait pu encore enregistrer, en faisant preuve d'un peu de patience, les battements de cœur de ce pseudo-cadavre enkysté. Des battements très ralentis, à coup sûr : un par minute à peine, et qui allaient même se ralentissant encore, et avec eux tous les signes perceptibles d'une activité biologique automatique. Avec une ténacité louable, le témoin aurait pu ainsi assister à la lente extinction de l'étincelle vitale — du lent assoupissement plutôt : car si le cœur du sujet ne tardait pas à atteindre une pulsation par heure, le rythme cardiaque ne tomberait jamais plus bas ; et si la température basale du corps baissait lentement, jamais elle ne tomberait au-dessous de la frêle barrière des 8 degrés centigrades...

Mais l'observation — même pour un témoin inexistant — deviendrait vite difficile : car le cocon et son contenu larvaire, s'écartant de la masse du Métamorphe, et dérivant avec indolence vers le nord, s'enfonçaient lentement mais sûrement dans la profondeur indigo de l'océan Excentrique, comme pour aller chercher dans les abysses une protection contre un insoupçonnable danger — ou peut-être un simple abri sur lequel coulerait impavide le déferlement du temps.

Cependant, et à condition d'être muni des appareils adéquats — un encéphalographe aurait fait en l'occurrence l'affaire — l'indiscret observateur aurait pu tenter une dernière expérience, et appliquer son engin sur le crâne nébuleux de l'endormi. Sur le cadran de l'oscilloscope, il aurait alors pu enregistrer certaines courbes particulières, derniers indices d'une activité cérébrale prouvant sans méprise possible que le fantomatique gisant vivait.

Au sein de son cercueil vivant, glissant comme un sous-marin ivre au long des siècles impossibles, le voyageur temporel rêvait...

DIXIÈME JOURNÉE
(10 000 ANS DANS LE FUTUR...)

Dans le foie, la rate, les reins, le pancréas ; dans l'estomac, la vésicule, les intestins ; dans tous les lobes, dans toutes les veines et les artères pulmonaires ; sur tout le myocarde et infiltrées dans tous les vaisseaux figés qui rayonnaient du cœur ; et sous la voûte crânienne, partout : dans les hémisphères cérébraux, dans les sinus, dans l'hypophyse, dans le cervelet, dans la moelle épinière, dans les corps thyroïdes, partout, dans toutes les glandes inertes, dans toutes les cellules en repos, d'invisibles fibrilles s'étaient glissées, striant le corps d'une invraisemblable toile d'araignée interne. Et partout, goutte à goutte, molécule par molécule, un liquide irriguait les organes assoupis, passant par mille et mille canaux infinitésimaux. Cette circulation constante, comme une sève, plaçait le corps endormi au rang des végétaux, dont il possédait le souffle patient, les réactions mesurées. Mais dans ce bain moléculaire, le corps ne s'usait pas ; en un siècle, il vieillissait d'une minute ; en cent siècles, d'une heure au plus. Enrobé dans cette matrice parfaite, il pouvait attendre le moment incroyablement lointain où l'océan dans lequel il voguait s'assécherait, où le soleil qui réchauffait la planète s'éteindrait...

Pourtant, il arriva qu'un jour un signal crépitât silencieusement, quelque part dans l'œuf nourricier. Le message fut reçu par les fibrilles fouisseuses, leur intimant l'ordre de réingurgiter le liquide protecteur. Et ainsi, comme une marée qui se retire, la syncrétine quitta la place, laissant le corps à sec. Mais le travail des radicelles n'était pas terminé : il leur fallait maintenant remonter le ressort de tous ces organes végétatifs. Elles s'y employèrent avec tact et douceur, et c'était comme si elles susurraient de l'un à l'autre : Allez, le foie, au travail ! Allez, le cœur, accélère ! Allez, hypophyse, à tes hormones...

Et dans le même temps, la sérosité qui enveloppait le corps à l'extérieur se résorbait, était expulsée au-dehors du cocon. Ce travail demanda une douzaine d'heures. Mais au bout de ce laps de temps, l'homme en hibernation s'était transformé en homme endormi.

À qui il ne restait plus qu'à se réveiller...

Sylvin Lanvère ouvrit les yeux. La première chose qu'il enregistra fut une sensation purement tactile : la douceur moelleuse du lit sur lequel il était étendu. Il respira profondément, et bien que cette inspiration lui fût légèrement douloureuse, l'air, pur, frais, iodé, lui procura une intense satisfaction. Il s'étira, et là encore, ses muscles réagirent avec une imperceptible crispation douloureuse, un simple petit cri de la chair dérangée au milieu d'un voluptueux repos.

Sylvin Lanvère se redressa, et c'est seulement à cet instant que son cerveau analysa le message que ses yeux lui envoyaient. Manifestement, il y avait quelque chose qui n'allait pas : car il se trouvait dans une niche étroite et basse de plafond, un endroit lumineux mais entièrement fermé, une cellule membraneuse et capitonnée.

Il avança une main, toucha la paroi... et la mémoire lui revint d'un seul coup. Le vertige qui le saisit alors l'entraîna dans un tourbillon puissant mais de courte durée. Puis le doute le saisit : avait-il vraiment dormi pendant dix mille ans ? Cela semblait tout bonnement impossible ! C'était la veille, pas plus tôt, que le Métamorphe l'avait envoyé dans le futur... Mais non, il était stupide : il se faisait le même cinéma que l'homme qui a reçu un coup sur le crâne et se réveille en disant : Où suis-je ?... Dormir une heure, un jour, un siècle, c'est pareil : le temps passé à dormir ne peut se mesurer.

Sylvin se leva tout à fait, et son mouvement fit danser la coque translucide. Il faillit perdre l'équilibre, se rattrapa aux parois... et les parois se déchirèrent avec un bruit de soie. Il n'était plus dans un œuf mais sur une barque ovale qui flottait en pleine mer balancée par une houle indolente. Le ciel était vert comme toujours, et au bout de l'horizon marin — bleu comme toujours — un soleil pourpre comme toujours se levait. C'était le matin. À nouveau, le doute submergea le chevalier : tout était si semblable ! Et puis il se morigéna à nouveau : Que sont dix mille années pour une planète ? Moins qu'une fraction de seconde pour l'enveloppe périssable de l'homme. Ce matin qui se levait était semblable à n'importe quel matin depuis des millions d'années, il était semblable à n'importe quel matin pour des millions d'années encore. Une seule chose en vérité pouvait changer le visage de Gandahar : elle tenait à peu, ou à beaucoup, et à vrai dire, pensa le chevalier non sans fierté, elle tenait à lui, maintenant... Il fallait simplement que Gandahar, au passé comme au futur, soit une terre pour les hommes, les hommes de chair — pas les hommes-machines !

Ce fut sur cette noble pensée que Sylvin Lanvère tourna la tête... pour rester pétrifié une seconde — mais une seconde seulement. À sa gauche, colossale, impensable, comme un mirage reflété d'un autre espace où les formes auraient été atteintes de gigantisme, s'élevait la masse écrasante du Métamorphe. Mais ce n'était pas un mirage ; le biotype, coloré de rose sur sa face est par les lumières vivaces de l'aube, baigné encore par le flot mal dilué de la nuit sur son flanc ouest, bruissait indistinctement de tous ses tentacules emmêlés. Et ainsi, mi-éclairé, mi-obscur, brandissant sur tous les pans de son corps montagneux des vermisseaux tremblotants, le Métamorphe donnait l'image d'une masse de victuailles corrompue et grouillante de vermines, d'un gigantesque fromage croupissant vomissant par tous ses pores des hordes de vers le rongeant à vif. C'était une sensation malaisée à définir, mais il en était ainsi, pourtant : le Métamorphe puait la vieillesse, mais aussi, d'une manière encore plus confuse, exhalait une aura de danger, de menace, de noirs maléfices. Peut-être n'était-ce que l'inconscient du jeune homme qui faisait mûrir en lui ces impressions phantasmagoriques, peut-être aussi le Métamorphe imprégnait-il son voisinage d'ondes télépathiques qui déposaient sur les cerveaux touchés l'empreinte de sa nature profonde... Quoi qu'il en fût, jamais Sylvin n'avait éprouvé à son égard un tel dégoût, une telle haine, lorsqu'il l'avait approché dans le passé, dans sa jeunesse.

Mais il fallait agir. Le chevalier tâta dans la poche de sa tunique la bosse rassurante que faisait la capsule mortelle, puis il sauta à l'eau. L'extension métamorphique ne se trouvait qu'à une dizaine de mètres du rivage. Son premier coup d'œil lui avait fait croire qu'il se trouvait en plein océan, mais en réalité, tout se révélait bien tel que le Métamorphe le lui avait dit : il devait se trouver quelque part sur la côte de Gazan, très à l'est, là où elle s'étrangle entre l'océan Excentrique et les vagues figées du désert Très-Brûlant, là où le

Métamorphe dément était venu s'ancrer à la terre pour créer son peuple de robots — et la porte temporelle.

Le chevalier fit quelques pas sur le sable fin. La savane d'herbe rase commençait presque aussitôt. Tout semblait paisible. Sylvin se mit en marche vers la forme immense qui emplissait le ciel devant lui. Il jeta un coup d'œil vers l'extension métamorphique, son radeau temporel maintenant inutile, et eut juste le temps de voir une forme étoilée s'enfoncer doucement dans les profondeurs sombres de l'eau. Peut-être la créature, mission accomplie, allait-elle se dissoudre dans les flots, à moins que, entité indépendante désormais, elle n'aille vivre au sein des océans une existence nouvelle, embryon vagabond d'un futur Métamorphe...

Dans la lumière rasante, Sylvin Lanvère avançait, précédé de son ombre qui glissait comme une flaque d'huile sur les dunes minuscules de la plage. Il avait cru le Métamorphe proche, mais malgré la rapidité de sa marche, le monstre ne se rapprochait pas de façon notable; sans doute devait-il être à une dizaine de kilomètres, estimation plus proche de la réalité que les quinze cents ou deux mille mètres que le chevalier avait évalués au départ. Si la montagne ne vient pas à moi... pensa le chevalier — et il accéléra le pas.

Ce ne fut que beaucoup plus tard, alors que le Métamorphe était devenu une falaise vertigineuse qui semblait monter à pic au-dessus de sa tête, que Sylvin faillit se jeter dans la gueule du loup. Il contournait une dune gravillonneuse couronnée de buissons violets, quand il vit que sa foulée le précipitait droit sur une colonne en marche qui avançait dans sa direction. Il se rejeta en arrière, fit un plongeon dans le sable, rampa sur une dizaine de mètres pour se mettre à l'abri d'un rocher en surplomb, et s'aplatit tant qu'il put sur le sol humide, ne sachant encore s'il avait été vu ou non.

Mais les pieds ferrés martelèrent le sol à quelques mètres devant lui, sans dévier de leur chemin. Ces sabots de métal, Sylvin les reconnaissait bien, de même que ces voix rouillées qui parfois lançaient un ordre, ou modulaient quelques grincements syncopés destinés à rythmer la marche...

— *PLUS... VITE! PLUS... VITE! PLUS... VITE!* disaient les voix ferraillantes, laissant traîner la première syllabe et coupant la seconde comme au sécateur, pour imprimer à la troupe la cadence martiale des parcours forcés. Lorsque la colonne se fut éloignée, l'homme venu du passé se releva doucement; une scolopendre vert menthe s'était accrochée à sa tunique carmin, et avant de la chasser d'une chiquenaude aimable, Sylvin prit le temps d'admirer en connaisseur l'harmonie des couleurs. Puis il grimpa avec précaution sur la roche qui lui avait servi de cache. La troupe s'éloignait vers l'intérieur des terres; elle comprenait une centaine d'individus, des hommes-machines, peu nombreux, qui encadraient des prisonniers humains chargés semblait-il de barres et de plaques de fer. Il s'agissait sans doute de Gandahariens primitifs qui étaient restés sur Tridan après l'exode interstellaire annoncé par le Métamorphe; et le premier acte des hommes-machines avait été de les réduire en esclavage.

De sa petite éminence, Sylvin découvrait les indices d'une activité qu'il n'avait pas soupçonnée : aussi loin que sa vue pouvait porter dans la savane, un grouillement continu d'êtres de chair et de métal faisait vibrer toute la partie de la côte qui s'étendait entre le soc ligamenteux du Métamorphe et l'horizon rapproché noyé dans les brumes de sable qui s'élevaient du désert. Le chevalier ne pouvait distinguer tous les détails, mais cette agitation de fourmilière, dont son œil ne décelait pas l'ordonnance secrète, était en tout cas significative d'une chose : ici, à l'ombre du Métamorphe, se multipliait le peuple des machines (des groupes de bâtiments métalliques carrés en apportaient une preuve supplémentaire), et ici aussi devait se trouver la fameuse porte temporelle... Mais comme il semblait vain, maintenant, de vouloir l'atteindre ! Au milieu de cette armée de robots, le chevalier ne ferait pas dix mètres avant d'être abattu ou réduit à l'impuissance. Ses incisives se serrèrent sur l'ongle de son pouce, dont une parcelle craqua avec un petit bruit sec. Allons ! pourquoi ce fantôme bleu à la taille fine et au regard limpide le poursuivait-il ainsi ? Il était chevalier de Gandahar ; de quel poids pouvaient se prévaloir ses pensées intimes ? Après un dernier coup d'œil sur la plaine, Sylvin Lanvère se laissa glisser au bas de son rocher, gagna la bordure de l'océan en une course rapide. Lorsque l'écume vint lécher ses pieds, il délaça sans hâte ses chausses et les abandonna sur le sable, l'une couchée sur le côté l'autre verticale, comme un signal incompréhensible. Puis il s'enfonça dans l'eau tiède jusqu'à la taille, et commença à nager, avec de larges brasses régulières droit vers la base de son colossal ennemi.

L'atteindre par la terre aurait été une folie vouée à l'échec. Par la mer, c'était réalisable — pour autant que le Métamorphe ne réagisse pas à sa présence mais c'était peu probable, son temps de réaction physique s'étant révélé plutôt lent. D'autre part, la créature devait être accoutumée au voisinage incessant d'hommes et de machines, et la présence de ce microbe flottant au ras des flots ne devrait pas attirer son attention. Le Métamorphe (l'autre, celui du passé) avait dit qu'il suffirait d'injecter la préparation à n'importe quel endroit du corps. Il ne s'agissait donc que de pouvoir atteindre un des tentacules extérieurs qui plongeaient dans l'océan. Ensuite... ensuite plus rien n'avait d'importance.

Ainsi pensait Sylvin Lanvère en nageant vers le Métamorphe. Et la traversée lui parut courte car il se trouva subitement face à un câble mouvant qui ondulait paresseusement dans l'eau, juste devant lui. Sylvin se concentra sur le tentacule avancé. Il n'était guère plus gros que sa cuisse, mais tout autour, à peu de distance derrière lui, et au-dessus, tout au long d'une falaise vertigineuse, des milliers, des millions de tentacules semblables, ou plus gros, s'agitaient avec une menaçante lenteur. Mais Sylvin les ignora. Il sortit sa seringue — un petit bâtonnet où s'agitait une potion magique, pour abattre ce titan ! — et plongea. Il fit une brasse, deux... et le tentacule se déroula, emprisonna son torse d'une circonvolution mortelle. La poitrine serrée dans cet étau, le chevalier commit la faute de vouloir se dégager ; c'était une réaction purement instinctive : ses deux mains se crispèrent sur le tentacule, et la seringue coula avec une lenteur ironique vers le fond sous-marin.

Le chevalier ouvrit la bouche, peut-être pour un cri de rage, peut-être parce que l'air ne parvenait plus à ses poumons compressés, et un bouillon amer se précipita dans sa gorge. Il suffoqua, une ombre rouge passa devant ses yeux, comme un filtre voulant signifier qu'un moment dramatique s'annonçait. Il battit des pieds, essaya désespérément de remonter vers la surface... et y parvint ! Les anneaux s'étaient déroulés, il était libre à nouveau, miraculeusement. Il jaillit à la surface, aspira une large goulée d'air, replongea. Des tentacules giflaient l'eau tout autour de lui, comme des troncs d'arbres morts qui se seraient abattus d'une forêt en furie. Sylvin nageait droit devant lui, de toute la force exacerbée de ses muscles. L'océan bouillonnait, des écharpes de sable soulevé assombrissaient l'eau, des grappes de bulles miroitantes tournoyaient follement le temps d'une vie éphémère avant d'exploser dans le silence. Sylvin nagea sous l'eau jusqu'à l'extrême limite de sa résistance, puis remonta à la surface et se lança dans un crawl éperdu. Quelque part derrière lui, une horde de serpents blêmes cravachaient l'eau avec rage.

Épuisé, sans souffle, le chevalier aborda enfin le rivage, dans le creux protecteur d'une petite anse tranquille. Il se laissa tomber sur le sable, et la tête enfouie dans la terre, il pleura sans retenue, à longs sanglots qui secouaient son corps entier.

Un groupe de barbares avançait le long d'une petite barrière sableuse naturelle. C'était des hommes frustes, que la captivité et les durs travaux qu'elle entraînait ne favorisait pas en ce qui concernait leur réintégration au sein d'une humanité pensante. Ils étaient hirsutes, leur regard était éteint, ils étaient pour la plupart vêtus d'un pagne. Mais le point le plus intéressant concernant ce groupe était la présence d'un appareil de gardiennage réduit à l'extrême : deux hommes-machines seulement l'un en tête de colonne, l'autre à la fin. Sylvin Lanvère avait remarqué ce détail depuis longtemps, et s'était préparé à l'action. Embusqué sous un buisson, il s'était séparé de ses vêtements, ne gardant que son slip auquel il avait fait quelques accrocs pour accroître la vraisemblance. La barbe et la longueur des cheveux posaient un autre problème, mais il n'avait pas le moyen de le résoudre ; il espéra simplement que ce détail ne se remarquerait pas.

Au bon moment, lorsque la file de prisonniers passa juste au-dessous de lui dans le chemin creux, et que ni le gardien de tête ni celui de queue n'étaient en vue, le chevalier se glissa entre deux captifs. Il y eut une petite bousculade, mais les malheureux reprirent vite la cadence, que Sylvin adopta aussitôt. Il avait craint un moment que les prisonniers ne manifestent leur émoi par des cris, mais il s'agissait d'êtres trop primitifs pour qu'ils se rendissent compte que quelque chose d'anormal venait de se passer. L'homme qui marchait derrière Sylvin leva simplement vers lui deux yeux vaguement étonnés, et ce fut tout.

Mais il y avait encore un petit détail indispensable à la mascarade ; le prisonnier qui précédait Sylvin portait deux longues plaques de métal, une charge bien lourde pour l'homme qui courbait l'échine et ahanait sourdement. Le chevalier lui toucha l'épaule, et dégagea une des plaques qu'il chargea sur sa propre épaule. — Tu permets, camarade ? fit-il avec un sourire qui était près de la grimace, car le fardeau était terriblement lourd, et le bord aigu de la poutre lui cisaillait la chair juste contre le cou. Mais le malheureux captif n'eut d'autre réaction qu'un grognement sans expression. Une profonde pitié envahit Sylvin Lanvère, mais il n'eut pas le courage d'épiloguer longtemps sur la dégénérescence de ses lointains descendants, car la charge qu'il transportait le força vite à mobiliser toute son énergie, physique et intellectuelle, dans le seul but de mettre un pied devant l'autre sans choir en avant à chaque pas.

Cette marche fut un véritable calvaire — à supposer que la culture préhistorique du chevalier eût été suffisante pour qu'il connût la signification précise de ce terme. L'articulation de son cou le brûlait atrocement, des deux côtés car il devait changer d'épaule fréquemment, et une sueur gluante lui dégoulinait sur la face, poissant ses yeux. Il trébucha plusieurs fois mais toujours une main secourable le retenait au dernier moment. Il ne sut jamais à qui il devait ces secours, et avait trop à s'occuper de son propre équilibre pour chercher même d'un simple coup d'œil le compagnon de misère qui l'aidait ainsi. Aussi, un grognement indistinct était-il son seul remerciement.

La halte vint comme une bénédiction. Combien de temps avait duré cette marche harassante ? Sylvin ne pouvait le dire... Des heures, semblait-il... et des kilomètres devaient avoir été parcourus, du moins ses jambes et son dos comptabilisaient ainsi leur épuisement respectif. Sylvin eut tout juste le dernier courage de tendre sa charge à un autre captif — une deuxième équipe étant venue relayer la première — et s'écroula dans l'herbe, inerte. Il ferma les yeux, il accueillait avec un soulagement indicible le fait de se trouver allongé, de pouvoir reposer son corps à l'horizontale sur un tapis solide, et même les mille piqûres agaçantes de l'herbe sèche de la savane lui étaient un délice inestimable.

Puis il sentit qu'on le secouait par l'épaule, et il souleva la tête avec effort, prêt à un dernier combat. Mais il ne vit penché vers lui qu'un visage barbu inoffensif, et deux yeux sombres qui le considéraient presque avec sollicitude. L'esclave faisait un geste de la main sur lequel on ne pouvait se méprendre. Sylvin inspira profondément, et se leva. Debout, il se sentit presque mieux. Il suivit son compagnon, qui lui désigna une espèce de fontaine où tout le groupe s'abreuvait. Sylvin joua un peu du coude, comme tout le monde, et avala avec plaisir de longues gorgées d'eau glacée. Il en profita pour s'asperger sur tout le corps, et cela le remit d'aplomb définitivement. Il chercha du regard l'homme qui l'avait tiré de sa léthargie, mais il ne le vit, ou ne le reconnut point : toutes ces faces poilues se ressemblaient...

Il tourna alors ses yeux vers la montagne vivante qui se dressait du côté de la mer. Peut-être n'était-ce qu'une impression, mais il crut remarquer que le mouvement ondoyant des tentacules s'était accéléré, comme si le monstre faisait preuve d'un nervosisme épidermique inhabituel. Mais il n'était sûr de rien. Pourtant... Pourtant, n'y avait-il pas, vers la base du Métamorphe, comme une tache grisâtre qui tranchait sur le jaune graisseux du reste de son corps? Vingt-quatre heures pour que crève la bête... Normalement, l'infection devait avancer, lançant ses bras venimeux à travers toutes ces ramifications, pétrifiant le géant mètre après mètre, seconde après seconde. C'était un coup de chance tellement incroyable! Sylvin ne pouvait s'en persuader encore : mais lorsque, ballotté dans l'océan, il avait vu la seringue qui lui avait échappé, fichée profondément dans un bras tentaculaire qui déjà se racornissait sous l'effet du foudroyant venin, il avait eu du mal à accepter le témoignage visuel de cette miraculeuse évidence. Pourtant, le hasard, ou la chance, ou quelque chose qui tenait simplement à la force d'inertie d'une capsule en verre entraînée la tête en bas par le poids de son aiguille en acier acérée, la fatalité géométrique de deux itinéraires se coupant perpendiculairement... tout cela avait voulu que le Métamorphe reçoive la décharge mortelle. Ce n'était plus qu'une question d'heures, maintenant. Mais le Métamorphe s'épuisait, son énergie devait tarir lentement — et avec elle l'occasion pour Sylvin de rentrer chez lui. Car cette chance colossale, il voulait la forcer encore : son adversaire avait reçu le coup fatal, soit; mais pour que sa victoire soit complète, il lui fallait encore trouver la porte temporelle et essayer de faire le bond en arrière. Et avec le temps qui courait, la seule solution avait été de se glisser dans les rangs des hommes-machines, en esclave docile. Seulement devait-il encore trouver la porte...

Sylvin essaya de questionner un esclave. Mais l'homme ne parut comprendre ce qu'on lui voulait.

— Une porte, disait le chevalier. Une porte pour voyager vers le passé. Une porte temporelle...

— Po'te... Relle... répéta le Gandaharien, sans que dans ses yeux se fît jour la moindre lueur qui aurait pu signifier qu'il avait compris. Il répétait simplement quelques syllabes simples, mais le sens des mots lui échappait. Sylvin essaya sans plus de succès avec trois autres captifs, puis il abandonna. Le langage avait-il changé, en dix mille ans, ou ces pauvres bougres étaient-ils trop arriérés pour avoir gardé l'usage des mots ? Il importait peu au chevalier de le savoir. Il lui fallait gagner la porte. Vite ! Aussi, quand un groupe d'hommes-machines vint regrouper les esclaves en les menaçant de leurs lance-rayon, Sylvin s'aligna-t-il avec les autres, en tâchant de dissimuler au mieux sa face glabre. Cette fois peut-être, aurait-il une chance d'aller dans les parages de la porte. Quant à pouvoir la reconnaître, Sylvin, curieusement, ne se posait pas le problème : c'était sans doute pour lui une chose acquise, ou bien son inconscient refoulait-il profondément ce nouveau problème.

Cette fois, les gardiens leur firent charger des tubes compliqués qui étaient peut-être des sortes de transistors géants. Il y eut à nouveau une marche épuisante, d'un bloc à l'autre. Les esclaves n'étaient pas admis à l'intérieur des entrepôts (ou des usines), mais Sylvin aperçut plusieurs fois par l'ouverture carrée des blocs, les êtres robotiques qui s'affairaient sur de grandes machines d'où jaillissaient les éclairs bleu cru des arcs électriques.

— *PLUS... VITE ! PLUS... VITE !* hurlaient avec monotonie les hommes-machines. Et Sylvin s'activait avec ses compagnons d'infortune. Peut-être ceux-ci comprenaient-ils finalement quelques mots de base, suffisamment en tout cas pour marcher quand on le leur ordonnait, et pour s'arrêter quand il le fallait.

Une fois, à la faveur d'une confusion dans le déchargement de plaques octogonales fraîchement usinées, le chevalier changea de groupe : il espérait ainsi reconnaître un autre secteur de la plaine, et peut-être trouver enfin la porte. Il y avait aussi une chose qu'il avait découverte, et qui n'était pas sans intérêt : chaque usine était reliée au Métamorphe par une racine colossale qui devait faire office de câble, et relayait ainsi depuis le monstre les milliards de volts qu'il produisait pour faire tourner les machines. La porte temporelle devait être elle aussi alimentée par une semblable racine énergétique. Mais comment la découvrir ?

Le soleil tournait immuablement dans le ciel. Déjà l'après-midi devait être fort avancé — de même que l'agonie du monstre. Sylvin jetait avec inquiétude des regards de plus en plus fréquents à la silhouette immense, et ce qu'il voyait l'emplissait chaque fois de joie et de crainte intimement mêlées. Car toute une partie du Métamorphe avait maintenant pris la coloration gris cendré de la chair morte, et là où cette lèpre l'avait touché, les tentacules ne bougeaient plus. Par contre, sur les flancs encore intacts, les vibrations avaient atteint une célérité désordonnée qui manifestait bien le caractère morbide de cette agitation. Et chose curieuse, au-dessus du Métamorphe, juste à la verticale de sa couronne supérieure, une sorte de condensation se formait, une brume terreuse en suspension dans l'air toujours serein de Gandahar. Et ce bonnet de nuage semblait lui-même parcouru de courants violents qui le brassaient sans cesse, l'effilochant et le reformant dans le même carrousel atmosphérique. Une sourde menace planait sur la lente détérioration du titan montagneux, et il semblait que les éléments eux-mêmes eussent voulu participer au concert — ou à la curée.

Mais au niveau du travail de fourmi des hommes-machines, rien ne pouvait encore faire croire que leur gigantesque créateur se tordait dans les affres de l'agonie. La méticuleuse parade des esclaves continuait, d'usine en usine, d'entrepôt en entrepôt. Sylvin voyait avec désespoir s'écouler ses dernières heures de sursis. Mais, lorsque le groupe d'esclaves dans lequel il s'était infiltré fut mené au centre d'un rassemblement considérable d'hommes-machines, le chevalier était trop las pour se rendre compte qu'il avait enfin atteint le but recherché. Une voix grasseyante commanda la halte, et Sylvin frappa du front le dos de l'esclave qui le précédait. Il y eut un moment de silence, et un homme-machine se mit à parler, d'une voix anormalement forte. Sylvin, qui s'efforçait de reprendre son souffle par une série d'inspirations et d'expirations régulières, ne prit pas garde au sens de cette diatribe. Il ne redressa la tête que lorsqu'une triple exclamation familière vint trancher net ses sens endormis par la fatigue :

SUPER-DUR-DE-DUR... DUR ! DUR ! DUR !
SUPER-DUR-DE-DUR... DUR ! DUR ! DUR !
SUPER-DUR-DE-DUR... DUR ! DUR ! DUR !

Sylvin porta donc son regard devant lui. Sur un plateau à pattes, un homme-machine chamarré, à l'armure dorée, et doté d'innombrables yeux et d'autant de tentacules, se faisait acclamer par la foule de ses congénères métalliques. Mais l'important était ce qu'il y avait derrière ce dignitaire fantoche. Et ce qu'il y avait derrière, c'était la porte temporelle ! Une simple arche de métal, creusée en forme d'ogive, une porte qui s'ouvrait sur rien, sur le néant, sur le passé. Car à travers l'arche, où les ondulations rousses de la savane auraient dû apparaître, on ne voyait qu'un rideau obscur traversé d'une résille crépitante d'étincelles blêmes. À la base de l'arche, un tentacule gros comme le cou d'un sorn se greffait sur un cube noir.

Sylvin se contracta. Mais Super-dur-de-dur parla encore :

— *FRÈRES ! DURS !* disait la machine croassante, *AUJOURD'HUI, POUR LA PREMIÈRE FOIS, ET GRÂCE À LA PUISSANCE INSUFFLÉE PAR LA SUPRÊME-ÉNERGIE-CRÉATRICE, VOUS ALLEZ ÉTENDRE NOTRE BRAS CONQUÉRANT DANS UNE PHASE TEMPORELLE SITUÉE À DIX MILLE ANS DANS LE PASSÉ. PRÉPAREZ-VOUS À FAIRE LE GRAND ET GLORIEUX SAUT À TRAVERS LES SIÈCLES, POUR PORTER PLUS LOIN ENCORE L'EMPREINTE DE FER DES DURS !*

QUE CROISSENT ET PROSPÈRENT LES DURS !

QUE VAINQUENT LES DURS !

QUE DURENT LES DURS !

L'être doré se tut, on le fit descendre de son socle et il sembla à Sylvin qu'il s'entretenait avec plusieurs hommes-machines, des officiers subalternes sans doute. Il se fit un mouvement, parmi les troupes massées, et quatre guerriers se détachèrent d'une phalange, s'avançant vers le groupe des prisonniers.

Sylvin réfléchit rapidement. Le Métamorphe du passé avait exactement calculé son voyage : il s'était réveillé le jour même où le bond sur dix mille ans allait être expérimenté pour la première fois. Et que fait-on, avant de lancer ses propres sujets dans une expédition à destination de l'inconnue ? On envoie un cobaye !

Sylvin joua des coudes, bouscula ses compagnons écrasa des orteils... et juste comme les quatre gardes arrivaient, se retrouva au premier rang. Il eut un instant de panique — mais deux gantelets de fer le saisirent par les poignets, et il fut tiré sans ménagement en avant. — Merci, vieux frères... murmura-t-il dans sa barbe absente ; et il marcha d'un pas allègre entre ses deux gardiens. Cependant, comme le captif qui avait été choisi en même temps que lui se débattait violemment en poussant de longs cris effrayés, Sylvin remua un peu bras et jambes pour se donner une contenance vraisemblable, et envoya même deux ou trois hurlements craintifs pour faire bonne mesure. Mais ils étaient déjà devant Super-dur-de-dur... et devant l'arche. Les yeux à facettes du chef des hommes-machines se fixèrent sur Sylvin, et il sembla au jeune Gandaharien que les pupilles lumineuses s'allumaient d'un éclat plus vif. Aïe... fit-il intérieurement. L'homme-machine s'avança d'un pas vers lui, s'immobilisa : l'arche crépitante venait de s'éteindre. Il y eut une seconde de pétrification commune, puis l'arche fut à nouveau parcourue de vibrations énergétiques. Mais le robot leva sa tête cerclée d'yeux vers la silhouette du monstre à qui il devait l'existence. Au même moment, un coup de vent violent lança ses plis mouillés sur la plaine. De la poussière vola entre les maigres touffes d'herbe roussie, des gouttelettes de pluie vinrent sonner avec un menu crépitement contre les armures. Une ombre subite voila la lumière solaire, et ce fut comme si un couvercle de fonte avait été rabattu du haut des cieux sur la bande côtière. La lumière verte du jour baissa abruptement, les couleurs en furent vilainement salies, tout prit la tonalité anonyme de la terre morte.

Toutes les têtes casquées se tournèrent avec ensemble vers le sud, vers la sombre silhouette du dieu protecteur. Mais le dieu était touché : son corps entier avait pris une apparence livide, un manteau crayeux le recouvrait en totalité, et tous ses tentacules semblaient comme pétrifiés, les uns levés, les autres roidis sur les flancs du titan. Mais le plus étonnant, dans cette vision terrible, était la sombre bourrasque qui se déchaînait sur le sommet blanchi du Métamorphe ; une nappe roulante de nuées mauves nouait et dénouait ses nœuds serpentins au-dessus de l'être-montagne qui se voyait mué en inquiétant volcan. Mais toute la silhouette disparaissait sous un rideau dense de fumerolles enrubannées, et une fine herbe grise nimbait le colosse expirant : il pleuvait sur le Métamorphe.

Et pour parachever le spectacle dans la gamme auditive, un hurlement monstrueux s'enfla dans l'espace, une note entamée dans le grave et qui montait peu à peu vers un aigu déchirant, passa comme une scie sur l'assemblée pétrifiée des hommes et des hommes-machines, et s'acheva dans un gargouillement stomacal, comme si quelque part au centre du monde un siphon titanesque avait déversé en enfer une tornade de boue liquide. C'était le cri d'agonie du Métamorphe, accompagnant le ballet sarcastique du vent et de la pluie...

... Mais la nature se préoccupe peu des symboles, pensait Sylvin. Il n'y avait aucune fantaisie cosmique dans ce satanique adieu. Simplement, rongé de l'intérieur, le Métamorphe avait dû se transformer en un gigantesque tube creux pointé vers le ciel, dégorgeant une chaleur torride vers les couches plus froides de l'atmosphère, et provoquant une perturbation qui avait amené la pluie. Quant au gémissement il n'y fallait pas voir le dernier râle d'une bouché large comme un cratère, mais seulement le rugissement du courant descendant qui se précipitait dans le tunnel de chair.

Cependant, il y avait là un être pensant qui souffrait le martyre, et dont il fallait calculer la douleur sur des kilomètres — cubes de chair en décomposition. Sylvin frissonna, car il n'est pas glorieux d'assister à une agonie dont on est responsable, même s'il s'agit du prix à payer pour sauver le monde.

Le chevalier se retourna vers la porte temporelle, et il sentit son sang se retirer de sa figure : l'arche ne fulgurait plus de décharges électriques, elle n'était qu'une simple porte ouvrant sur la terre cendreuse de la savane. Il s'avança pourtant de quelques pas, et un nouveau miracle se produisit : le rideau d'étincelles se recomposa, le Métamorphe agonisant devait encore hoqueter par ses tentacules un courant faiblissant. Le chevalier arqua son corps, une détente le projeta sous l'arche. Il s'arrêta, leva la tête, se retourna... Mais rien ne se produisit. Le courant avait été coupé une fois encore. Atterré, le voyageur vit toute une ligne d'hommes-machines pointer sur lui les gueules de leurs lance-rayon.

Il se crispa dans l'attente du choc, et les flammes froides du rayon Vuzz se confondirent avec l'averse électrique qui se précipita sur lui.

ONZIÈME JOURNÉE
(10000 ANS DANS LE PASSÉ)

Les muscles de Sylvin se détendirent lentement, très lentement, comme des cordes de guitare dont on diminue la tension avec précaution pour éviter qu'elles ne se rompent. Dans un geste qui lui était familier, il repoussa en arrière une mèche blonde qui tombait sur son front. Il fit quelques pas dans l'herbe courte de la savane, des brindilles de bois craquaient sous ses pieds nus. Il leva les yeux vers le ciel, dont l'émeraude foncé annonçait le déclin d'un jour qui avait été superbe... comme chaque jour qui naît dans la verdeur sans nuage de Gandahar. Un vent léger, très doux et embaumé, venait de l'océan proche. Sylvin Lanvère l'aspira avec délectation.

Puis il inspecta avec attention un point sur le sol à quelques mètres de lui. Sur une mince bande de terrain, l'herbe avait été comme brûlée par une flamme vivace. Le chevalier brusquement sursauta. Juste au-dessus de ce trait noirci, une forme avait semblé vouloir apparaître, une forme humanoïde au relief caparaçonné de métal. Mais ce n'avait été qu'une fugitive impression rétinienne, et déjà la savane avait retrouvé sa rousseur paisible ; le fantôme entr'aperçu avait été aspiré par le futur, il ne prendrait jamais pied dans le présent de Gandahar. Entre l'Éden et l'enfer, le courant était coupé. À tout jamais...

Pourtant Sylvin resta longtemps accroupi sur le sol devant le fil d'herbe carbonisée. Mais l'atmosphère ne se troubla plus sous une décharge venue d'ailleurs. Quelque part dans l'immensité de l'océan Excentrique, le Métamorphe veillait... mais il mourrait (ou était mort) dans dix mille ans exactement. La porte d'invasion était fermée, aucune horde de guerriers en fer ne viendrait jamais apporter à Gandahar la guerre, la ruine, la désolation.

Sylvin s'étendit sur le sol, il venait de déguster avec gourmandise un gros fruit jaune citron qui s'appelait pamplitron, et avait, mêlées, des saveurs acides, sucrées, et amères. Gandahar était sauvée — ou plutôt, il n'y avait plus à se préoccuper de la sauver de rien. Cependant, il serait sage peut-être de renouer avec des traditions perdues, et relancer dans certaines directions des recherches scientifiques abandonnées depuis longtemps. Il y avait aussi toutes les créatures de Gandahar, les Rostules par exemple, ou les Ornithanthropes, dont le gouvernement somnambulique de Jasper ferait bien de se préoccuper un peu : car Sylvin savait désormais que ces êtres abandonnés valaient bien les hommes qu'on dit normaux. À tout cela, Sylvin mettrait maintenant toute sa force et toute son influence. Mais il avait le temps. Rien ne pressait... Il s'étendit sur le dos, et son visage apaisé reçut la douche empourprée du soleil couchant. Au-dessus de lui, un oiseau, comme une flèche orangée, traversa le ciel. Lui encore? pensa Sylvin... Puis il corrigea : lui déjà? Car si tout avait été comme le Métamorphe l'avait calculé (et cela devait avoir été ainsi), Sylvin avait regagné le présent une quinzaine de jours avant son départ vers le futur — au moment où les premiers hommes-machines auraient dû fouler le sol de Gandahar...

Ainsi, il n'avait jamais été convoqué par la Reine, il n'avait jamais revu Blanminor, il n'avait jamais... Il n'avait jamais rien fait, il n'avait jamais sauvé Gandahar il n'était pas un héros. Un vieux relent collégial le lui fit regretter un instant. Mais guère plus d'une seconde : et aussitôt après il se disait : « Heureux sont les peuples qui n'ont pas besoin de héros. » Peut-être était-ce une formule personnelle, peut-être un souvenir d'une ancienne lecture, cela n'avait pas d'importance : c'était une bonne formule. Et Sylvin se promit d'en parler à un jeune homme qui ne le connaissait pas, mais que lui connaissait : un étudiant sanitaire, qui s'appelait Gardère Fonse.

Mais il y avait encore une deuxième personne, que Sylvin Lanvère connaissait bien sans qu'elle le connaisse encore. Et c'était beaucoup plus important. Le lendemain, après une nuit passée à la fraîche dans l'herbe douce de Gazan, le chevalier se mit en marche, longeant la côte vers l'ouest. Dans la soirée, il découvrit un petit village de cabanes rondes, niché dans le giron d'une colline endormie. Il s'avança dans la ruelle principale, et avisant un homme à peau violacée qui raccommodait un filet, il lui fit un salut et lui tint à peu près ce langage :

— Je suis Sylvin Lanvère, chevalier... (puis il s'interrompit, et un sourire éclatant illumina son visage). Je suis Sylvin Lanvère, voyageur, reprit-il, et je cherche une jeune fille nommée Sulfide, qu'ici l'on appelle plus volontiers Airelle...

Le château du dragon

Un quartier de verdure

Deux aventures de Sylvin Lanvère

LE CHÂTEAU DU DRAGON

Il arrivait qu'en pleine nuit ils tirent depuis les hauteurs des salves de flèches sur la Ville-Château. Légèrement phosphorescents, les traits montaient, retombaient, comme ces pluies fantasques de météores, l'été. Dans le silence plat de la nuit, on entendait un crépitement sec quand les flèches cognaient sur l'ardoise, la brique, le laiton des gouttières ; parfois, mais c'était par hasard, un tintement cristallin, comme un rire un peu fou, annonçait qu'une vitre avait été brisée.

J'admirais la portée de leurs arcs, et la façon dont ils montaient leurs flèches, ces longues et légères aiguilles à tricoter en plastique mauve ou vert pâle, emmanchées d'une pointe d'acier fine, précise, mortelle. J'avais déjà eu l'occasion de m'y exercer et, bien que mon apprentissage des arts du combat se fût fait avec des armes plus perfectionnées, y prouvais une certaine adresse. Mais je ne prenais pas part à ces coutumiers assauts nocturnes, qui n'avaient d'autre but, m'expliqua Quatrevingtreize, que d'entretenir chez l'adversaire un climat d'insécurité permanente. Le tir durait cinq minutes, pas plus. Et le crépitement cessait à peine que déjà, dans la Ville-Château, des carreaux s'allumaient ; derrière, on voyait des ombres passer. Nous disparaissions dans les bois.

Une fois — c'était au début de mon arrivée chez les partisans, je n'avais pas encore mon arc —, la Ville-Château envoya une tortue. Elle fut décimée, reflua en désordre. Mais j'avoue avoir été impressionné par ce parallélépipède écailleux surgissant de la nuit ; un moment, je ne sus s'il s'agissait d'hommes ou d'une machine. Mais les partisans visaient juste, leurs flèches passaient entre les intervalles des boucliers, crevaient des yeux, clouaient des bouches, éparpillaient des cervelles : les hurlements qu'on entendait sous la carapace étaient éloquents. La tortue se disloqua, les Républicains laissèrent une vingtaine de corps sur le terrain ; les partisans récupérèrent les cottes de mailles mais négligèrent les arcs, les leurs étant meilleurs.

Ce genre d'escarmouche était peu fréquent, mais, ayant entendu cette fois-là une voix stridente crier des ordres dans le ventre cuirassé de la tortue, je demandai par la suite à Quatrevingtreize qui commandait les milices de la Ville-Château. Il me répondit que la Chef-Archère s'appelait Madame Borgone, femme réputée ici même pour les nombreux amants qu'elle avait eus. Je n'en fus pas surpris, mais comme Quatrevingtreize me demandait si ce nom éveillait en moi quelque écho, je lui répondis que j'étais étranger au pays. C'était au demeurant la vérité, et je ne jugeais pas utile que Quatrevingtreize dût jamais en savoir plus long sur mes origines.

Nous vivions donc dans les bois, presque tranquilles, car, les Républicains se montrant peu, les véritables combats étaient rares. On organisait des concours de force et d'adresse, on faisait du feu (l'automne étant frais), diverses petites choses utiles et qui passaient le temps. Il arrivait aussi que certains partisans hardis aillent se glisser la nuit le long des remparts de la Ville-Château, pour en badigeonner les murs d'inscriptions vengeresses faites au goudron, qui partait difficilement. À la jumelle, on pouvait lire le matin de sombres phrases tremblotantes dont le texte variait peu dans l'esprit. Ainsi de LA RÉPUBLIQUE PASSERA, LE ROI REVIENDRA, OU LE CHÂTEAU FAIT LA LOI, LA LIBERTÉ VIENT DES BOIS, et quelques autres...

Un jour, une expédition plus sérieuse fut envisagée; je pus en faire partie car ma présence était maintenant acceptée, mon adresse reconnue. Armés légèrement, nous jaillîmes des bois une centaine, courant vers la Ville-Château. Avec les yeux de l'imagination, je nous voyais d'en haut grouillant sur la plaine, multicolores, comme des insectes. Des miliciens se rangeaient en bon ordre sur le péristyle, derrière les colonnes de la porte d'honneur, et nous visaient de leurs arcs tendus. Des flèches jaillirent. L'impression était qu'elles nous arrivaient droit dessus, s'écartant au dernier moment. Quelques camarades tombèrent autour de moi; la plupart s'accroupissaient derrière un rocher ou un buisson, décochaient un trait, avançaient par bonds. Cette bataille était silencieuse. Le temps était doux, le ciel gris-bleu.

Je fus bientôt tout contre les marches, presque isolé. Je me tassai contre la pierre, progressai vers une colonne. Personne ne m'avait vu. À quelques mètres devant moi, un peu sur ma gauche, la Chef-Archère, debout entre deux colonnes, tirait calmement, hurlait parfois un ordre. J'engageai sans me hâter l'encoche d'une flèche, que j'avais choisie courte à cause du peu de distance, sur la corde métallique; serrai le tesson de la hampe entre le médius et l'index droits; aspirai fortement, tirai la corde en arrière tandis que mon pouce gauche servait de guide à la hampe de plastique bleue achevée par le froid triangle de métal. Je relâchai légèrement mon souffle, surgis de derrière la colonne, arc bandé, visant au cœur. La corde vibra, Madame Borgone sursauta, glissa lentement en arrière.

J'aurais dû fuir ; mais je ne sais quel sentiment me retint, ou me poussa. Je fis les trois pas qui me séparaient du corps étendu, m'agenouillai, soulevai sa tête. La flèche, profondément enfoncée sous le sein gauche, dépassait du pourpoint à peine plus que de l'empennage ; de la blessure s'écoulaient en V deux filets de sang, l'un vermillon, l'autre rouge sombre, car le trait dans sa course avait dû perforer ensemble deux veines dissemblables. Sarabane me regardait d'un œil qui devenait vague ; son corps arqué faisait ressortir la courbure de sa poitrine, jadis fameuse, et qui semblait ferme encore sous l'étoffe et la maille. Je posai d'un geste machinal une main sur son sein ; mon sexe enfla un peu dans sa coquille protectrice, je n'avais pas fait l'amour depuis longtemps. « Me reconnais-tu ? » soufflai-je à l'oreille de ma vieille ennemie. Sa bouche s'entrouvrit, sa tête retomba en arrière : la mort m'avait volé la réponse.

J'émergeai. Des fenêtres supérieures de la Ville-Château, des machines de guerre nouvelles avaient été mises en batterie. Des boulets explosèrent à grand bruit. Je vis mes compagnons courir au loin. Je dévalai les marches, commençai une fuite éperdue vers les bois. À deux reprises, je dus franchir d'un bond les corps étendus de camarades anonymes. L'un d'eux leva le bras à mon passage, mais je continuai ma course : la règle chez les partisans est qu'on ne doit pas mettre une vie en péril pour en sauver une autre, incertaine. Des boulets explosaient encore derrière moi quand j'atteignis les premiers arbres ; essoufflé, les yeux irrités par les vapeurs délétères qu'ils dégageaient, je me laissai tomber contre un troène barbu. Le tir cessa bientôt pour faire place à une agitation humaine imprécise sous les murs de la Ville-Château ; je plissai les paupières pour resserrer le champ de ma vision ; mais ce n'était pas une contre-attaque qu'on préparait, seulement les morts et les blessés de leur bord que les Républicains relevaient. On ne s'occuperait des nôtres que sous le couvert de la nuit, non pas pour ramener les corps qui resteraient aux loups, mais simplement pour offrir un trépas rapide aux hommes trop gravement atteints pour rentrer eux-mêmes au camp, et qu'il était inutile d'espérer soigner avec succès compte tenu des petits moyens médicaux dont nous disposions ; et il y avait aussi les arcs à récupérer.

Alors que je me relevais, je vis qu'une bannière violette et pointue frappée d'un cercle noir avait été hissée à la plus haute tour de la Ville-Château : nos ennemis témoignaient ainsi de la mort glorieuse de Madame Borgone.

Je fis un petit salut intérieur à sa mémoire, et seulement à cet instant pensai à détendre mon arc dont la corde d'acier vibra sous mes doigts. Sur le chemin du retour, un partisan âgé mais à la charpente solide mêla ses pas aux miens. « On célèbre dans la Ville-Château la mort de la Chef-Archère, me dit-il gravement. C'est une grosse perte pour eux.

— Et une grande victoire pour nous, répliquai-je.

— C'était une personne de valeur », ajouta-t-il après un petit silence, comme il eût parlé d'une vieille parente. Je ne jugeai pas utile de broder encore sur ce sujet, et nous regagnâmes le camp sans autre parole : tel fut, en ce qui me concerne, l'éloge de cette farouche vieille amante.

Ensuite la vie reprit comme avant. Une blessure légère que je me découvris au côté et à laquelle je n'avais pas pris garde dans l'ardeur de la bataille se cicatrisa très vite grâce à l'application de cataplasmes d'herbages. Comme le temps me paraissait long, je demandai à Quatrevingtreize auprès de qui je pourrais me procurer un livre : il m'envoya à Trentesept, qui en possédait. C'était un jeune homme aux cheveux courts, qui m'accueillit aimablement sous sa tente en plastique vert pâle, et m'ouvrit sans réticence sa réserve, une simple caisse fermée par une ficelle. Sans trop bouleverser l'ordonnance des ouvrages, je choisis *La République nouvelle,* de Mendès-Plato — ouvrage licencieux, me souffla Trentesept, en même temps qu'un sourire étirait sa bouche et faisait naître aux coins de ses yeux pâles tout un éventail de rides minuscules.

Le livre m'apprit dans quel ferment douteux avait germé cette République anachronique qui se manifestait aujourd'hui par les quadrilatères entassés de l'énorme Ville-Château (bien que la construction des bâtiments principaux eût été de loin antérieure à la venue des actuels occupants), et qu'après de nombreux détours j'avais été finalement appelé à combattre.

L'automne épaississait doucement les nuées étales dans lesquelles se perdaient les sommets dentelés de la chaîne des Trois Lunes. Trentesept, dont je m'étais fait un ami, m'apprit que Centquinze, l'infirmière qui m'avait soigné avec tant d'efficacité, recevait parfois sous sa tente, pour une nuit, les partisans qui ne lui déplaisaient pas.

Quelques jours plus tard, Quatrevingtreize me fit appeler. Je rencontrai sous le dôme translucide qui lui tient lieu de bureau un homme de haute stature qu'on me présenta comme étant Orgon, un nom légendaire parmi les partisans. Demain, nous dit en substance Quatrevingtreize, il y aura une fête à la Ville-Château, en l'honneur du Petit Prince qu'on a fait venir en grand secret de la Forteresse-Double. (J'échangeai avec Orgon un regard surpris.) « Le but des Républicains, poursuivit Quatrevingtreize, est d'affermir leur emprise sur tout le Waldendrhath en donnant au Petit Prince une royauté factice, un pouvoir de couverture. Lui-même n'est encore qu'un enfant, ignorant tout des jeux subtils de la politique et de la guerre, mais son existence est un symbole devant lequel le peuple s'inclinera : notre action s'en trouverait gravement compromise, pour toujours peut-être, car comment alors soulever les gens contre celui-là même que nous voulons hisser au pouvoir qui est légitimement le sien ? »

Quatrevingtreize s'interrompit, nous tendit une boîte pleine de longs cigares vert sombre. J'en pris un mais Orgon déclina d'un geste bref le présent ; une flamme chimique passa du chef à moi, mais le refus de mon compagnon m'emplit de malaise et je ne fumai qu'à petites bouffées parcimonieuses.

« J'en ai donc conclu, reprit Quatrevingtreize, qu'il nous fallait enlever le Petit Prince. Et puisque l'expérience nous a appris qu'une attaque de front contre la Ville-Château était vouée à l'échec, nous emploierons la ruse : il sera facile à deux hommes de se glisser parmi les invités qui se rendront en nombre, demain soir, dans la citadelle ennemie. Je vous ai choisis pour deux raisons : votre vaillance et votre intrépidité d'abord, et le fait aussi que vous n'êtes pas connus de nos adversaires. Orgon est resté longtemps en mission à l'est ; quant à vous, dit-il en se tournant vers moi, j'ignore jusqu'à votre nom, jusqu'aux raisons qui vous ont poussé à rejoindre notre cause ; je ne désire pas davantage aujourd'hui connaître ce que vous tenez à garder caché ; mais à la Ville-Château votre visage est inconnu... (je n'eus garde de le détromper, car à cause de la mort de Madame Borgone il était probable qu'il eût raison)... et c'est pour moi une garantie suffisante. »

Je pris congé d'Orgon au sortir du dôme de Quatrevingtreize. Nous nous mettrions en route dès l'aube, pour cheminer la plus grande partie du jour dans les bois afin de rejoindre loin vers le sud la route des pèlerins et des troubadours. Nous n'avions pas de plan concerté, Quatrevingtreize étant resté muet sur ce point, non par imprévoyance, mais à cause de l'absolue confiance qu'il mettait en notre astuce commune.

La nuit était tombée, il fallait se coucher vite. Comme je regagnais ma tente, je ralentis imperceptiblement le pas en passant non loin de celle de Centquinze, mais je ne m'arrêtai point. Malgré le désir charnel impulsif qui, soir après soir, me retournait sur ma couchette avant de dormir, je n'avais jamais tenté fortune auprès d'elle, désireux, ma mission accomplie (ou ma mort survenue), de laisser aux partisans le moins de souvenirs possible de mon passage parmi eux. Et puis Centquinze était trop blonde, trop fluette, elle avait la poitrine trop menue : mon contentement en aurait été amoindri.

Avant de soulever la feuille de plastique mince qui masquait l'entrée de ma tente, je levai les yeux vers le ciel hachuré par la fine résille des branches déjà presque nues ; deux des trois lunes étaient visibles, la rousse et la parme. Je m'endormis rapidement ; le lendemain nous étions en route avant le lever du soleil.

Vers le milieu du jour, nous tirâmes ensemble un grand oiseau sombre à queue trifide qui s'était élevé d'un buisson devant nous d'un vol poussif. Quand nous ramassâmes le volatile, je constatai que mon trait, qui était orangé vif, avait percé l'aile gauche de l'oiseau ; la flèche violette d'Orgon lui avait traversé le bréchet ; le triangle rougi de la pointe ressortait un peu du dos de l'animal. J'inclinai la tête vers mon compagnon avec une mimique admirative pour lui montrer que j'appréciais la beauté du coup, mais Orgon n'eut pas un geste ni une parole qui pût me faire croire qu'il avait remarqué mon salut. Tandis qu'il ramassait du bois pour le feu, je plumai l'oiseau, dont l'œil vert semblait me considérer avec une secrète ironie. Nous mangeâmes sa tendre chair sans qu'un mot soit échangé : Orgon appartenait manifestement à la race des héros taciturnes, et je m'en serais voulu de troubler ses sombres pensées.

Nous sortîmes du couvert pour prendre la route habituelle de la Ville-Château alors que l'ombre mauve du couchant luttait déjà avec le roux taché de brun des derniers feuillages. Nous avions laissé nos armes de jet contre le tronc d'un arbre de bordure, ne gardant sous notre pourpoint qu'un poignard qui, même en cas de fouille, serait sans doute toléré. Comme nous avons décidé de passer pour des ménestrels, rôle qui convenait le mieux à notre allure, j'avais emporté du camp une guitare à douze cordes, instrument auquel j'étais autrefois habile ; Orgon avait tiré de son carquois une curieuse flûte à deux becs qu'il balançait négligemment dans sa main.

Nous dûmes marcher trois pleines heures encore avant d'atteindre la porte d'honneur de la Ville-Château, qu'en d'autres circonstances j'avais été bien près de franchir. Mais cette fois, les battants en étaient larges ouverts et les lumières ruisselaient sur le péristyle. Je remarquai qu'on avait gratté les inscriptions au goudron, sur cette façade tout au moins, et que toutes les fenêtres pavoisaient aux couleurs bleu et rouge de la République Nouvelle.

De nombreux archers se tenaient immobiles derrière leur bouclier en portion de cône posé verticalement sur le sol ; mais leurs yeux, ignorant les visiteurs, ne quittaient pas la lisière lointaine de la forêt, mer d'ombre redoutable sous le brocart scintillant du ciel nocturne.

Mêlés aux invités, nous franchîmes le porche sans encombre entre les lourds battants de bronze rabattus ; le flux des arrivants était peu dense mais leur flot continu : on venait vénérer le Petit Prince de tout le Waldendrhath, la nouvelle ayant été généreusement répandue par les Républicains. Dans la salle principale, plus vaste que la plus grande salle du Palais Pointu, où de fameuses réceptions sont pourtant données, des tables avaient été dressées, selon une structure d'ensemble rappelant des fers à cheval imbriqués ; dans la partie concave du dernier assemblage, une table longitudinale légèrement surélevée servait aux ministres et dignitaires de la République, parmi lesquels j'essayai, mais sans succès, d'apercevoir la frêle silhouette du Petit Prince.

Nous nous installâmes sur deux tabourets libres côte à côte dans une rangée transversale, à une tablée d'éleveurs d'élandontes, reconnaissables aux peaux dont ils étaient vêtus et à l'odeur forte qu'ils dégageaient ; ces hommes rudes nous accueillirent avec des exclamations de bienvenue hurlées dans un patois à peine compréhensible. Le brouhaha était considérable dans la caisse de résonance que formait cette nef toute damasquinée de boiseries, mais la chère était abondante et de grande qualité. Je dégustai sans me priver un fort cuissot d'andivier assaisonné d'épices brûlantes, des petits poissons de lac en gelée, divers fruits confits baignant dans du miel aromatisé. Orgon mangea peu ; je voyais ses yeux sombres découper en petites tranches régulières tout le volume cubique de la salle. Quand passèrent les alcools, je m'abstins comme lui et, alors que le vacarme et le chahut atteignaient leur point culminant, m'attardai à la contemplation d'une ancienne tapisserie moléculaire qui garnissait presque tout le mur du fond : une représentation allégorique de l'âge de l'espace, avec des nefs de formes étranges croisant à travers les cieux mythiques au large de toute une floraison globulaire de soleils étincelants.

Vint enfin le moment où le tumulte s'apaisa, sur un geste du Président Frureur qui, à l'autre bout de la salle, s'était dressé sur son tréteau. Je ne retranscrirai pas son discours, interminable et fuligineux, mais il me suffira de dire qu'il fut salué par de longues exclamations de désappointement, ponctuées çà et là par des cris de colère vite éteints dont seule était cause la boisson, qui rend souvent oublieux de la plus élémentaire prudence.

Ainsi le Petit Prince n'apparaîtrait pas ! Les explications embrouillées de Frureur arguant de la fatigue du Petit Prince et de son besoin de repos après un long voyage pouvaient signifier plusieurs choses : le jeune héritier n'était pas dans la Ville-Château, ou n'y était plus, ou quelque raison grave l'empêchait d'assister à la fête. Un pressentiment funeste me saisit, et je vis au coup d'œil qu'Orgon me lança qu'il partageait mes craintes.

« À nous... » me dit-il. Et tandis que les tables étaient tirées contre les murs pour laisser le champ libre au bal et aux festivités qui devaient suivre en dépit de l'absence de celui qui les avait motivées, nous nous faufilâmes hors du cadre des divertissements par une petite porte voilée d'une tenture que nous avions remarquée non loin de notre place. Nous ne savions pas exactement quels indices il nous fallait chercher, mais le mystère à percer se cachait dans les sombres dédales de cette forteresse démesurée. Nous franchîmes plusieurs portes, errant dans des pièces désertes à la destination imprécise. La Ville-Château est une succession de caisses vides empilées les unes sur les autres, sans limite perceptible pour celui qui s'y trouve égaré. De long en large, du nord au sud, de haut en bas, il n'y a qu'un entassement monotone de salles austères et poussiéreuses

C'est dans une de ces salles qu'Orgon trouva la mort.

Nous venions de pénétrer dans un antre obscur. Orgon marchait devant moi ; des lumières s'allumèrent d'un coup et je vis mon compagnon entouré de plusieurs silhouettes serrées dans des justaucorps noirs. Une grille massive descendit dans mon dos, nous coupant la retraite. Quelqu'un cria : « Tue ! » et des bras armés se levèrent sur Orgon, qui n'eut pas le temps de tirer sa dague de sous son pourpoint. Je vis distinctement deux lames scintillantes pénétrer sans effort dans ses flancs. Orgon resta une seconde immobile, les bras en croix ; puis il tomba avec la raideur d'un arbre qu'on abat. Je demeurai stupéfait de voir qu'une telle force de la nature avait pu être abattue si facilement, et l'absurdité profonde de cette mort me frappa avec violence. Mais l'heure n'était pas à la méditation ; de même, la lutte était inutile. Je ne suis peut-être pas célèbre à Gandahar pour ma force ou ma témérité, mais nul ne peut redire à ma réputation d'adresse et d'agilité : je fus en un éclair sur la grille que j'escaladai en quelques bonds. Deux, trois poignards chuintèrent contre les barreaux de bronze, dangereusement près de moi. Mais j'avais déjà atteint l'imposte de la porte. Un rétablissement me permit d'agripper un des linteaux médians qui réunissaient le haut du mur aux poutres à claire-voie du plafond. Je me balançais à dix mètres du sol et deux spadassins grimpaient déjà le long de la grille, quand le salut se présenta à moi sous la forme d'un sombre orifice carré creusé contre un corbeau. Je m'y faufilai, rabattant derrière moi un volet métallique dont j'entendis claquer le loquet providentiel. J'avançai ensuite à quatre pattes dans un étroit boyau où la poussière était épaisse et l'obscurité absolue. Dans le lointain sonnèrent quelques coups rageurs qui cessèrent bientôt ; et ce furent les seuls indices d'une poursuite avortée

Ma fuite ressembla alors à celle d'une araignée ou d'un ver de terre. Tantôt je rampais horizontalement, tantôt je devais gravir des cheminées verticales qui me hissaient dans les hauteurs de la Ville-Château ; une mince échelle de métal m'aidait alors parfois, mais le plus souvent je devais escalader en ramonage, technique qui m'épuisait rapidement. Une ouverture grillagée, ou simplement un volet entrouvert que je refermais aussitôt, éclairait à intervalles variables ce labyrinthe à trois dimensions ; ma vue plongeait alors sur une salle, parfois éclairée, parfois obscure, tantôt occupée, tantôt non. J'avais vite compris que je me trouvais à l'intérieur d'un réseau compliqué de climatisation, aujourd'hui hors d'usage, et sans doute oublié si j'en jugeais par l'absence de toute tentative pour me rejoindre ou me couper la route. Les boyaux étaient larges, et plus encore que les dimensions générales de la Ville-Château, cette disproportion m'incitait à penser que l'édifice avait dû jadis être construit par une race de géants.

Je venais de dépasser un coude à angle droit quand la lumière d'une lampe-torche m'éblouit. « Qui vive ? » me lança une voix féminine mais néanmoins ferme. J'avais le choix entre deux réponses, qui toutes deux pouvaient être immédiatement mortelles selon l'appartenance du questionneur. D'instinct, j'optai pour la vérité. « Je suis un partisan, qui se cache des mercenaires républicains », répondis-je. La lampe se rapprocha de mon visage, puis la sentinelle m'enjoignit de la suivre. Une silhouette fluette se dessina dans la lumière mouvante tandis que la jeune fille faisait demi-tour ; je ne vis plus ensuite qu'un halo derrière lequel je rampai.

Cette dernière expédition fut de courte durée. Sur les talons de mon guide, j'émergeai dans une pièce faiblement éclairée par quelques globes à huile. Je fus aussitôt entouré par une multitude de petits visages, et c'est alors seulement que je me rendis compte de mon erreur : ce n'était pas une femme qui m'avait intercepté mais un enfant, et toutes ces ombres issues du clair-obscur qui se pressaient autour de moi étaient pareillement des enfants, dont les plus jeunes pouvaient avoir sept ou huit ans, les plus vieux quinze ans à peine.

« Qui êtes-vous ? interrogeai-je à mon tour.

— Nous sommes les Enfants Clandestins », répondit le garçon à la torche. Il m'expliqua que tous étaient les fils et les filles des habitants de la Ville-Château et que, ne pouvant se résoudre à l'imposture de la République et à ses injustices fréquentes, ils vivaient dans les combles du bâtiment, dans les greniers et les passages oubliés, et préparaient le retour de la démocratie royale. Ils étaient la résistance intérieure comme les partisans étaient la résistance extérieure, et je fus heureux que dans le Waldendrhath aussi la jeunesse prît en main la destinée de son pays...

On me conduisit ensuite auprès du chef des Enfants Clandestins, qui m'interrogea longuement. Lorsqu'il sut que notre but avait été d'enlever le Petit Prince, il me dit simplement : « Mais il est ici... » Je fus stupéfait de leur audace, de leur détermination, de l'efficacité de leur organisation ; Cendre n'avait guère plus de douze ans, mais ses yeux clairs brillaient d'intelligence ; cependant, lorsque je lui demandai quels étaient leurs projets immédiats, je le vis hésiter, se troubler : car, si les enfants n'avaient pas craint de soustraire le Petit Prince à ses geôliers au cœur même de la Ville-Château, il était hors de question qu'ils affrontent les mercenaires en combat ouvert.

« Je voudrais parler au Petit Prince », lui dis-je alors. Comme il semblait indécis, je lui avouai de qui en vérité j'étais l'envoyé, car je n'avais rien à cacher aux Enfants Clandestins. Cendre me considéra longtemps en silence, puis il se leva et m'invita d'un geste à le suivre. Nous traversâmes une forêt de poutres et d'entretoises avant d'arriver devant une porte gardée par deux garçons armés de piques. Le jeune chef abaissa lui-même le loquet et me laissa seul devant une tenture grossière. Je laissai passer une minute de réflexion avant de la soulever, car l'instant était venu où la mission dont m'avait chargé Quatrevingtreize et ma propre mission coïncidaient. De mon entrevue avec le Petit Prince dépendait ma décision finale.

Je trouvai un enfant qui dormait sur un matelas posé à même le sol. J'avais oublié que la nuit devait être très avancée. Près de la couche, une flamme orange vacillait à l'intérieur d'un globe de cire teintée. La respiration du Petit Prince était régulière et douce, une mèche de cheveux châtain clair tombait sur son œil gauche. J'allais me retirer sans le réveiller quand il sortit lui-même du sommeil ; il se redressa sur ses coudes, me regarda sans ciller. Je m'inclinai.

« Es-tu du château ? » me demanda-t-il.

Je le détrompai, et nous eûmes une longue conversation que je n'ai pas l'intention de rapporter, non qu'elle fût tissée de secrets importants, mais justement parce qu'au contraire il ne s'agissait que d'une vraie conversation, au cours de laquelle je pus apprécier les qualités d'esprit et de cœur de ce jeune monarque né en captivité, qui vivait là son premier jour, sa première nuit de liberté. Sans doute ignorait-il beaucoup de la politique, ainsi que l'avait dit Quatrevingtreize, mais son bon sens et sa droiture étaient les seules vraies garanties d'importance pour son règne futur. Car qu'on me comprenne bien : la royauté sur ce continent n'est pas affaire de privilège divin ; simplement les rois sont d'une lignée la plus génétiquement saine qui soit, et donc les plus aptes à gouverner sagement.

Lorsque je retrouvai Cendre qui faisait les cent pas devant la porte, j'avais la certitude qu'entouré de la solide écorce des partisans et des Enfants Clandestins, le Petit Prince saurait faire retrouver au Waldendrhath son équilibre dans la paix. Encore fallait-il organiser la mise en scène qui introduirait cette paix sans qu'il y eût à déplorer trop de morts.

« Dis-moi, chef, demandai-je abruptement au garçonnet, connais-tu ce dicton que les partisans murmurent à travers tout le Waldendrhath à propos du retour du Petit Prince ?

— Non, » répondit mon jeune interlocuteur.

Je récitai alors en scandant les vers :

« QUAND LA DEUXIÈME BOUCHE DU DRAGON S'OUVRIRA,
UNE BARQUE D'OR D'ENTRE SES DENTS SURGIRA.
À SA PROUE LE PETIT PRINCE SE DRESSERA
ET LA PAIX À WALDENDRHATH APPORTERA. »

Cendre fit claquer son pouce contre son index. « J'ignorais cette légende, car jusqu'à ces derniers jours il n'était pas en usage à la Ville-Château de prononcer le nom du Petit Prince... Mais, ajouta-t-il, il est vrai aussi que nous avons un dragon ! »

Devant mon étonnement, son œil se remplit de malice et il m'expliqua qu'il connaissait un dragon qui hantait la grotte Malveline d'où jaillissait la rivière Subtrillon, sur les bat-flanc de la chaîne des Trois Lunes, non loin derrière les derniers bastions de la Ville-Château. « C'est un dragon paisible, ajouta Cendre, et si grand doit être son âge qu'il ne paraît plus guère capable de bouger. Seuls ses yeux indiquent qu'il est vivant. Nous allons parfois lui jeter des pierres, mais cela n'amuse plus guère que les plus jeunes de nos compagnons. Seulement un dragon ne possède qu'une bouche, fit-il en conclusion.

— Qui sait ? lui dis-je en souriant. Les vieilles légendes contiennent souvent beaucoup plus de vérité qu'on ne croit... » Car je me doutais bien qu'un dragon aussi opportun ne pouvait devoir son existence qu'à des forces supérieures, et je connaissais l'étendue des pouvoirs des Maîtres en Métamorphoses de Gandahar.

Je manifestai ensuite le désir de prendre un peu de repos ; nous irions plus tard confronter le dragon au Petit Prince. On me trouva une couche dans l'angle aigu d'un toit, et à travers deux ardoises mal jointes, je vis que le ciel avait déjà pris la transparence violette de l'aube. Un murmure indistinct fait de musique, de cris, de chants, m'apprit que le peuple festoyait encore, répandu sans doute dans les champs autour de la Ville-Château. Je caressai du bout des doigts la surface rugueuse d'une poutre mémorable qui surplombait mon lit de fortune ; l'air était tiède, lourd, fade. J'étais bien. Je m'endormis vite et rêvai peu.

Nous allâmes vers le milieu de l'après-midi voir l'habitant de la grotte Malveline. Nous marchâmes une heure sur les pentes douces qui s'élèvent directement derrière la Ville-Château, passant entre des pins et des cèdres, ou des arbres qui leur ressemblent. Cendre et le Petit Prince marchaient à mes côtés ; cinquante Enfants Clandestins armés de frondes et d'arcs nous accompagnaient. Des hauteurs où s'ouvrait la grotte, la vue plongeait sur les toits innombrables de la Ville-Château, qui étaient comme un damier complexe couvrant toutes les nuances du gris ; sur les plus hauts donjons flamboyaient des bannières rouge et bleu.

Mais nous étions venus là pour le dragon. L'animal était plus qu'à moitié immergé ; son corps imposant semblait flotter avec la légèreté du liège dans le courant d'eau vert émeraude qui coulait avec paresse des profondeurs végétales de la grotte ; du museau à l'extrémité de la queue, j'évaluai sa taille à cent mètres au moins. Mise à part la lueur indéniable qui filtrait de ses yeux orange mi-clos sous des paupières d'un rose tendre, il était plus immobile qu'une souche. Toutes ces caractéristiques, ainsi que les reflets d'or prononcés des grosses écailles dorsales, acheva de me convaincre que le monstre n'avait pas une origine naturelle — si tant est qu'un dragon puisse être considéré comme une créature naturelle.

Je m'approchai de la rive, entraînant Cendre et le Petit Prince. Si le dicton doit se vérifier, leur dis-je, c'est maintenant que nous en aurons la preuve. Je pris le Petit Prince par la main, l'amenai du plus près que je pus du museau du dragon. Et le dragon se leva. Comme si la seule présence de l'enfant royal avait suffi à le tirer d'une méditation millénaire, le dragon se redressa avec majesté, prenant appui sur ses pattes antérieures. Des myriades de gouttes d'eau fusèrent autour de lui alors qu'il s'ébrouait, et le soleil voilé dans l'air automnal fit naître quelques secondes, dans ce brouillard liquide, un arc-en-ciel resplendissant. Je sentis derrière moi l'ébauche d'un mouvement de reflux parmi les Enfants Clandestins, mais la main du Petit Prince ne frémit même pas dans la mienne. Quand la trombe miniature se fut apaisée, laissant tout humides nos cheveux, la peau de nos visages et nos vêtements, le dragon était assis sur son arrière-train telle une idole grandiose et bienveillante ; ses yeux s'étaient ouverts en grand, et à cause de son regard bilatéral il semblait à la fois fixer le ciel et la terre ; et il était à nouveau retombé dans une immobilité dont je pressentais qu'il ne ressortirait plus.

Mais le prodige cependant était autre : à la base de son poitrail ouvragé d'or et d'écarlate, la seconde bouche mythique béait, comme une petite caverne ouverte au ras de l'eau, protégée par une herse de dents étincelantes. Le mufle de cette tête jumelle était fort aplati, mais sur la portion de crâne qui s'enflait sous le poitrail, on lisait distinctement, par la fantaisie délibérée du dessin des écailles, les armes royales de Waldendrhath : la corne et la hache entrelacées, qui rappelaient la vocation d'élevage et de bûcheronnage du petit royaume nordique. Et à l'intérieur même de la gueule, une fine barque d'or aux flancs ouvragés était en attente sur la langue triangulaire.

Mon récit pourrait s'achever ici : car tout ce qu'il advint alors fut conforme aux quatre vers du dicton. Le lendemain à midi, le Petit Prince sortait de la deuxième bouche du dragon, debout à la proue de la barque d'or. Sur une grande portion de la rivière, des hampes avaient été dressées, à la pointe desquelles flottaient les anciennes couleurs de Waldendrhath, le rouge et le jaune, sur mille petits drapeaux confectionnés en hâte avec les châles des dames et les pourpoints de couleur des guerriers de la forêt. Tout son peuple accueillit avec force hourras le Petit Prince, les Enfants Clandestins, les partisans, les bûcherons, les éleveurs et les paysans, et même les habitants de la Ville-Château, convertis par la magie organisée de cette apparition conforme aux écritures.

Le réseau de propagande et de renseignements des enfants s'était révélé une fois de plus efficace, et tous étaient massés à l'heure dite aux abords de la grotte du dragon. Les combats avaient été brefs, seule une poignée de mercenaires fanatisés ayant opposé une résistance conséquente. Dans un coin reculé de la forêt en pente, pendaient sans ostentation les corps de Frureur et de ses plus coupables ministres.

Plus rien ne me retenait en ces lieux. Je partis à l'aube suivante, sans même avoir cherché à revoir Quatrevingt-treize, à qui Cendre avait annoncé personnellement la mort d'Orgon et, sans doute, avec plus de ferveur que ma modestie ne l'aurait désiré, le rôle que j'avais joué dans le rétablissement du Petit Prince, sans toutefois lui révéler les causes profondes de mon intervention ; car il est des secrets qui doivent rester l'apanage d'un petit nombre... Le Petit Prince lui-même aurait l'occasion d'intervenir sans qu'ils le sachent dans les affaires de ses sujets ; ainsi le vaste royaume de Gandahar avait-il aidé par ma présence à l'infléchissement du destin de ce petit État lointainement suzerain. Et qui sait si Gandahar lui-même n'était pas entre les mains invisibles d'une occulte puissance céleste, et ainsi de suite à l'infini ?

Cendre et le Petit Prince vinrent me dire adieu. J'avais demandé un cheval robuste qui pût me conduire aux frontières du Waldendrhath. J'étais déjà en selle quand je reçus leur salut.

« Porte mon amitié auprès de ta souveraine et maîtresse, me dit le Petit Prince.

— Bonne route, Sylvin Lanvère », fit simplement le chef des Enfants Clandestins.

J'éperonnai ma monture, qui partit comme une flèche. Je galopai trois jours entiers coupés de courtes haltes nocturnes. Le vent du sud sur mon visage m'apportait une caresse embaumée venue de Gandahar, et j'avais à l'esprit l'image des deux enfants sur qui reposaient paix et justice dans une contrée rude. Je souhaitai ardemment qu'ils gardent toujours leur jeunesse, à travers tous les âges de la vie.

Le soir du troisième jour, j'atteignis l'extrême bord du grand serpent de métal vivant construit par nos ingénieux ancêtres, qui plonge à travers le désert jusqu'à la plaine riante de Gandahar. Je sautai à bas de mon cheval et lui donnai une tape sur le flanc. L'animal sans intelligence fit quelques pas et s'immobilisa, me fixant de son œil rond et inexpressif.

Je franchis la rambarde du plateau-réacteur abandonné depuis plus d'un mois sur le tronçon de métal et activai quelques manettes. L'engin s'éleva en douceur sur son invisible courant propulsif et commença à suivre à basse altitude, mais en accélérant sans cesse, la chaussée miroitante qui se perdait à l'infini dans l'ombre paisible du crépuscule.

Je me laissai aller contre le dossier de cuir et fermai les yeux. Dans quelques heures je serais au Palais Pointu, et rendrais compte à la reine du succès d'une mission qui s'était achevée au mieux de ses désirs sans que j'eusse pris véritablement une part importante à l'affaire. Et puis je retrouverais le sourire et le corps d'Airelle — ou un autre corps et un autre sourire à la fois différents et semblables — et je sombrerais dans la seule aventure qui valut réellement qu'on se batte et qu'on meure pour la vivre.

UN QUARTIER DE VERDURE

« Tu as bien compris ? » répéta la Voix.

Le jeune homme sursauta, hocha la tête. Il avait l'air profondément ennuyé, ou plutôt : incroyablement absent. En fait, son regard limpide et bleu s'efforçait de discerner, dans la profondeur translucide de la paroi qui lui faisait face (mais « paroi » n'était pas le terme approprié en ces lieux qui n'étaient pas à proprement parler des lieux...), des formes embryonnaires qui échappaient à son regard, au moment même où il croyait enfin pouvoir les saisir. Rose enfantelet, bleu nuage, jaune poussin, ambre vieux, ventre de poisson... La « paroi » palpitait, changeait imperceptiblement de nuance, de tonalité, d'intensité lumineuse : à chaque seconde elle était autre, et dans sa matière trouble jouaient et s'effaçaient sans cesse des fantômes inaccessibles et irritants. La paroi semblait vivante — non, elle ne *semblait* pas, elle *était* vivante.

« J'ai compris... » finit par murmurer le jeune nomme dans un soupir.

Il fourragea de la main droite dans son épaisse chevelure blond-doré dont les mèches impertinentes descendaient plus bas que ses épaules, se pinça le menton entre le pouce et l'index, geste qui accentua un instant la fossette verticale qui le partageait, donnant quelque vigueur à sa physionomie dolente et juvénile. Le siège sur lequel il avait pris place trembla. Le jeune homme vacilla, faillit perdre l'équilibre, le reprit de justesse, exhala un second et bref soupir, répéta, plus fort : « J'ai compris, oui !

— *ALORS TIENS*, reprit la Voix qui venait de nulle part et de partout. *VOILÀ LES INSTRUMENTS DU PLAN...* »

Dans la paroi vivante une cloque apparut, gonfla tel un téton lourd de lait. La pointe translucide du sein creva, projeta une mince pellicule transparente qui s'arrondit comme un ballon d'enfant. Quand le ballon eut atteint un diamètre d'une trentaine de centimètres, une poussière brillante jaillit du bout du sein, vaporisation de gouttes scintillantes qui ne tardèrent pas à remplir le volume de la sphère. Lorsqu'elle fut pleine, elle se détacha, chut sur le sol. Le jeune homme se leva, derrière lui le siège vivant se résorba dans le sol d'albâtre. Le jeune homme ramassa le ballon, le trouva extraordinairement léger, scruta son contenu à travers la pellicule d'une irréelle minceur qui était faite de la substance même de la conque vivante où il était enfermé. Dans la sphère, poudroyait un fin sable argenté composé de milliers de grains infinitésimaux.

« C'est ça ? dit-il.

— *C'EST ÇA*, gronda la grande Voix de nulle part. *À LA VERTICALE DE L'ENDROIT DÉSIGNÉ, TU CRÈVERAS LE SAC. LE VENT ET LA GRAVITÉ FERONT LE RESTE... MAINTENANT PRÉPARE-TOI. JE VAIS TE PROJETER.*

— Me projeter ?

— *TE PROJETER !* » insista la Voix grondante, avec un rien d'ironie peut-être car le timbre clair du jeune homme s'était voilé d'un léger chevrotement : il avait beau savoir qu'il ne risquait rien, l'idée de la projection lui déplaisait.

Née de la paroi, une bulle oblongue se forma autour

de la silhouette debout, le nimbant d'un brouillard solide à la surface irisée. Le jeune homme respira à fond, serra les poings. Les muscles de ses cuisses se durcirent, ses reins se cambrèrent. Il eût voulu fermer les yeux, mais résista à cette impulsion. À l'endroit de son cœur, le curieux blason imprimé sur son maillot rose moulant frémissait. La bulle était devenue opaque mais, à sa surface, de longues étincelles bleues frémissaient, seul signe visible de l'assaut brutal de l'énergie incroyable qui la gainait.

« Est-ce que... » commença à dire le jeune homme.

Mais ses mots furent coupés net par une indescriptible sensation d'arrachement et de torsion. Il faillit hurler, hurla peut-être, mais nul cri en tout cas ne résonna dans la caverne vivante. Gorgée d'énergie, la bulle avait été happée par une langue d'espace-temps, elle avait été avalée, digérée, déglutie, elle était déjà ailleurs, ailleurs dans l'espace et dans le temps, loin, immensément loin de la caverne de chair translucide du Métamorphe qui involua, s'inversa, se colmata, jusqu'à disparaître dans la densité ventre de poisson de la montagne de matière vivante qui s'élevait comme un pic fabuleux au-dessus de l'océan iridescent.

Nengaraï : La vaste piscine avait la forme d'une ellipse très arrondie, avec une large bordure de marbre rouge striée de nacre. Des magnolias nains se penchaient sur l'eau, tendaient leurs fleurs comme des bouches, frôlant de leurs pistils parfumés les baigneurs nonchalants. Tout autour, les terrasses de repos étageaient leurs gradins à l'ombre des parasols qui filtraient les rayons rouges. Quelques dizaines d'hommes et de femmes de tous âges et de toutes races se balançaient mollement au creux des fauteuils de lacras : les Serviteurs dans leur petit paradis privé, un peu trop beau pour être vrai.

Nengaraï : Déversée par des haut-parleurs invisibles, une musique sirupeuse passait sur les corps assis ou étendus comme la coulée nauséeuse d'un sirop trop gluant. En principe, la musique aurait dû varier subtilement de rythme et d'intensité suivant le défilement monotone de la journée ou les activités des Serviteurs, mais quelque chose s'était sans doute détraqué et, depuis des jours et des jours, elle stagnait dans ce lac épais d'harmonies vomissantes : les Serviteurs, englués, ne communiquaient plus guère que par signes et l'usage des boules Quiès s'était généralisé pendant les heures diurnes. Heureusement, lorsque la main géante de la spaciolyse éteignait le soleil à la fin de ces journées trop longues, la musique cessait brutalement pour les neuf heures réglementaires de nuit, qui devenaient par contraste sinistres et lugubres, d'autant que la lune d'opale qui autrefois les baignait avait été engloutie dans une catastrophe mineure.

Nengaraï : La bordure de marbre rouge de la piscine était ébréchée en plusieurs endroits, comme si on l'avait frappée à coups de marteau — ce qui était effectivement le cas. Des mégots de cigarettes aphrodisiaques et psychochroniques traînaient partout sur les dallages que les automacrons ne balayaient plus et souillaient l'eau argentée de la piscine. Les fleurs des magnolias nains étaient régulièrement arrachées pendant la nuit mais repoussaient quasi miraculeusement au petit matin, et seule la nuee de pétales flétris qui parsemaient le sol ou dérivaient sur l'eau témoignait de l'acharnement maniaque des vandales. Les murs blancs des bâtiments se couvraient peu à peu de graffitis blasphématoires, comme *ARN D'EUSK ENCULÉ, OU CE BORDEL DE SOBA DONGI*, ou encore *LA PRÊTRESSE EST UNE VIEILLE PUTE* — ce qui était d'autant plus mystérieux qu'il n'existait aucune prêtresse nulle part. Des mouches bleu et vert, vrombissantes et tatillonnes, avaient commencé à apparaître dans l'enclave, nées, semblait-il, du néant; les Serviteurs les abattaient à coups de pistolasers, ou essayaient; la trace charbonneuse et craquelée de ces décharges futiles s'arrondissait sur le haut des murs, et on ne comptait plus les arbres roussis et décapités — même s'ils finissaient toujours par reprendre vigueur et repousser; seule la chevelure rousse et splendide d'Arna Storm, partie en fumée sous un tir qui, un rien plus mal ajusté, lui eût coûté la vie, avait refusé de repousser, à la grande fureur de sa propriétaire qui avait rompu son serment et quitté la confrérie.

Nengaraï : Le ciel perpétuellement bleu troué par le poing massif du soleil rouge et immobile pesait sur les toits plats des cubes d'habitation, encastrés les uns dans les autres selon un dessin semblable à une grecque aménageant entre les blocs patios, forums et jardins. La lumière maléfique crépitait, trop dense et trop brutale, sur une population trop apathique, trop recuite et trop bronzée, que le port obligé de gros verres fumés rendait semblables à une assemblée d'aveugles léthargiques : les Serviteurs, dans leur petit enfer privé, pas tout à fait assez brûlant pour être un vrai enfer.

Toute cette décrépitude superficielle, tous ces menus incidents, n'étaient bien évidemment que la partie émergée d'un mal plus profond : le terminal phord de Soba Dongi n'avait plus appelé les Serviteurs depuis des jours innombrables — la Ville négligeait Nengaraï, la Ville n'avait plus besoin de ses Serviteurs.

Et les Serviteurs s'ennuyaient.

Pis : les Serviteurs s'emmerdaient comme des rats morts, ils s'emmerdaient si fort qu'ils en devenaient au choix indolents ou irascibles, belliqueux ou je-m'en-foutistes, qu'ils négligeaient l'entretien de l'enclave et même leur hygiène corporelle, qu'ils bâfraient comme des porcs et forniquaient comme des boucs — bref, qu'ils commençaient par ressembler à tout sauf à des Serviteurs de la Ville.

Jusqu'au jour où...

L'ouvrier Briar aperçut la chose le premier. Il en informa son chef d'équipe, qui prévint le contremaître. Le contremaître, un nommé Goitran, n'en voulut rien croire, gueula un bon coup contre les prétextes à tirer au cul, finit tout de même par se déplacer, constata la chose, faillit en avaler sa chique lénifiante, ne fit qu'un bond vers le plus proche vidéophone, appela le chef d'atelier. Le chef d'atelier, qui fumait un cigare anti-stress, commença à dire qu'il s'en foutait ; mais, sous les assauts verbaux du contremaître Goitran, se résolut à prévenir les Services de Sécurité.

Goitran s'épongea le front, qu'il avait large et dégarni.

« D'où que ça peut venir, cette saloperie ? grogna-t-il avec une moue de dégoût en fixant la chose comme s'il s'était agi d'un serpent dangereux prêt à cracher son venin.

— Allez savoir ! siffla l'ouvrier Briar.

— À mon avis... » commença le chef d'équipe Ménestrion. Il s'arrêta à temps, s'apercevant brusquement qu'il n'en avait pas.

Le contremaître fixa les deux hommes d'un air furibond, qui était au demeurant son air habituel.

« Qu'est-ce que vous fichez là, tous les deux ? hurla-t-il. Il faut vous signer une instruction écrite pour vous faire retourner au boulot ? Et si je vous faisais sauter la prime B, qu'est-ce que vous en diriez ? Ce n'est pas dans mon périmètre que je vais... »

Mais les deux subordonnés s'étaient éclipsés, avaient replongé dans l'enfer bouillonnant des machines d'acier. Goitran s'épongea derechef le front, grinçant intérieurement de tous les rouages qui, au cours des ans, avaient pris la place de ses tripes et de sa cervelle. Heureusement, l'arrivée du directeur en second du Service de Sécurité accompagné de deux hommes de main lui procura une diversion salutaire. Les trois nouveaux arrivants, sanglés dans leur bel uniforme vert sombre à liserés rouges, se penchèrent sur la chose avec une sérénité qui faisait partie de leur fonction comme de leur programmation.

« Très bien, prononça le directeur en second après quelques minutes d'examen. Nous allons faire le nécessaire immédiatement. »

Cette immédiateté fut toute relative en réalité, car le gros du Service de Sécurité, appelé au vidéophone par l'adjudant-chef Leringers (c'était là le grade et le nom du directeur en second), ne parvenait pas à mettre la main sur le matériel nécessaire à l'éradication de la chose. Ce genre de matériel n'avait pas servi depuis longtemps ; il était enfoui sous d'autres sortes de matériels à peine moins anciens et moins utilisés, eux-mêmes recouverts par un amoncellement de bâches, de dossiers, de vieux illustrés pornographiques, de caisses de bouteilles de bière vides et de poussière. Enfin, le matériel en question fut localisé, extrait, vérifié, dépoussiéré. Mais, lorsque la section, forte de trente hommes, arriva en rang et au pas cadencé au point névralgique de l'atelier 35 C, plus d'une heure s'était écoulée et la chose avait considérablement grandi.

Elle fut submergée de vaporisations au Détartran-B, de mousse à la neige de Cyclomate-Rhéa, d'ultra-sons Biberstein, et fut finie au lance-flamme. Quand l'holocauste fut achevé, une petite partie de l'atelier 35 C était inutilisable (la mousse de Cyclomate-Rhéa, particulièrement, a une fâcheuse tendance à croître indéfiniment au contact de l'oxygène de l'air), et l'adjudant-chef Leringers sectionna lui-même avec une pince à ongles un dernier fragment de la chose qui avait échappé à la dévastation. Très satisfait, il salua militairement le contremaître Goitran avant de faire manœuvrer impeccablement la section qui retraversa l'atelier sous les regards sournois des ouvriers.

Mais une heure plus tard — soit au moment où l'aiguille unique de la pointeuse arrivait sur le chiffre 19, la chose avait reparu en vingt endroits de l'atelier 35 C, et en vingt endroits des quatre-vingt-dix-neuf autres ateliers de l'Entreprise Libre Raggar, Raggar et Raggar.

L'Entreprise Libre Raggar, Raggar et Raggar fabriquait des petits ressorts indispensables à la construction des grosses machines automatiques nécessaires au montage des assembleuses de machines à fabriquer des petits ressorts.

Mais il est juste de préciser qu'en cette dix-neuvième heure tapante d'une journée en passe de devenir historique, l'E.L. Raggar, Raggar et Raggar ne fabriquait plus grand-chose.

Nengaraï.

Lorsque l'appel résonna sur les blanches maisons fendillées et les jardins pelés de Nengaraï, Olter MacNouël, étendu sur un lit d'ondes, caressait machinalement son sexe trop récemment vidé pour qu'il pût à nouveau reprendre vigueur. Marta Olgarska, adossée au bord carminé de la piscine, se curait avec patience la narine droite avec un ongle démesurément long et laqué de bleu. Otar-Angi-Atall-Oul-Trad-ad-Mentor-Ball, debout contre le soleil immobile qui projetait son ombre trapue en travers d'un mur bas à demi effondré, pissait glorieusement dans l'eau. Oleg Strugaskoef, ivre mort, récitait interminablement le premier quatrain d'un poème de son cru devant une assistance absente qu'il discernait néanmoins fort clairement au milieu de ses vapeurs éthyliques. Balt Enri, adossé au tronc d'un arbre à fleurs bleu-violet miraculeusement épargné, arrachait méticuleusement, deux par deux, les pattes innombrables d'un insecte vert, long et mou qu'il avait surpris en train de ramper sur sa botte droite tandis que, penché sur lui, Iowatt Cinq se dépensait sans compter dans les transes d'une fellation inopérante ; elle-même était besognée par-derrière par un géant à la dureté minérale et à l'endurance fabuleuse, nommé Enkkor Alt Balin.

Lorsque l'appel résonna sur les plus très blanches maisons de Nengaraï, Enkkor Alt Balin se dégagea d'un bond de Iowatt Cinq au milieu d'une éjaculation superbement irisée ; Iowatt Cinq bascula en avant sous le choc en retour et mordit cruellement Balt Enri, qui écrasa par réflexe l'insecte vert et mou dans sa paume gauche, où il se répandit en une infecte gelée puante ; Oleg Strugatskoef continua imperturbablement à réciter *V-v-vagues ondées en ge-ge-gerbes d'onyx, S-s-surgeons glacés aux r-r-rayonnements noirs, L-l-l'œil ouvert de la g-g-goule Co-co-comme un appel de s-s-silence...,* Otar-Angi-Atall-Oul-Tradad-Mentor-Ball rentra son fourbi et commença à courir le long de la piscine, mais il glissa au bout de trois enjambées sur quelque chose de visqueux et termina sa course par un magistral plongeon au milieu d'éclaboussures saumâtres ; très digne, Marta Olgaska essuya ce qu'elle venait de retirer de sa narine dans les plis évanescents de sa jupe corail et, par-dessus ses lunettes noires, toisa d'un œil vert courroucé, aux paupières empâtées de beige et de mauve, l'agitation qui avait saisi Nengaraï ; Olter MacNouël coupa d'un simple effort psi les trains d'onde du lit, mais il avait oublié que celui-ci était matérialisé à trois mètres au-dessus du sol ; il chuta avec brutalité sur le carrelage dur de sa chambre, se cassa une rotule, et resta par terre à se tordre de douleur et à hurler de colère, tout seul, dans le noir.

Le tohu-bohu et le chambardement cessèrent cependant lorsque le sifflement strident de l'appel cassa net et que, née des remous spaciolytiques qui enchâssaient Nengaraï dans un éternel été et un midi qui durait quinze heures, la voix de la Ville se fit entendre.

« L'équipe 33 est attendue au terminal phord de Soba Dongi. Je répète : l'équipe 33 est attendue au terminal phord de Soba Dongi. Terminé. »

Six notes claironnantes et horriblement douloureuses au tympan vinrent clore ce message bref et, sur l'enclave, retombèrent comme une houle la musique sirupeuse et l'abattement complet. Ceux qui n'avaient pas été appelés se tassèrent à nouveau sur eux-mêmes ou reprirent, là où ils l'avaient interrompue, leur activité mécanique — à part Olter MacNouël qui hurlait toujours dans l'obscurité en tenant à deux mains son genou fracturé.

Mais l'équipe 33, elle...

Marta Olgarska se redressa lentement, bomba son torse maigre où cliquetaient les pièces compliquées de son gorgerin et de son pectoral en argent qui étaient impuissants à cacher l'inexistence de sa poitrine, releva d'un coup d'ongle quelques mèches folâtres qui étaient venues barrer son front impérial ; un sourire de triomphe se dessina durement sur ses lèvres peintes d'émeraude et un vent venu de nulle part fit voleter autour de ses cuisses longues et musclées sa jupe couleur flanc de saumon.

« Oleg ! hurla-t-elle. Oleg ! »

En dix enjambées, vingt peut-être, qui la firent ressembler à une étrange fleur mouvante à la corolle barbue et violette (sa perruque jaillissante auréolait son mince visage tranchant), elle fut auprès du gros homme chauve à la barbe épanouie qui déclamait toujours dans le vide, appuyé dans un équilibre précaire à un tronçon de colonne décapitée.

« Oleg ! rugit Marta Olgarska. Tu n'as pas entendu l'appel, espèce de cochon puant ? Va te mettre en tenue !

— V-v-vagues ondées en g-g-gerbes d'onyx, S-s-surgeons glacés au r-r-rayonnements noirs... fit réponse la basse profonde d'Oleg Strugatskouef.

— Est-ce que tu vas m'écouter, crétin de Sibérie ! Tu dois aller te préparer ! L'appel, c'est pour nous... La 33 ! La Ville nous attend... Une mission ! Tu entends, concombre boursouflé ? Une mission ! *UNE MIS-SION !* »

Et, sans plus attendre, elle prit appui sur l'estomac de l'ivrogne avec son talon droit, jambe arquée, lui fit une clé au bras, pivota sur ses hanches, et Oleg se trouva jeté en travers de ses épaules, comme un paquet de linge sale rose vinasse : car il était intégralement nu, et son épiderme de blond résistait mal au soleil trop riche en ultraviolets de Nengaraï. Tandis qu'elle l'emportait et qu'il beuglait de plus belle « L-l-l'œil ouvert de la gou-gou-goule C-c-comme un appe-pe-pel de s-s-silence ! », ses génitoires mous comme des outres vides, et d'une taille surprenante, battaient contre la joue de Marta, qui n'en avait cure.

« Elle va se le faire, la grognasse... » émit négligemment un Serviteur à leur passage.

Son voisin eut un ricannement silencieux et fit de la main droite un geste offensant pour les capacités sexuelles d'Oleg.

Mais la question n'était pas là. Marta se débarrassa de son fardeau dans le réduit infect qui tenait lieu de résidence à l'ivrogne, et dont le sol était jonché de bouteilles vides stagnant dans une mare gluante. Assis les jambes en équerre au milieu de ce cloaque, les yeux vides mais la trogne épanouie, Oleg bramait : « V-v-vagues ondées en g-g-gerbes d'onyx, S-s-surgeons glacés... », et Marta comprit qu'elle n'en tirerait rien. Mais c'était une femme énergique. Elle entreprit de l'habiller avec les hardes dégoûtantes qu'elle put trouver dans la pièce : le justaucorps trop étroit pour son gabarit distendu, les bottes avec leur saloperie de fermeture magnétique, la cape... ha ! *la cape !* et pour finir la grosse ceinture bourrée de gadgets qu'elle eut énormément de peine à boucler sur la panse rebondie. Acharnée à la tâche, elle jurait comme seul un Serviteur de la Ville sait le faire — ou plutôt, comme seule Marta Olgarska, parmi tous les Serviteurs, savait le faire. Quand elle eut terminé, elle redressa Oleg avec la même aisance dont elle avait fait preuve pour le jucher sur ses épaules, et le poussa dehors. Sur le seuil, une petite silhouette maigre était campée.

« Je commençais à prendre patience... murmura le nouveau venu d'une voix froide et sèche.

— C'est ce sac à merde d'Oleg. Il est saoul comme une jument. »

Le petit homme toisa par en dessous l'ivrogne dodelinant et l'immense femme aux ongles bleus, haussa les épaules avec l'air de celui qui en a vu d'autres et à qui il en faut plus pour lui faire perdre son sang-froid. Le petit homme était le troisième et dernier membre de l'équipe 33. Il avait une figure de rat. On l'appelait par conséquent Le Rat, et cela depuis si longtemps que nul n'aurait pu dire, au sein des Serviteurs, quel était son nom véritable. Le Rat était laid, sournois, autoritaire, suffisant, sec, coupant, désagréable, il ne riait jamais, il avait toujours raison — ou le prétendait.

— Eh bien, traînons-le... »

Le Rat fit semblant de prendre Oleg par la taille, mais Marta, qui avait passé un bras autour des épaules du gros homme, se rendit vite compte que c'était elle qui faisait tout le boulot. Elle n'en dit cependant rien et, l'une tirant l'autre et le troisième faisant comme si, ils traversèrent en diagonale tout le périmètre habitable de Nengaraï, sous le regard peu amène des autres Serviteurs. Des rumeurs s'élevaient au passage du pittoresque trio, qui s'enflèrent vite jusqu'à devenir des vociférations haineuses.

« Amusez-vous bien, lèche-cul ! lançait l'un.

— Favoritisme ! Favoritisme ! criait un autre.

— Clodos ! Couilles molles ! Vérolés ! » hurlait un troisième.

Le Rat et Marta, en net désavantage numérique, se gardaient bien de répliquer ; mais si le premier gardait intacte son hautaine impassibilité, la seconde roulait furieusement ses prunelles vert-jaune entre ses paupières beige et violet, tandis que ses lèvres vertes étaient tellement pincées qu'elles en disparaissaient totalement dans sa maigre figure.

« Tu aurais pu te mettre en tenue réglementaire comme les autres, peut-être », hasarda le Rat d'un ton grincheux, alors que le trio atteignait les limites fluctuantes du champ spaciolytique qui isolait Nengaraï du temps, du climat et de la géographie.

« Je me suis déjà occupée d'habiller ce répugnant tas de graisse ! cracha Marta. Et si tu veux savoir, mes trucs et mes machins sont incorporés à mon gorgerin... Pour le reste, tu peux toujours aller voir dans mon derche si le règlement y est. »

Le Rat n'y tenait manifestement pas. Sur ces mots, et sur le fond sonore des imprécations toujours fournies qui allaient même jusqu'à couvrir la musique sirupeuse, ils s'enfoncèrent dans le brouillard irisé qui marquait les frontières de l'enclave. Obligeamment, le brouillard les effaça.

Penchée sur le plus haut balcon de la tour *AU TRAVAIL !* du secteur *GLORIEUX BÉTON* du quartier des *CENT MILLE MACHINES,* Scyscynthia Ramar observait le paysage à ses pieds.

Le paysage : un empilement sans fin de blocs de béton gris percés de milliers de fenêtres aveugles, des alignements rectilignes de tours grêles qui crevaient le plafond bas de la brume industrielle, les vastes quadrilatères noirs et bruns des usines dont les cheminées épineuses crachaient des tourbillons gras de fumée roulante, le réseau multiple des interoutes suspendues où grouillaient comme des insectes processionnaires les files ininterrompues des véhicules de tout calibre.

Scyscynthia observait comme tous les jours ce paysage sans espoir, et l'expression plaquée sur son visage joli et menu était elle aussi sans espoir, elle aussi figée, elle aussi grise — grise comme l'océan urbain dont les vagues minérales à jamais sculptées s'étendaient à perte de vue vers l'horizon brouillé. Le jour tombait sur la ville, il tombait sur cette ville dont le nom était *Vulcan,* cette ville brûlante, trépidante, grondante, fébrile, acharnée à produire, cette ville de fumée et de grisaille, de fournaise et de ciment, de verre, d'acier et de plastique où Scyscynthia était née, où elle vivait, où elle mourrait un jour.

Le soir tombait, plombé, et Alcan, le mari de Scyscynthia, allait bientôt rentrer de l'usine où il était chef d'atelier. Il sentirait le métal chaud et l'huile rance, il serait harassé et content d'être harassé, il n'aurait à la bouche que chiffres et slogans de production, il mangerait vite le synthorepas délivré par le termifood, il regarderait un moment les nouvelles économiques sur la Chaîne I, il irait se coucher, vite, sans embrasser sa femme, sans lui faire l'amour, sans un mot de tendresse, sans rien, et les yeux autrefois limpides de Scyscynthia se terniraient un peu plus.

Oui — cela se passait toujours ainsi, et ce jour-là encore cela se passa ainsi. Sauf pour les yeux...

Car lorsqu'Alcan fit un bref passage sur le balcon pour lâcher simplement un « Oh, tu es là ? » indifférent, les volants larges et aériens de la robe de Scyscynthia cachaient de leur évasement une fleur bleu-violet qui avait poussé dans l'angle du béton, une fleur de rêve, une fleur à faire rêver, dont un peu de la couleur s'était déposée dans les iris de la jeune femme.

Pour gagner Soba Dongi, il fallait prendre un bateau à propulsion au plasma, dangereux et vicieux, qui tranchait avec furie la crête des vagues d'une simili-mer toujours grise, toujours houleuse, toujours écumante sous la taie menaçante d'un ciel sombre. Le bateau vous déposait au bord d'un plateau rocheux et aride dont il fallait escalader les escarpements en butte aux rafales d'un vent violent qui s'engouffrait dans les replis des capes et menaçait à tout moment de vous emporter. Une fois atteint le sommet de la falaise, on devait traverser sur un bon kilomètre une forêt de résineux dont les troncs serrés entretenaient un fouillis incroyable de branches transverses plus épaisses, plus emmêlées et plus meurtrières qu'un réseau de barbelés de la guerre de 14 A.L.U.T. (Avant l'Urbanisation Totale). Les capes en prirent un sérieux coup lors de cette traversée épique, de même que la jupe diaphane de Marta. En fait, les trois Serviteurs étaient quasi en loques lorsqu'ils émergèrent de la forêt. À son orée se dressait la silhouette du Temple — entendez par là le terminal phord de Soba Dongi. Immense et blanc, le Temple méritait bien son nom : c'était une copie massive et maladroite du Parthénon, qui aurait pu être dessinée par Albert Speer (architecte A.L.U.T.) ou quelque séide de Staline (dictateur A.L.U.T.). Au sommet d'une volée de marches majestueuses, une façade aveugle découpée de colonnes à section carrée s'élançait vers le fronton pointu, qui portait en lettres géantes cette inscription : *TOI QUI ENTRES ICI, TU ES L'ESPÉRANCE DE LA VILLE.*

En réalité, la simili-mer, la falaise, la forêt et le Temple avaient été conçus et bâtis des siècles auparavant, en l'an 01 de l'U.T. (Urbanisation Totale), par Michel Jeurh'y, l'architecte fou, à qui Arn d'Eusk avait fait par la suite crever les yeux pour qu'il ne recommence jamais une telle horreur. Le mal toutefois avait été fait, le Temple et son sinistre environnement artificiel restaient enkystés en bordure du continent où s'était développée la Ville, comme le souvenir kitsch d'une époque révolue.

La porte d'entrée du Temple ne se situait pas au milieu de la façade mais sur les bas-côtés ; c'était une petite porte rouillée, à moitié cachée par les broussailles, qui ne payait pas de mine et s'ouvrait en couinant horriblement sur un couloir éclairé par une lumière fuligineuse. Le couloir conduisait, après maints détours, à la crypte de communication. Il était perpétuellement enfumé, il y régnait une odeur désagréable de soufre et de benjoint mêlés, et un enregistrement sonore y répétait de manière lancinante *SERVITEURSDELAVILLE-SERVITEURSDELAVILLESERVITEURSDELAVILLE...*

L'enregistrement s'interrompait quand on atteignait la crypte, c'est-à-dire le terminal phord lui-même : un écran de 50 centimètres de côté surmonté d'un haut-parleur. À y bien réfléchir, l'installation aurait pu tenir dans une cabine téléphonique moyenne installée par exemple sur la place principale de Nengaraï, à côté des douches, ou bien encore dans un coin du réfectoire. Mais la Ville devait aimer dresser entre Elle et Ses Serviteurs un certain mystère, un certain rituel.

Lorsque les trois membres de l'équipe 33 furent arrivés au centre de la crypte, la Villa parla.

« Je vous salue, mes Serviteurs ! » fit Sa voix tonnante.

Le Rat et Marta répondirent par le salut traditionnel — la main appuyée contre le front, le pouce entre les sourcils — ou du moins ils essayèrent, car c'était un exercice très incommode qui aurait entraîné chez tout autre que les Serviteurs une élongation des tendons du poignet et une déchirure des muscles de la main, à moins d'avoir un front exceptionnellement haut et les sourcils derrière les oreilles. (On disait même que le plus pénible dans l'entraînement des Serviteurs était la gymnastique nécessaire à la réussite de ce salut). Oleg, lui, se mit à déclamer.

« Au plus profond de la nuit
Champ d'orage gelé et transi
Voici qu'éclate une aube pâle
Le retour du barbare d'airain... »

Marta, consciente du sacrilège, voulut le faire taire en lui plaquant sa grande main sur la bouche. Mais Oleg la mordit. Oublieux de la dignité qu'ils devaient à leur fonction et à leur habit, les deux Serviteurs se mirent à lui taper dessus ; Le Rat, sortant son pistolaser, l'acheva à coups de crosse. Oleg s'écroula, plusieurs bosses poussant à vue d'œil sur son crâne chauve.

« Vous avez fini ? » murmura la Ville avec une douceur surprenante dans le timbre.

Marta et Le Rat rectifièrent leur position, le rouge de la honte au front.

« Bien, dit la Ville. Votre présente mission est de

vous rendre à Vulcan, où la situation requiert l'action prompte des Serviteurs. Prenez toutefois le temps de visionner la bande qui se rapporte à cette ville. Ensuite mettez-vous en rapport avec Effa Isthauss, le Gouverneur de Vulcan, qui vous mettra au courant des troubles que connaît son territoire. Allez, Serviteurs ! »

La Voix se tut, Le Rat et Marta échangèrent un regard perplexe.

« Voyons toujours cette bande... » grommela Le Rat.

L'écran s'éclaira, et les deux Serviteurs durent subir pendant plus d'une heure un documentaire éprouvant sur Vulcan, accompagné d'un bombardement incessant de chiffres et de graphiques de production. Vulcan, ville industrielle qui s'était acquis le monopole de la fabrication du matériel de précision, n'était en fait qu'une gigantesque usine aux spécialités multiples, et sa population, 180 millions d'habitants, n'était composée que de travailleurs qualifiés. Vulcan avait tout sacrifié à la production ; c'était une ville où l'on aurait cherché en vain un jardin, un stade, une salle de spectacle.

« Eh ben, on va rigoler dans ce merdier ! » jeta Marta Olgarska avec une grimace expressive.

Le trottoir roulant ralentit par à-coups, comme s'il avait été brusquement pris de hoquet. Les citadins qui s'y pressaient ondulèrent, se courbèrent comme un chemin de cartes qui s'aplatit sous la poussée d'un index. Le trottoir s'arrêta définitivement sur un couinement de désespoir presque humain. Le flot des citadins se transforma en un torrent immobile et néanmoins houleux, où les protestations, les exclamations, les anathèmes et les injures bruissaient à l'envi. C'était le soir, et les passagers du trottoir qui avait cessé de rouler étaient composés pour moitié de travailleurs de jour qui avaient hâte de rentrer chez eux pour dormir, et de travailleurs de nuit à qui il importait de ne pas passer avec retard sous les fourches caudines des machines à pointer. Tous étaient mécontents, tous en crevaient de fureur.

« C'est une honte !

— Ça va repartir, oui ou graisse ?

— Est-ce qu'ils vont se foutre de notre computeur encore longtemps, ces casseroles rouillées ? »

Et puis, de bouche à oreille et de l'aval vers l'amont, la rumeur circula : la cause de l'arrêt du trottoir était une plante (oui, une *plante !)* qui avait poussé sous la chaussée mécanique et en avait coincé les délicats rouages. De mètre en mètre, d'ailleurs, le végétal croissait de manière fantasmagorique sous la langue des passagers immobilisés. Ce qui n'était qu'un buisson à hauteur de la *CCB-Electronic* devint un fourré devant *Gluten-Glutamate-Glutzenbaum,* une haie au niveau des *Convertisseurs Bader,* une forêt vierge impénétrable arrivée près du complexe *Plasto-Matic.* Les réactions de la foule croissaient avec l'évolution du fléau végétal ; ici on en restait bouche bée d'indignation, là on trépignait sur place, plus loin on poussait des cris aigus et on appelait Brigade-Décontamination.

Mais, chose étrange, personne apparemment ne songeait à descendre du trottoir ex-roulant pour se propulser avec ses propres jambes sur le trottoir fixe qui le jouxtait. Il fallut qu'un jeune homme, qui regardait la scène avec un sourire morose depuis le banc de pierre où il était assis, se mette à exhorter les Vulcaniens de la voix et du geste, pour que quelques valeureux viennent tâter d'une semelle prudente la surface solide du ciment. Le jeune homme était un être longiforme, aux cheveux blonds longs sur son cou, qui portait un tricot moulant rose vif et des hauts-de-chausses orangés enfilés dans de courtes bottes — une tenue peu banale en ces lieux. Mais il avait disparu depuis longtemps lorsque la foule fut suffisamment épaisse sur le trottoir fixe.

L'équipe 33 fut mise en présence du Gouverneur Isthauss à 9 heures du matin, dès le réveil de l'important personnage. Pour les Serviteurs, le voyage en barlotrain avait été éprouvant ; ils avaient dû traverser la moitié du continent ou presque et, bien que bénéficiant par leur statut d'un compartiment privé, ils avaient été constamment importunés par des contrôleurs, des douaniers, des policiers en civil et en uniforme, des voyageurs égarés qui erraient parfois depuis des jours à travers les wagons, des prostitués mâles et femelles qui leur proposaient à bas prix des trucs faramineux, des marchands ambulants, des loueurs d'animaux, des fourgueurs de drogues diverses, des comédiens, des clowns et des troubadours qui les assaillaient de monologues, de tours, de jongleries et de chansons, sans compter les simples curieux qui venaient les observer en douce et voulaient toucher leur cape prétendument porte-bonheur... Ils durent même repousser une attaque à main armée d'une demi-douzaine de déserteurs qui en voulaient à leur bourse et furent repoussés non sans mal, laissant deux morts dans le couloir et plein de sang sur les banquettes. Bref, ils n'avaient pas fermé l'œil de la nuit et n'étaient pas très frais à l'arrivée, quand la voiture personnelle du Gouverneur vint les prendre à la barlogare. Oleg Strugatskoef, qui s'était réveillé dans le compartiment, avait mis une bonne heure à reprendre ses esprits et deux de plus pour être convaincu que ses compagnons ne lui jouaient pas une mauvaise farce, avait heureusement dessoûlé. Mais en conséquence il avait de nouveau soif, et harcelait continuellement Marta et Le Rat pour obtenir un petit coup d'Agarakar — ou même simplement un verre de Novodka. Mais les deux Serviteurs restèrent inflexibles.

Le Gouverneur était un homme sans âge, grand, sec, à la peau gris métallisé, au crâne recouvert du court paillasson d'une brosse gris acier. Il reçut les trois Serviteurs dans son petit bureau gris et fonctionnel du Palais, sans que rien dans son regard à la brillance de mercure ne dénote la désapprobation qui l'avait certainement saisi en constatant le piteux état des vêtements d'Oleg et du Rat, et la tenue outrageante de Marta.

« Svteurs, juis tzhonré dvot psencici... dit-il.

— Plaît-il ? »

Isthauss n'articulait qu'une syllabe sur trois, en n'ouvrant que le strict nécessaire sa bouche étroite aux lèvres minces ; sans doute cet homme important était-il aussi avare de ses mots que de son temps.

« Serviteurs, je suis très honoré de votre présence ici... répéta-t-il cependant, avec un louable effort.

— Nous sommes les Serviteurs de la Ville, c'est-à-dire que nous sommes au service de toutes les villes, dit Le Rat avec une emphase inhabituelle. Si vous vouliez bien nous exposer le problème qui motive notre venue à Vulcan, nul doute qu'il serait résolu avec célérité.

— Svez-moi ! » émirent les lèvres pincées du Gouverneur.

Les trois Serviteurs svirent — pardon : suivirent le personnage hors du bureau jusqu'à une pièce dont les murs étaient couverts d'écrans de diverses tailles, où des douzaines de techniciens en blouse bleu pâle s'affairaient en silence devant les pupitres compliqués.

« Mes yeux sur Vulcan, prononça le Gouverneur. Et il ajouta : Voyez comme moi ce qu'ils voient... »

Les écrans flamboyèrent d'une multitude de scènes changeantes, filmées en gros et en détail dans tous les quartiers de la ville ; et les Serviteurs virent...

— le toit d'un immeuble d'habitation couvert d'un épais buissonnement où éclataient les corolles jaune vif de grandes fleurs pulpeuses ;

— une chaussée aérienne littéralement enrubannée de lierre ;

— la façade d'une usine de radiateurs à iode piquetée d'une fantasque floraison de fougères indéniablement arborescentes ;

— un parking souterrain engorgé de champignons géants ;

— des appartements où se développait, sur planchers et carrelages, de l'herbe tendre gaiement parsemée de fleurs des champs ;

— etc.

Et ils virent aussi :

— de farouches équipages de pompiers tout de rouge vêtus forer au lance-flammes des coins fumants dans les masses compactes de végétation qui envahissaient les lieux publics ;

— des mercenaires des Brigades-Décontamination en scaphandre isolant qui, en rang par dix, pulvérisaient des nuages de produits multicolores sur des pousses infiltrées dans de fragiles machines ;

— des hordes de simples citoyens, mobilisés ou volontaires, armés de faux, de cisailles et de machettes, luttant pied à pied contre des hordes de fleurs farandolantes qui repoussaient plus vite que l'on abattait leurs têtes folles...

Etc.

« Donc, une invasion végétale, jeta Le Rat avec un rien d'amusement dans la voix. Nous avons déjà connu ça. (Il mentait.) C'est le degré zéro des interventions demandées aux Serviteurs. (Il en rajoutait.) Trois questions se posent : d'où ? Comment ? Pourquoi ?

— Hélas ! Si nous le savions !... » clama un personnage en blouson et pantalon marron qui n'était pas encore intervenu jusqu'alors, et n'était autre que l'Ingénieur en Chef chargé de l'Élimination et du Recyclage des Ordures et Déchets — un poste d'une telle importance à Vulcan que l'homme pouvait être considéré comme le bras droit du Gouverneur.

« Je vois... susurra Le Rat en lui jetant un regard extrêmement méprisant.

— Dites voir, intervint Marta en rajustant des deux mains sa coiffure tarabiscotée, je suis peut-être tarée comme le produit d'un officier de marine et d'une mélangeuse de schmoldu, mais je comprends difficilement pourquoi quelques pousses d'herbe à vache sèment le vion d'une telle façon chez vous... Faudrait quand même éclairer notre lanterne d'un poil de cul ! »

La réflexion s'adressait directement au Gouverneur ; celui-ci, sortant pour la première fois de ses gonds, faillit s'étrangler de rage et d'indignation ; pire, il en oublia même d'avaler les trois quarts de ses mots.

« L'herbe ! *L'herbe !* L'HERBE ! Mais est-ce que vous vous rendez compte ! C'est l'élément perturbateur par excellence ! C'est l'étranger, l'ennemi ! C'est l'irruption dans notre société ordonnée d'un corps incontrôlable ! L'herbe, ça pousse ! Ça envahit tout, ça dégrade ! L'herbe c'est le désordre, l'anarchie, c'est l'antiproduction ! Depuis plus d'un siècle, grâce aux contrôles permanents de nos Brigades-Décontamination, on n'avait pas vu une seule plante à Vulcan ! Il n'y avait pas une fleur en pot ! Pas un m^2 de pelouse ! C'est *in-ter-dit !* Et aujourd'hui, 18 h 27 exactement après que les premières pousses ont été signalées, la production a baissé de 23,67 % ! Deux mille trois cent quarante-neuf fabriques ont dû interrompre leurs activités ! Et à chaque minute qui passe, d'autres cessent de tourner ! Regardez ces petites lumières qui s'éteignent, là, sur tableau ! Clic ! en voilà une ! Et clic ! une autre ! Et clic ! encore une autre... Ce sont des usines qui s'arrêtent de tourner ! C'est Vulcan qui se meurt, cellule par cellule ! C'est... arrggghh... »

Sur ces derniers mots, le Gouverneur s'était mis à trépigner, à taper des pieds, à déchirer avec ses dents un mouchoir en palladium qu'il avait sorti de sa poche et qui jetait de violents éclairs électriques chaque fois qu'il en lacérait une partie pour la mâcher. Deux infirmiers surgis comme des diables d'un cagibi camouflé entre deux écrans le saisirent par la taille, l'immobilisèrent avec une double clé aux bras, le bâillonnèrent, relevèrent une de ses manches, lui firent une piqûre calmante et l'entraînèrent vers les arrières. Tout ceci en moins de temps qu'il n'en faut pour l'écrire.

« Monsieur le Gouverneur est très affecté par la situation, murmura l'Ingénieur aux Déchets et Ordures avec un air sincèrement peiné. C'est sa septième crise depuis le début des événements. Vous voyez qu'il vous faut agir vite, si je puis me permettre...

— Bon ! Je vais aller faire un tour dehors pour me rendre compte *de visu* de quoi il retourne, fit Marta, maussade. C'est en fourrant son nez dans la merde qu'on apprend qui chie. »

Et elle s'en fut à grands pas, guidée par un brigadier qu'elle avait familièrement pris par le coude.

« Pour ma part, dit Oleg avec affectation, j'aimerais étudier quelques spécimens de ces végétaux que vous n'avez certainement pas dû manquer de recueillir. Cela peut être aussi en prenant, si je puis dire, les choses par la racine qu'on peut entrevoir les solutions... »

Conduit par un sous-filtre des Déchets et Ordures, il alla s'enfermer dans un laboratoire du Palais, en la seule compagnie d'un monceau de plantes coupées. Lorsque la porte se fut refermée sur lui, il se frottait déjà les mains de satisfaction anticipée.

Restait Le Rat.

« Mes... coéquipiers, siffla-t-il, ont leurs... méthodes. J'ai les miennes. Déterminer les possibilités. Déterminer les culpabilités. Un jeu d'enfant. Qui a pu avoir la possibilité d'introduire des grains, des pousses ou des boutures à Vulcan ? Pas un voyageur venu d'une autre ville, vu la sévérité des contrôles frontaliers... Mais bien plutôt quelqu'un n'éveillant pas les soupçons, quelqu'un dont les activités comprennent la manipulation d'un matériau qui est rapport avec le règne végétal. »

L'Ingénieur aux Déchets sursauta, se récria. « Impossible, Serviteur ! Un rapport avec le règne végétal ! Cela n'est pas pensable à Vulcan !

— Vraiment ? Et la pâte à papier ? Personne n'use de pâte à papier à Vulcan ? On n'y édite pas des journaux corporatistes, des brochures publicitaires, des livres techniques ? On n'y imprime pas du papier millimétré, des bandes pour les imprimantes des ordinateurs, des rapports de production ? Et vous n'allez pas me dire que vous ignorez avec quoi est faite la pâte à papier ? Elle est faite avec du bois, Ingénieur ! Du bois d'arbre... »

L'homme des Ordures et Déchets en resta comme deux ronds de flan.

« La première chose à faire, poursuivit Le Rat, est d'opérer un recensement de tous les imprimeurs... »

L'Ingénieur ne fit qu'un bond jusqu'au terminal de l'ordinateur-Population, et à

9h49, la liste des imprimeurs se dévidait interminablement du ventre de la machine. Il y en avait exactement 5848.

« Bien, fit Le Rat. Mais on peut supposer qu'un citoyen de vieille souche n'irait pas introduire dans la cité qui l'a vu naître un élément interdit et dangereux. Il nous faut donc faire porter nos recherches sur les immigrés récents. Mettons... ceux qui travaillent à Vulcan depuis moins de dix ans. »

Il fit claquer ses doigts et à

9h58, un nouveau serpent de papier jaillit de l'ordinateur ; cette fois, les noms n'étaient plus que 1176.

« Il faut maintenant déterminer qui a pu s'imprégner de l'idée d'une introduction végétale à Vulcan : je veux parler de ceux qui éditent des opuscules illustrés, notamment des brochures publicitaires, où l'objet à vendre est présenté dans un environnement de fleurs ou d'arbres, afin de titiller l'envie secrète de certains acheteurs d'autres villes. Vous me suivez ?... »

L'ordinateur cliqueta, cligna de ses yeux de verre, et à

10h09, une autre liste était livrée, où ne subsistaient plus que 327 noms.

« Puisque les lois de Vulcan interdisent à quiconque la possession de plantes, voyons qui parmi eux a une propension à les tourner — c'est-à-dire ceux qui ont déjà eu affaire avec la justice...

La liste de

10 h 27 ne portait plus que 31 noms.

« Eh bien, voilà nos trente et un suspects ! glousa Le Rat. Mais il ne sera pas dit qu'un Serviteur puisse laisser ainsi le travail en plan. Nous pouvons encore sérier, affiner, resserrer la fourchette... Je ne pense pas qu'un Vulcanien aille tourner les lois par simple caprice personnel. Il lui faut pour cela une motivation puissante : un enfant, par exemple, à qui on veut offrir un présent inhabituel... disons, pour son anniversaire ? »

10h30 : L'ultime réponse de l'ordinateur se réduisait à un seul nom : Actor Lutis, qui avait une petite fille dont le septième anniversaire tombait la veille. La petite fille se prénommait Flore.

10h31. Trois escadrons de police volante s'en allaient quérir le coupable sur son lieu de travail, et à

11h 59, l'imprimeur, couvert d'hématomes était poussé aux pieds du Rat et de l'Ingénieur. Actor Lutis était un petit homme fragile, aux mains fines et aux yeux bleus rêveurs et doux.

« Avouez ! » glapit le Gouverneur.

Il avait été retapé à neuf et remonté d'un cran. Le petit imprimeur croisa ses mains fines sur sa poitrine et parla, ses yeux limpides mouillés de larmes.

« C'était pour ma petite Flore... une enfant si tendre, si douce, et qui dépérissait dans cette ville de béton. Elle me réclamait sans cesse des fleurs pour ensoleiller sa chambre. Alors j'ai pensé... C'était juste quelques plants de volubilis, de pensées et de soucis obtenus à grand-peine auprès d'un fournisseur dont le nom ne pourra m'être extorqué... Mais je vous jure que je n'ai pas voulu... Du pollen échappé, sans doute...

— Il suffit ! clama le Gouverneur. Emmenez-le, saisissez ses biens, brûlez sa demeure et son imprimerie, et qu'il soit banni à tout jamais de Vulcan avec sa famille.

— Oh... merci... » souffla Actor Lutis (mais il ne fut entendu de personne) avant de disparaître au milieu de la horde refluante des forces de l'ordre volantes dont les réacteurs dorsaux encore chauds avaient imprégné la salle du parfum âpre du kérosène brûlé.

« Quant à vous... » commença le Gouverneur sur un ton subitement radouci et le visage partagé par un sourire qui ne lui allait pas.

« À moi ? coupa Le Rat. Mais rien. Je suis Serviteur de la Ville et n'ai fait que mon devoir. Toute parole est superflue. Morte la bête, mort le venin. La source est tarie, il ne vous reste plus qu'à éponger. En ce qui nous concerne, nous allons regagner immédiatement notre base de Nengaraï... »

Le Rat décrocha son communicateur de ceinture, appela Marta et Oleg. La première apparut une demi-heure plus tard, la bouche rêveuse ; elle avait piqué dans les volutes de sa chevelure violette une dizaine de fleurs rose et orange qui s'y harmonisaient parfaitement. Le Rat lui fit un exposé concis mais satisfait de la réussite de son enquête, mais elle ne l'écouta qu'avec un air lointain. Oleg ne répondant pas aux appels réitérés lancés par ondes courtes, les deux Serviteurs se firent ensuite conduire jusqu'au laboratoire où il s'était enfermé pour officier. Ils durent faire exploser la porte avec une pastille de nitron ; une fois la chose faite, ils virent à travers les débris du chambranle fumant le gros homme étendu sur une table au milieu d'un fouillis de tubes à essai, de cornues et de plantes broyées, braillant à tue-tête un poème épique et obscène : Oleg s'était fabriqué de l'alcool de synthèse avec des décoctions des plantes qu'il devait soi-disant étudier et avait à nouveau sombré dans une ivresse grandiose.

Le Rat ne desserra pas les dents durant tout le voyage de retour, même quand le barlotrain, traversant Nuevatexas, fut attaqué par les Indiens

Nengaraï : soleil rouge planté dans le ciel comme un phare maléfique, chaleur à crever, bâtiments blancs souillés et ébréchés tremblotant dans la brume grasse, musique sirupeuse coulant en flots épais, œil bleu bordé de rouge de la piscine glaireuse, peuple amorphe des Serviteurs écroulé dans les coins d'ombre.

Nengaraï... trois jours plus tard.

Le sifflement strident de l'appel cassa net la musique, et la Voix de la Ville surgit des remous spaciolytiques.

« L'équipe 33 est attendue au terminal phord de Soba Dongi. Je répète : L'équipe 33 est attendue au terminal phord de Soba Dongi. Terminé. »

Puis les notes claironnantes et horriblement douloureuses au tympan, et le redoublement des événements de l'avant-avant-avant veille : Marta Olgarska qui se lève, va secouer Oleg Strugatskoëf qui, ivre-mort, braille un poème de sa composition devant un auditoire imaginaire, le traîne chez lui, le revêt d'habits neufs, le pousse en compagnie du Rat vers les limites floues de la base, sous les imprécations des autres Serviteurs, qui accompagnent cette fois leurs cris de jets de trognons de pommes, de tomates mûres, d'œufs pourris et de fragments de marbre rouge détachés du rebord de la piscine.

Dans la crypte du Temple, la Ville leur signifie qu'ils doivent retourner à Vulcan ; leur précédente intervention a échoué, la cité industrielle est à nouveau paralysée par la végétation.

« Qu'est-ce que tu caches derrière ton dos ? Allons ! Fais voir tes mains ! Montre-moi ça ! »

Philor Boudzer, neuf ans, ramena avec réticence ses mains devant lui — ses mains qui tenaient une petite brassée de fleurs sauvages, des jolies fleurs bleu tendre en forme de clochettes.

« Ces saloperies ! hurla son père. Et tu oses ramener ça à la maison ! Chez moi ! Tu ne sais pas que c'est dangereux ? Que c'est poison ? Que ça va se répandre partout ? Tu vas me faire le plaisir d'aller jeter ça tout de suite dans l'incinérateur, petit voyou...

— Voyons, ne te mets pas dans des états pareils pour rien, soupira sa mère. Des fleurs, tous les gosses en rapportent, maintenant. Il y en a plein des rues... Et tu n'iras pas me faire croire que c'est dangereux. Moi, je trouve même ça... joli. » Elle se baissa, entoura la taille de Philor de ses bras maternels. « Tu peux les garder. Emmène-les dans ta chambre, mais n'ennuie plus ton père avec ça... »

L'enfant, dont le visage rond avait pris l'instant d'avant cet aspect caractéristique qui précède immédiatement les larmes, fut à nouveau vie et couleur ; il courut vers sa chambre, serrant les précieuses fleurs contre sa poitrine.

« Tu vois, dit la mère, ce n'était pas bien compliqué de lui faire plaisir.

— Oh, je sais, je sais... grogna le père subitement las. Mais qu'est-ce que tu veux ! L'usine est fermée depuis hier à cause de ces saloperies de plantes. Je suis en chômage technique. Tiers de salaire ! Est-ce que tu crois qu'avec ça...

— Mais ne te tracasse donc pas tout le temps. Ça s'arrangera. Viens prendre l'air... »

Elle l'entraîna sur le balcon. Ils y « prirent l'air » — qui était curieusement, incroyablement, délicieusement frais et pur comme si un génie bienfaisant y avait donné un grand coup de balai. Vue de haut, Vulcan avait changé elle aussi : ce n'était plus un amoncellement uniforme de blocs gris, mais un damier où d'exubérants quadrilatères verts se disputaient l'espace aux surfaces encore tenues par le béton.

« Il en vient encore... » grommela le garde-frontière.

Son supérieur, le lieutenant Kroger, se leva avec lassitude du fauteuil où il était affalé, ses pieds bottés étalés sur les papiers couvrant son bureau. Il sortit du Poste 224 ; au-dehors le spectacle était affligeant. Venue du centre de Vulcan, une longue file de voitures bourrées de gens et de bagages s'étirait. C'était l'exode.

« On les laisse passer sans contrôler ? » interrogea le garde.

Le lieutenant Kroger haussa ses épaules massives. « Évidemment qu'on les laisse passer. S'ils ont envie de foutre le camp, ça les regarde... »

La herse métallique se souleva, libérant le passage vers l'interzone. Les moteurs rugirent, les voitures s'ébranlèrent. À l'intérieur s'entassait tout un peuple aux faces blêmes et aux traits crispés. Le lieutenant les regarda passer, disparaître au loin dans le no man's land stérile qui séparait les villes, il mâchonnait distraitement une pousse vert tendre au goût sucré qui avait poussé pendant la nuit dans son képi.

Au poste 583, une simple guérite gardée par un unique douanier et placée à l'angle d'une ruelle de peu d'importance, deux visiteurs se présentèrent, un homme et une femme. La femme était petite et brune, portait un chemisier rouge et une longue jupe imprimée en couleurs vives qui voletait au-dessus du sol à chacun de ses pas ; elle avait une guitare à la main. L'homme était grand, noueux, blond, hâlé, un garçonnet de deux ans était retenu à son dos par une sorte de harnais en lanières de cuir. L'homme et la femme n'étaient ni particulièrement beaux ni particulièrement jeunes, mais ils avaient l'air... vivants, oui, vivants et... heureux, oui : heureux. Un air qui ne se portait guère à Vulcan. Le douanier Ghert, qui avait tout juste vingt ans, fut frappé par leur mine, leur allure, leurs vêtements. Il n'eut d'un seul coup plus la moindre envie de jouer les gardes-frontière. Il leur demanda simplement :

« Vous voulez entrer ? »

En souriant de toutes leurs dents fortes et saines, les étrangers répondirent qu'effectivement, ils voulaient entrer.

« Eh bien, passez ! » dit Ghert en leur rendant leurs sourires.

Mais les nouveaux venus n'étaient pas pressés. Appuyés sur la barrière baissée qui défendait symboliquement l'accès à la ruelle, ils contemplaient par la brèche ouverte entre les immeubles les lointains de la ville qui scintillait dans le soleil du plein midi.

« Alors c'est ça, Vulcan... » murmura l'homme.

« C'est ça, Vulcan ! glapit le Gouverneur Effa Isthauss. Une jungle ! Une brousse ! La production arrêtée à 70 % ! Les Brigades-Décontamination débordées, les pompiers débordés, la police débordée ! Et la population qui quitte la ville à raison de 120 000 personnes à l'heure. Alors je vous en conjure, Serviteurs... arrêtez-moi ça ! Sinon je... Iiiiihhhh !... »

Vite fait bien fait, les infirmiers de garde le garrottèrent et lui injectèrent un calmant puissant avant de l'évacuer vers les arrières.

« Vous voyez... soupira l'Ingénieur en Chef aux Ordures et Déchets. Son état empire d'heure en heure. Je crains que son cœur ne résiste pas à la tension. Et je ne parle pas de sa tête. Alors si vous pouviez...

— Nous pouvons ! l'interrompit Le Rat avec sa morgue coutumière. Perdre une bataille, ce n'est pas perdre la guerre. D'ailleurs un même effet peut avoir plusieurs causes. J'en ai éliminé une, reste à trouver les autres.

— Bon, eh bien, pendant que tu trouves, on va aller faire un petit tour, Oleg et moi, railla Marta Olgarska. On en a assez bavé pendant le voyage (elle faisait allusion au déraillement du barlotrain après les assauts d'un gorille de 25 m de haut échappé d'un zoo de Schoedsack), on va prendre l'air un moment... »

Leur départ eut des allures de véritable fuite, et Le Rat entendit même Oleg qui, dessoûlé et ne se consolant pas de l'être, demandait à Marta si elle croyait qu'ils trouveraient un bistrot ouvert dans le coin.

« Mes coéquipiers... » commença Le Rat avec une moue profonde comme un puits. Mais il abandonna dans un soupir, changea de sujet. — Je vais user des mêmes méthodes de déduction que lors de ma première intervention...

— Vraiment ? hasarda l'Ingénieur, inquiet tout à coup.

— Vraiment ! jeta le Serviteur d'un ton sans réplique. C'est bien simple, n'est-ce pas : qui donc, à part les imprimeurs, peut avoir accès à des matériaux d'origine végétale ? Les restaurants de luxe, bien entendu, ceux qui n'utilisent pas pour leur cuisine les aliments de synthèse habituels. C'est donc là que nous allons chercher... »

Deux heures plus tard approximativement, Le Rat tenait son deuxième coupable : un vieil hôtelier chenu répondant au nom de Couffin Couffini, qui avoua d'une voix chevrotante que pour améliorer l'ordinaire et redonner à sa cuisine la saveur d'antan, il avait entrepris, sur 10 m^3 de terreau acheté à un fournisseur extérieur dont il tairait le nom même sous la torture, de cultiver un petit potager où poussaient salades, poireaux et tomates. Il n'avait pas cru une seconde au danger, mais sans doute des graines s'étaient-elles répandues et...

Le vieil homme partit très vite pour l'exil — où il n'arriva d'ailleurs pas, les policiers chargés de l'escorter l'ayant abandonné au milieu d'un champ de trèfle et luzerne (autrefois un parc pour hélicoptères) pour se gaver de fruits rouges gros comme des billes et possédant un petit noyau en leur centre, qui avaient mûri sur toute une enfilade d'arbres dont les troncs surgissaient du macadam défoncé d'une voie prioritaire.

Quant à la Brigade-Décontamination chargée d'atomiser le jardin, elle ne dépassa pas l'orée de la rue du Plan Quinquennal, entièrement bouchée par une haie inextricable d'arbres touffus dans les ramures desquels menait grand tapage une multitude d'oiseaux venus d'on ne savait où.

Mais Le Rat et l'Ingénieur-en-chef ne savaient rien de tout cela. Murés dans le Palais Gouvernemental, ils attendaient que ça se tasse.

« Cette fois, soyez sans crainte, gloussait le Serviteur. Les ordres de la Ville sont formels : nous ne devrons quitter Vulcan que lorsque l'harmonie y régnera. »

Dehors, des groupes de plus en plus nombreux sortaient des maisons, déambulaient dans les rues, progressaient au long des voies aériennes comme des araignées funambules sur des fils végétaux, formaient des assemblées au milieu des places qui prenaient des airs de vallées encaissées entre les canyons de verdure des immeubles aveuglés. Groupes de gens d'ailleurs reconnaissables à leurs vêtements colorés et bizarres, à leurs cheveux longs et fous, aux instruments de musique que souvent ils portaient et dont ils jouaient, aux enfants vifs, criards, batailleurs et intrépides qui les accompagnaient ; mais aussi gens de Vulcan qui, étonnés d'abord, méfiants puis vite conquis et ravis, avaient décidé sans trop savoir pourquoi de ne pas suivre les fuyards et de prendre la mesure du nouvel aspect de leur ville.

Le flot des émigrants, qui n'avait cessé de croître tout au long de la journée, s'était ralenti vers le soir pour s'éteindre tout à fait à la nuit : ceux qui devaient partir étaient partis, les autres restaient. La végétation, que nul ne songeait plus à combattre, s'était stabilisée dans un désordre apparent qui laissait néanmoins subsister de larges trouées formant voûte au-dessus des chaussées, épargnait certains blocs et certains appartements, ménageait entre les fourrés la béance de douces prairies.

Vers minuit, quelques personnes s'étaient regroupées sur un des bords de la place de la Production, écoutant, dans l'air tiède et parfumé, un jeune homme qui chantait.

L'araignée noir et or
Au sommet d'un genêt qui balance en plein vent
Tisse et tisse encor
Son palais de lumière solide comme le temps
Une mouche imbécile
Qui troue l'air de son vol et vrombit pesamment
Ne voit pas les cent fils
En plongeant en leur cœur se prend les pieds dedans...

« Elle est marrante, ta chanson », dit une grande femme sèche, à la perruque violette et à la jupe corail, couchée sur l'herbe près de lui à côté d'un gros homme chauve ronflant sans retenue, plusieurs bouteilles vides à son côté.

Le chanteur sourit, rendit à son propriétaire la guitare à douze cordes avec laquelle il s'était accompagné. C'était un homme long et mince, dont le maillot rose vif portait imprimé à l'endroit du cœur un blason représentant un grand G enroulé autour d'une sphère vert et rouge partagée verticalement par une épée noire.

« Bientôt, tout le monde pourra faire des chansons de ce genre..., dit-il.

— Mais toi tu en connais déjà, répondit la femme. Tu dois venir de loin, dis-moi ?

— De plus loin encore », fit le jeune homme.

Le Rat et l'Ingénieur, le premier sombre et muet dans les plis de sa cape, le second fébrile et grillant cigarette lénifiante sur cigarette excitante, n'avaient pas fermé un œil de la nuit. L'aube les surprit, hagards, alors que l'ordinateur-Production venait d'atteindre le chiffre zéro, tandis que l'ordinateur-Population indiquait que le nombre d'habitants de Vulcan était tombé à 10 % de son niveau. Ce furent d'ailleurs les derniers renseignements que les ordinateurs daignèrent relayer : l'instant d'après ils s'endormaient d'un sommeil définitif, privés de courant. Dans la salle obscure, que les techniciens et les gardes avaient désertée un par un pendant la nuit, le Gouverneur Effa Isthauss apparut, fantomatique, s'éclairant avec une bougie, un pistolaser dans l'autre main. À ce moment ultime, il semblait avoir retrouvé sa lucidité, et ses traits creusés par la flamme vacillante avaient une grandeur shakespearienne.

« Vulcan a sombré, je n'y survivrai pas », prononça-t-il avec gravité en portant l'embouchure de son arme à sa tempe.

Il appuya sur la queue de détente, mais seul un petit *clic!* répondit à son geste. L'arme était vide, mais l'intention compta : le Gouverneur se tassa lentement sur lui-même, roula sur le sol, mort.

« Je crois que nous n'avons plus rien à faire ici, dit l'Ingénieur, sans émotion apparente. Vous venez ?

— Attendez... gémit Le Rat qui perdait son sang-froid à vue d'œil. Il y a peut-être encore quelque chose à faire... D'autres pistes à suivre... Les menuisiers, par exemple... Les charpentiers... Et les pharmaciens ?... Vous avez pensé aux pharmaciens ? Ceux qui sont spécialisés dans la phylothérapie ou l'aromathérapie... Vous ne croyez pas que... »

Mais l'Ingénieur ne l'écoutait plus, il était sorti à tâtons de la salle aux écrans, avait quitté le Palais. Le

Rat se retrouva seul dans le noir avec sa suffisance en miettes, son orgueil brisé, ses certitudes noyées. Il eut son mouvement d'épaules familier et, toujours drapé dans les lambeaux de sa cape, parcourut à son tour les couloirs lugubres de la bâtisse, déboucha enfin sur la place de la Production. Là, au seuil du nouveau visage de Vulcan, ses yeux virent enfin ce qu'ils s'étaient refusé à voir jusque-là : un monde vert, une ville champêtre où les rues étaient devenues prés, où les bâtiments étaient habillés de lierre, où de hauts arbres forts poussaient leurs ramures entre les toits défoncés des usines inutiles...

Il mit trois jours pour regagner Soba Dongi, rendit compte à la Ville de l'échec de sa mission, proposa honnêtement, au choix, la démission ou le hara-kiri. La Ville ne lui prescrivit qu'une douzaine de jours de repos complet dans un département approprié du Temple. Au bout de ce laps de temps, Le Rat reprit le chemin de Nengaraï où — le bruit de son échec s'étant mystérieusement répandu — on l'accueillit avec des quolibets et des crachats, qu'il encaissa sans sourciller.

Après avoir erré autour de la place de la Production, respirant intensément l'atmosphère purifiée et se pénétrant de la certitude enivrante qu'il n'aurait plus jamais à se préoccuper du Recyclage ou de l'Élimination des Ordures et des Déchets, l'Ingénieur-en-Chef aperçut, au sein d'un groupe étendu dans l'herbe tiède à l'ombre d'un bosquet, deux personnes qu'il connaissait. L'un était un gros homme chauve et barbu qui dormait au milieu d'un lit de bouteilles vides, l'autre une grande femme sèche qui était en train d'arracher méthodiquement tout ce qu'elle portait sur son corps bronzé.

« Tiens ! vous n'avez pas regagné votre base ? demanda l'Ingénieur, histoire d'ouvrir la conversation.

— Notre base ! s'exclama la femme. Vous rigolez ? Les Serviteurs, pour nous, c'est fini. La vraie vie, c'est ici que ça se passe, maintenant, mon gars... »

Elle avait retiré sa perruque violette (ses cheveux véritables étaient courts et noirs), enlevé ses faux cils, effacé son maquillage coloré, balancé au loin le gorgerin et le bustier de métal couvrant sa poitrine plate, et se débarrassait à présent de sa jupe corail, faisait négligemment glisser son slip sur ses longues cuisses musclées. Apparurent alors des génitoires indéniablement masculins et d'une taille plus qu'honorable.

« Mais vous êtes... commença l'Ingénieur.

— Oui ! Et alors ? » gloussa l'ex-Serviteur.

Sur la terrasse d'un des plus hauts blocs de Vulcan, le mince jeune homme blond vêtu du maillot rose au curieux emblème et de hauts-de-chausses orange, laissait son regard errer sur la ville autrefois cimetière industriel, aujourd'hui immense jardin babylonien sous un ciel bleu comme jamais. Ici, un nouvel équilibre allait naître, une autre vie. Bien sûr, passé les premiers émerveillements, ce serait dur : il faudrait cultiver, élaguer, remplacer les immeubles croulants par de simples maisons en bois, s'organiser sur de nouvelles bases. Mais cela se ferait, le jeune homme en était certain.

Il fit un geste d'adieu à la ville, comme s'il avait considéré qu'elle était une entité vivante qui pût le comprendre, et il tira de la sacoche en cuir qu'il portait à la ceinture une petite boule de matière translucide et lactée. Il la posa sur sa paume ouverte, et la boule enfla, enfla, jusqu'à devenir une sorte d'œuf de matière iridescente qui l'enveloppa entièrement. L'ovoïde devint opaque, et à sa surface coururent des étincelles d'énergie crépitante. La bulle devint le centre d'une tornade énergétique miniature, jusqu'à l'explosion finale.

L'œuf et son passager étaient partis, loin dans l'espace et dans le temps.

Loin dans l'espace et dans le temps, la planète Tridan se poussait nonchalamment sur son orbite. Sur sa face australe, l'océan Excentrique, qui venait lécher à l'est les rivages du royaume de Gandahar, étincelait sous le soleil rose du matin. Au-dessus de sa surface radieuse, montagne improbable de matière translucide et frémissante, le Métamorphe poussait son pic crénelé dentelé de tentacules en mouvement au sein du ciel vert que découpaient les bandes incurvées des spores et des poussières cosmiques dérivant. À l'intérieur de la créature vivante, dans une caverne de chair ouverte dans sa masse infiniment malléable, le messager du Métamorphe s'était matérialisé au centre de son cocon, qui se dissipa aussitôt.

« *ALORS, SYLVIN LANVÈRE, AS-TU BIEN SUIVI LE PLAN ?* gronda la grande Voix de la créature.

— Si je ne l'avais fait, je ne serais pas là... répondit le chevalier, encore secoué par la torsion du voyage instantané, et fourrageant dans sa chevelure broussailleuse, d'où il retira une petite feuille vert tendre délicatement ouvragée. J'ai semé les graines polyespèces à croissance ultra-rapide au-dessus des différents quartiers de Vulcan. Ensuite, je n'ai rien eu à faire qu'à observer. Cependant, il y a plusieurs points qui ne sont pas clairs dans mon esprit. Pourquoi toi, le Métamorphe, as-tu décidé d'intervenir de la sorte sur une planète située à des milliers d'années-lumière dans l'espace et à des milliers d'années en arrière dans le temps ?

— *LA TERRE EST LA PLANÈTE MÈRE. D'ELLE SONT ISSUES TOUTES LES HUMANITÉS QUI PEUPLENT LES PLANÈTES DE LA GALAXIE — TRIDAN COMME LES AUTRES. OR, POUR QUE*

CETTE COLONISATION SE FASSE (OU SE SOIT FAITE), IL FAUT QUE LA TERRE VIVE. OR, ELLE MONTRE UNE PROPENSION EXTRAORDINAIRE À SE DÉTRUIRE ELLE-MÊME. IL EST NÉCESSAIRE DE DONNER DE TEMPS À AUTRE UN COUP D'ARRÊT À SES TENDANCES AUTODESTRUCTRICES, POUR QU'ELLE CONTINUE À VIVRE. ET DONC POUR QUE NOUS EXISTIONS.

— Mais alors pourquoi cette entité de régulation qu'on appelle la Ville n'est-elle pas intervenue elle-même ? Son corps d'élite, ses Serviteurs, ont au contraire cherché à préserver Vulcan...

— *LA VILLE EST UNE CRÉATION DES HOMMES. ELLE NE POUVAIT INTERVENIR CONTRE ELLE-MÊME. ELLE A DONC FAIT APPEL À MOI. LA VILLE ÉTAIT CONSCIENTE QUE SA FINALITÉ — CROÎTRE ET S'INDUSTRIALISER SANS CESSE — SERAIT À LA LONGUE UN FACTEUR DE DESTRUCTION. MAIS ELLE NE POUVAIT PAS AGIR CONTRE SA PROGRAMMATION. UNE PARTIE D'ELLE-MÊME M'A DONC DEMANDÉ DE LE FAIRE À SA PLACE, TANDIS QU'UNE AUTRE PARTIE FAISAIT INTERVENIR LES SERVITEURS POUR LUTTER CONTRE LA DESTRUCTION.*

— Mais les Serviteurs ont échoué... Que va-t-il se passer, maintenant ? Ou plutôt, que s'est-il passé ?

— *LE PROCESSUS ENCLENCHÉ À VULCAN S'EST ÉTENDU AUX AUTRES VILLES. C'ÉTAIT INÉLUCTABLE. LA VILLE LE SAVAIT, ET L'ACCEPTAIT. SE DÉTRUIRE, C'ÉTAIT REVIVRE, ENVOYER À TRAVERS L'ESPACE LES NEFS SOLAIRES. MAIS C'EST UNE AUTRE HISTOIRE...*

— Bigre ! s'exclama Sylvin. Je suis donc responsable du sauvetage de la planète mère, en même temps que de notre existence ?

— *C'EST CELA MÊME*, conclut le Métamorphe. *ET CECI, SIMPLEMENT EN FAISANT, D'UN QUARTIER SANS SOLEIL, UN QUARTIER DE VERDURE...* »

DU MÊME AUTEUR

Aux Éditions Gallimard

CHÈRES BÊTES (Folio Cadet n° 301)

Aux Éditions Denoël

Dans la collection Présence du futur

GANDAHAR (Folio Science-Fiction n° 13)
CAP SUR GANDAHAR
LES CROCS DE L'ENFANCE
ŠUKRAN
GARE CENTRALE *(en collaboration avec Philippe Cousin)*
C'EST ARRIVÉ MAIS ON N'EN A RIEN SU
HÔPITAL NORD *(en collaboration avec Philippe Cousin)*
IL FAUDRA BIEN SE RÉSOUDRE À MOURIR SEUL
L'IMMEUBLE D'EN FACE *(en collaboration avec Philippe Cousin)*
NEUTRON
L'OREILLE CONTRE LES MURS
DANS LES DÉCORS TRUQUÉS
REPÈRES DANS L'INFINI
LE TEMPS DES GRANDES CHASSES
CELA SE PRODUIRA BIENTÔT

Anthologies

RETOUR À LA TERRE
COMPAGNONS EN TERRE ÉTRANGÈRE

Dans la collection Présence du fantastique

LES REVENANTS DE L'OMBRE
UNE MORT BIEN ORDINAIRE
LE REFLUX DE LA NUIT

Ouvrage reproduit
par procédé photomécanique
Impression Bussière Camedan Imprimeries
à Saint-Amand (Cher), le 14 septembre 2000
Dépôt légal : septembre 2000
Numéro d'imprimeur : 003836/1
ISBN : 2-07-041569-4/Imprimé en France

97206